Date: 1/25/22

SP FIC CARLAN
Carlan, Audrey
Divino deseo /

DIVINO DESEO

AUDREY CARLAN

- LA CASA DEL LOTO 3 -

DIVINO DESEO

TITANIA

Argentina • Chile • Colombia • España
Estados Unidos • México • Perú • Uruguay

Título original: *Divine Desire*
Editor original: Waterhouse Press
Traducción: María Laura Saccardo

Esta es una obra de ficción. Todos los acontecimientos y diálogos, y todos los personajes, son fruto de la imaginación de la autora. Por lo demás, todo parecido con cualquier persona, viva o muerta, es puramente fortuito.

1.ª edición Septiembre 2021

Reservados todos los derechos. Queda rigurosamente prohibida, sin la autorización escrita de los titulares del *copyright*, bajo las sanciones establecidas en las leyes, la reproducción parcial o total de esta obra por cualquier medio o procedimiento, incluidos la reprografía y el tratamiento informático, así como la distribución de ejemplares mediante alquiler o préstamo público.

Copyright © 2016 Waterhouse Press, LLC
© de ilustraciones Dreamstime & Shutterstock
All Rights Reserved
© de la traducción 2021 *by* María Laura Saccardo
© 2021 *by* Ediciones Urano, S.A.U.
Plaza de los Reyes Magos, 8, piso 1.º C y D – 28007 Madrid
www.titania.org
atencion@titania.org

ISBN: 978-84-17421-27-4
E-ISBN: 978-84-18480-02-7
Depósito legal: B-11.047-2021

Fotocomposición: Ediciones Urano, S.A.U.

Impreso por Romanyà Valls, S.A. – Verdaguer, 1 – 08786 Capellades (Barcelona)

Impreso en España – *Printed in Spain*

DEDICATORIA

A mi hermana, Michele Moulyn.

*Si hay alguien en este mundo que conoce el valor del esfuerzo,
la determinación y el sacrificio por las personas que amas..., esa eres tú.
Eres un gran ejemplo de lo que significa trabajar duro.*

Para ti, con gratitud y amor.

NOTA PARA EL LECTOR

Todo lo relativo al yoga en la serie «La Casa del Loto» es producto de años de práctica personal y estudio de esta disciplina. Las posturas de yoga y las enseñanzas sobre los chakras han sido parte de mi formación oficial en The Art of Yoga en el Village Yoga Center, en el norte de California. He redactado personalmente cada una de las descripciones de los chakras y de las posturas en base a mi perspectiva como profesora titulada de yoga, siguiendo las directrices establecidas por la National Yoga Alliance y The Art of Yoga.

Si deseas practicar alguna de las posturas incluidas en este libro o detalladas en cualquiera de las novelas de la serie «La Casa del Loto», por favor, consulta con un profesor de yoga titulado. Recomiendo a todo el mundo que tome alguna clase de yoga. Mis años como alumna y profesora me han enseñado que el yoga es para todo tipo de personas, independientemente de cómo sea su cuerpo. Sé amable con el tuyo, pues solo tendrás uno en esta vida.

Amor y luz,

Audrey

1

Chakra del plexo solar

El nombre oficial en sánscrito del tercer chakra, o chakra del plexo solar, es manipura. Está ubicado en la zona del abdomen y del sistema digestivo. Al fortalecer el equilibrio de la energía corporal, el tercer chakra centra nuestra vitalidad y salud.

MILA

—¡Dios mío, Mila, es increíble! —exclamó Moe, llevándose una delicada mano a los labios—. ¡A Lily le encantará! ¡Muchas gracias!

—Moe, deja ya de darme las gracias. —Puse los ojos en blanco—. Eres mi mejor amiga, y Lily es como mi sobrina. ¿Cómo no iba la tía Mimi a pintarle un bonito mural en su pared? —Alcé una ceja para que supiera que hablaba en serio.

Moe, abreviatura de «Monet», era una auténtica belleza de origen chino americano. La viva imagen de Lucy Liu. Tenía el pelo largo y negro, que le caía en cascada por la espalda y le llegaba hasta la cintura de sus pantalones blancos, cerca del trasero. Se sentó con las piernas cruzadas en el suelo e inspeccionó mi trabajo.

Unas cuantas hojas más en la esquina derecha y algún retoque en el puente, y mi sobrinita de tres años tendría su mural, de un jardín de fantasía, cubriendo toda la pared de su habitación. Desde el desagradable divorcio de Moe, había pasado más tiempo del que debía allí, pero cuando mi mejor amiga me necesitaba, sacaba las horas de donde podía. Además, sabía que ella también haría lo que fuera por mí.

Me había pasado años perfeccionando la habilidad de no necesitar a nadie. Mi empleo, como instructora de vinyasa flow en el centro de yoga donde trabajaba, estaba bien pagado, siempre y cuando impartiera más de diez clases a la semana. Pero ahora que habían contratado a un nuevo instructor con «una perspectiva novedosa» y «clases exclusivas» tenía motivos para estar preocupada.

¿Debía comenzar a dar clases en otros sitios?
¿Abrir mi propio centro?
¿Iría eso en contra de mis objetivos artísticos?

Suspiré y contemplé el mural del jardín que había hecho en la pared de Lily. Sabía que era una buena artista, mejor que muchos. El talento no era un problema, pero sí el tiempo. Apenas tenía tiempo para pintar. Incluso mis fines de semana estaban ocupados con las clases de «pintura y *brunch*», que impartía, y que había bautizado como «Monet y Mimosas» en honor a mi mejor amiga. A ella le había parecido ingenioso. Aquel trabajo extra me proporcionaba el dinero que necesitaba para materiales de arte y para mantener encendidas las luces de mi estudio.

—¿Qué te han dicho en la galería La Luz, de Oakland, sobre la exposición? —preguntó Moe, con la mirada aún fija en el mural.

—Les gusta mi trabajo. Mucho, en realidad. —Respiré lentamente y me senté en la alfombra.

Se echó el pelo sobre un hombro y me miró fijamente. Odiaba cuando sus ojos negros brillaban con precisión láser, como si supiera lo que yo iba a decir antes de que abriera la boca. Moe siempre había sido intuitiva, sobre todo cuando se trataba de mí.

Chasqueé la lengua y golpeé el extremo del pincel de madera sobre mis labios. El olor a pintura era tan fuerte que me provocó un hormigueo en los tejidos sensibles de la nariz. Estornudé sobre el dorso de mi mano.

—Ya lo sabes, Moe. Hemos hablado de esto antes.

Sus párpados se relajaron y cubrieron sus pupilas cuando bajó y apartó la mirada. El gesto fue suficiente para hacer que pegara los labios y considerara las razones que tenía para evitar aquella conversación.

—Mila. Tienes que encontrar tiempo para pintar.

—Me han dicho que no tengo suficientes cuadros para exponer. —Bufé y me desplomé sobre la alfombra—. Necesito unas veinticinco obras, a menos que quiera exponer con otros tres artistas, entonces bastaría con diez cuadros.

—Bueno, es una opción. —Frució los labios—. Es decir, para ganar algo de dinero, tienes que vender algunas obras. Pero también sé que ese no es tu sueño.

Podía sentir el peso de mi sueño como una losa en el pecho, aplastándome el esternón y presionando las costillas sobre el corazón. Si me concentraba lo suficiente, podía imaginar el sutil crujir de cada hueso mientras mi sueño me destruía desde fuera hacia dentro.

—No, no lo es. Pero ¿quién ha dicho que eso sea instantáneo? Tal vez los sueños se cumplan poco a poco. Como subir una escalera. No puedes llegar al último escalón de un solo salto. Requiere esfuerzo y constancia, ¿verdad?

—¿Cuánto tiempo hace que nos conocemos, Mila? —Moe se encorvó antes de inclinar un brazo hacia atrás y deslizarse en el suelo hasta ponerse a mi lado. Luego apoyó la sien en su mano.

—Desde el instituto. —Puse los ojos en blanco—. Yo estaba en primer curso y tú en el último.

—Casi una década, entonces —resumió.

Sonreí. Moe, la terapeuta, era siempre muy precisa. Tuve la sensación de que iba a psicoanalizarme, como hacía con sus clientes. Tener como mejor amiga a una mujer que podía analizar mi mente, en cualquiera de sus facetas, no era siempre fácil. Normalmente guardaba su terapia para la consulta, pero no estaba segura de que fuera a hacerlo ese día.

—Moe... —le advertí.

—No, no. Solo escúchame. —Sacudió una mano frente a su rostro.

—De acuerdo, dispara, doctora Holland. Lanza tu psicorrollo. Adelante, golpéame fuerte. —Incliné la cabeza hacia un lado.

Moe sonrió con suficiencia. Me esperaba uno de esos momentos complicados.

—Me da la impresión de que has encontrado la manera de mantenerte ocupada en mil cosas menos en tu faceta artística.

—¿De verdad? —Resoplé—. ¿Eso es todo lo que tienes que decirme? Moe, sabes que debo trabajar. Tengo una boca que alimentar. ¡La mía! Y facturas que pagar. Sin olvidar ese inoportuno asunto que se presenta puntualmente cada mes.

—No tiene por qué ser así. —Soltó un suspiro largo y profundo—. Te he invitado a mudarte aquí muchas veces. Desde que Kyle se fue... —Moe hizo una mueca de dolor e inhaló antes de continuar— Lily y yo estamos solas. Sabes que a ella le encantaría pasar más tiempo con su tía Mimi. Y el garaje es grande; podría funcionar como espacio de pintura.

—Moe, no soy tu obra de caridad. —Protesté por lo bajo.

Ella se sentó como si una serpiente se hubiera arrastrado y le hubiera mordido el trasero.

—¡No te atrevas a decir eso! Has pasado tres fines de semana seguidos, en tu día libre, pintando la habitación de Lily. Solo quiero devolverte el favor.

—Sí, claro. —Reí para mis adentros—. Un mural no equivale a un lugar donde vivir, Moe. Tal vez una cena y una película, ¡pero no alojamiento gratis!

Sus labios se comprimieron en una línea plana. ¡Ay, Dios! La había hecho enfadar, algo que no era tan inusual. Tenía la costumbre de irritar a las personas. Moe, sin embargo, lo encajaba siempre bien. Su amabilidad era innata, un rasgo de su personalidad que nadie le había enseñado. Era buena hasta los huesos. Probablemente por eso la quería tanto. Era todo lo contrario a mí. Tenía tanto que aprender de ella... Como si no tuviera suficiente trabajo ya.

—Sea como sea, me encantaría que vivieras aquí. La casa es lo suficientemente grande como para una familia de seis. Sabes que Kyle y yo habíamos planeado tener una gran familia, aunque luego... Bueno, ya sabes.

—Sí, ya sé. Y eso me recuerda... ¿dónde está el hacha? ¿En la parte de atrás? Acabo de recordar que tengo algo que partir a pedacitos.

—Sé que lo odias. —Moe atrapó mi muñeca—. Yo también, pero la violencia nunca es la respuesta.

—¿De verdad? A mí un poco de violencia me haría sentir mejor ahora mismo. —Le ofrecí una de mis grandes sonrisas. Moe rio.

—Piensa en lo de mudarte con nosotras, ¿lo harás? Incluso te dejaré que me pagues un alquiler. Pongamos unos doscientos dólares.

—Alojamiento, pensión completa y un espacio para pintar vale mucho más que doscientos dólares. —Negué con la cabeza.

Sus ojos se entornaron en una expresión de ofensa y frustración. Odiaba que la pusieran a prueba y despreciaba profundamente cualquier discusión sobre el dinero. Cuando su marido lo fastidió todo de forma imperdonable, había tenido incluso la desfachatez de ir al juez para reclamarle una pensión. Una idea pésima, pues Moe tenía muchos amigos en el juzgado del condado.

Su prestigio no solo le venía como psicóloga y terapeuta privada, también trabajaba como mediadora judicial. Todos los jueces y muchos abogados la adoraban y nunca habrían permitido que el miserable de su ex se aprovechara de ella. Además de su propio éxito, Moe era la heredera de los Holland. Como única pariente biológica, había heredado toda la fortuna familiar que sus abuelos habían amasado con su negocio de importación y exportación. Varios millones de dólares. Aunque la mayoría de la gente no lo sabía, porque jamás presumía de dinero.

—Sabes que el dinero no es un problema para mí. —Su tono era serio y algo agitado.

—Lo sé, pero debes entender que sí lo es... para mí. Gracias, de todas formas. —Me levanté y recogí mis herramientas para lavarlas, deseando dar el tema por zanjado.

—Solo prométeme que te lo pensarás. Preferiría que estuvieras aquí con nosotras, haciéndonos compañía, en lugar de dejarte la piel en el trabajo.

—Moe, amo el yoga. No es para tanto.

Ella ladeó la cabeza.

—No, pero diez clases a la semana, además de enseñar a pintar a borrachos con dinero cada fin de semana, e intentar crear tus propias obras, sí lo es. Si vivieras aquí, no tendrías que desperdiciar tus fines de semana trabajando, y podrías pintar. Piénsatelo. Sabes que no pararé hasta que me prometas que lo harás.

Me acerqué y la abracé con fuerza. Olía a jazmines frescos recién cortados. Creía que era su perfume pero, en todos los años que llevábamos siendo amigas, jamás se lo había preguntado. Siempre había disfrutado de la familiaridad de su aroma.

—Lo prometo. Y haz un vídeo de Lily cuando le enseñes la habitación. ¿Lo harás? Quiero que me lo envíes.

—Por supuesto. —Sonrió—. Se va a morir cuando lo vea. Ha estado obsesionada con el libro *El jardín secreto* y cómo los niños se refugian en un mundo propio. Me encanta que su pequeña mente se diera cuenta de lo especial que es. Que hayas hecho esto por ella... —Moe sollozó y sus ojos se volvieron vidriosos.

¡Ay, no! Iba a empezar a llorar.

—¡No llores! ¡Uf! No, no te atrevas. Si tú lloras, yo también lo haré. —Negué con la cabeza y me pasé las manos por mi pelo largo hasta los hombros—. No lo hagas.

Moe resolló y se sonó la nariz con un pañuelo usado que sacó de su bolsillo trasero. ¿Todas las madres llevan esas cosas? ¡Qué extraño!

—Lo sé, lo sé. Pero después del divorcio y del hecho de que él no quisiera saber nada de Lily porque no es, técnicamente, su hija biológica... Yo solo... —Una lágrima corrió por su mejilla. Levanté una mano y se la sequé con el pulgar.

—Es un miserable, Moe, y el karma se lo hará pagar al final. Lo sabes. Y a *ella* también. —No necesitaba mencionar su nombre. Ambas sabíamos muy bien quién era *ella*.

Moe asintió, se limpió los ojos y la nariz con el pañuelo una vez más, y luego lo guardó en su bolsillo.

—De acuerdo. Ahora, venga, prepárate para tu clase. Limpiaré la habitación antes de recoger a Lily en la guardería. ¡Deséame suerte!

—No la necesitas. —Me colgué el bolso al hombro—. Lily adora a su mami y adorará su habitación. ¿Cenamos pronto? —pregunté mientras caminaba hacia la puerta.

—Claro. ¿Hasta la luna y volver? —dijo.

—Hasta la luna y volver.

ATLAS

—¿Que quieres enseñar qué? —preguntó Jewel con un gesto facial de lo más expresivo.

—Explícanos otra vez cómo crees que puede funcionar eso, sin que nos pongan una demanda por acoso sexual o exhibicionismo público —declaró con calma Crystal, copropietaria del centro y la más equilibrada de las dos.

Me paseé a lo largo de aquel pequeño despacho del centro de yoga.

—Sé que es un concepto muy radical y muy nuevo, y que al principio cuesta entenderlo.

Cristal rio.

Jewel resopló.

—De acuerdo, los clientes tendrían que firmar una autorización, que liberaría al centro de cualquier responsabilidad por comentarios sexuales, comportamiento lascivo, etcétera. Yo me encargaría de hacerlo antes de que entraran en clase.

—No estoy segura de que este sea el camino que queremos seguir. —Jewel frunció el ceño—. Quiero decir, eso está ahí fuera, incluso para la comunidad del yoga, y probablemente seamos los de mente más abierta, si nos comparas con otros centros de entrenamiento físico y espiritual.

—No podría estar más de acuerdo contigo —señalé a Jewel—. Esta clase desinhibe y permite centrarnos en el interior de un modo liberador, no solo para el alma, sino también para el cuerpo.

—Déjame que te pregunte algo. —Crystal rio—. ¿Has visto este tipo de clases antes? ¿En Nueva York?

Asentí y me apoyé en la estantería que contenía vídeos de yoga y cedés de meditación que estaban a la venta.

—Me formé con un gurú el verano pasado. Al principio, la gente se siente incómoda, pero los que pasan de la primera clase repiten encantados. La experiencia es única. Deshacerse de todas las capas que te pesan. Es como encontrar la propia salvación personal.

—No lo sé, Atlas. —Jewel frunció los labios—. ¿Tú qué opinas, Crystal? ¿Crees que La Casa del Loto está preparada para algo tan moderno?

Crystal respiró profundamente.

—¿Y si lo intentamos? Podríamos probarlo durante cuatro semanas. Si la gente lo ve en el horario, se inscribe y le encanta... entonces ampliaríamos las clases durante más tiempo. ¿Cómo lo ves?

Quería saltar sobre su escritorio y besarla en la boca. Y lo habría hecho si no supiera que ella nos veía a todos sus empleados como a sus hijos.

—Ocho semanas. Necesitaré al menos ocho semanas para que la clase despegue. Dash me ha dicho que sus talleres de yoga tántrico tardaron meses en funcionar. Y ahora están todos llenos y con lista de espera. Sé que es solo una clase a la semana, pero necesito hacer publicidad para que la gente se entere. Estaba pensando en hacer folletos y ofrecerlos en la recepción. Yo mismo podría diseñarlos.

Jewel y Crystal permanecieron sentadas en silencio, mirándome. Eran dos polos opuestos, en colores y rasgos. Crystal parecía un ángel moderno, con su pelo largo y rubio, sus ojos azules y una de las sonrisas más amables que jamás había visto. Jewel tenía unas facciones más marcadas, con el pelo rojo rizado y la piel tan pálida como una perla de agua dulce. El color de sus ojos era más difícil de determinar a través de sus omnipresentes gafas de montura negra.

Mientras esperaba a que hablaran, juro que podía oír los débiles sonidos de la clase de yoga del final del pasillo. ¡Demonios! Podía escuchar mis propias inhalaciones y exhalaciones como si estuvieran resonando en un megáfono.

—Estoy pensando en seis semanas —ofreció Crystal.

—Estoy de acuerdo. Pero hay que hacer todo el trabajo de campo para que este concepto despegue —añadió Jewel.

—No os arrepentiréis —dije y aplaudí.

—¿Y cuál es tu plan? —Jewel apoyó sus codos sobre el escritorio e inclinó su cabeza a un lado.

Ahora que me habían dado permiso para probar la nueva clase durante un mínimo de seis semanas, me senté en el sofá.

—Bueno, comenzaré por pedirles a los instructores del centro que se comprometan a asistir al menos a una clase durante las primeras semanas. Mi teoría es que si los clientes ven que sus profesores habituales, en quienes confían, asisten, tal vez ellos también lo hagan. Además, tengo esperanzas de que los instructores disfruten de la experiencia y compartan el concepto también en sus clases.

—Eso sería pedir demasiado. —Jewel frunció el ceño—. Como sabes, pagamos una suma fija de veinte dólares por clase para empezar, sin importar que tengas uno o treinta asistentes. Sin embargo, al pasar de las cinco personas, recibes dos dólares adicionales por cliente. Eso significa que si esa persona no asiste a sus clases, favorecerán tu ingreso semanal en perjuicio del suyo.

—Ya veo. —Solté una larga y acalorada exhalación—. Tiene sentido. Pero, aun así, a mí me gustaría ayudar a un amigo que comienza con una clase nueva. Todos los instructores de aquí parecen dispuestos a ayudarse entre sí. —Mientras lo decía, me vino la imagen de una ardiente gata salvaje: Mila Mercado, cuya mera existencia hacía que me hirviera la sangre, en el mejor de los sentidos. Pero ella sería difícil de convencer—. Espero conectar con ellos y ofrecerles la misma promoción en mis clases.

—Me parece justo. Haz tus deberes y prepáralo todo bien. Haré que mi marido añada la nueva clase al programa —afirmó Crystal—. Necesitaremos que nos envíes una descripción detallada de la actividad por correo electrónico antes del final del día. Asegúrate también de reescribir un formulario de exención de responsabilidades para que lo revisemos y aprobemos.

Lo anoté todo en mi móvil. No quería olvidarme de nada ni decepcionarlas. Además, tenía un concierto esa misma noche. Tendría que cumplir todas esas tareas nada más irme para llegar a tiempo al club y hacer una prueba de sonido. Y a primera hora del día siguiente, impartía una clase de vinyasa flow. La noche sería larga, pero valdría la pena el trabajo extra si podía hacer que el nuevo concepto despegara.

—Gracias, chicas, de verdad. Sé que esto no es muy común, pero presiento que a los clientes de La Casa del Loto les gustará este nuevo concepto y compartirán la experiencia con amigos y colegas. Y, con suerte, ¡atraerá a más clientes! Estoy seguro de que tendrá mucha aceptación entre los universitarios, y vosotras siempre estáis buscando nuevas maneras de atraerlos cada año. Este... ¡este podría ser nuestro huevo de oro!

—Contamos contigo. —Crystal sonrió y Jewel se levantó y me ofreció su mano.

—Haré que suceda. —Estreché su mano y sonreí como un loco—. Tengo fe.

—La fe es todo cuanto necesitamos en la vida. —Con eso, Crystal rodeó el escritorio y me abrazó.

No se equivocaba. Me había pasado mis veintiocho años en la Tierra esperando y rezando para que las cosas sucedieran. Y por primera vez, sentía que estaba usando mi creatividad para algo mágico. Por desgracia, mi carrera musical no estaba yendo como deseaba, a pesar de haberme pasado la última década intentando destacar entre la multitud.

La industria musical era muy complicada. Había estado tan cerca de tener un contrato tantas veces, que podía contarlas con ambas manos y pies. Y eso no incluía el cajón lleno de cartas de rechazo que había recibido de incontables productores, en las que me decían que mi voz funcionaba y mis letras eran estelares, pero que el conjunto era débil. Aún no había descubierto qué era *eso* que me faltaba, pero estaba decidido a luchar por mi sueño hasta hacerlo realidad. No me detendría hasta que, un día, mi pasión se convirtiera en mi trabajo. Por el momento, el yoga me ofrecía un medio no solo para ganar dinero, sino también para encontrarme a mí mismo. El yoga me ayudaba a llevarlo todo hacia dentro, hacia un lugar donde las cosas eran simples, sencillas y equilibradas. Todo lo que tenía que hacer era tomar ese modo Zen y fusionarlo con mi música.

Día a día. Eso era lo que mi amigo Dash me decía siempre. Él sería la primera persona a quien le pediría que asistiera a mi clase. Tal vez convencería también a Amber, y ella, a su vez, a su mejor amiga Genevieve, que enseñaba hatha yoga y yoga prenatal. Aunque acababa de tener un bebé. Quizás incluso su pareja, el célebre jugador de béisbol, viniera a mostrar su apoyo. Tenerlo a él en la clase atraería a muchas mujeres.

Sí. Ese era el camino. Hice una nota mental para hablar con Dash y con su mujer sobre esta idea y mi petición especial de involucrar a sus amigos. Todo empezaba a encajar. Podía hacerlo. Más tarde, cuando tuviera las cosas en orden y mis ingresos fueran sólidos, trabajaría en descubrir qué era *eso* que me faltaba como músico. Toqué la llave que colgaba de mi cuello, un talismán que siempre llevaba conmigo. La llave era lo último que mi padre me había regalado antes de abandonarnos a mi madre y a mí, veinte años atrás. Todavía no sabía qué abría, pero como todas las cosas, suponía que la respuesta vendría sola.

—¡Muchas gracias, chicas! Gracias por darme una oportunidad. Trabajaré duro para hacer que tenga éxito. Lo prometo.

Abrí la puerta para salir de la oficina y me topé de frente con una pequeña gata salvaje.

—Hola, preciosa. —Admiré a la pequeña bola de fuego mexicana que tenía delante, desde su pelo castaño oscuro por los hombros, hasta sus bonitos pechos, cubiertos con un sujetador deportivo negro. Su abdomen estaba desnudo, dejando a la vista una franja de piel marrón, como azúcar moreno, que me moría por besar. Intuía su sabor a miel. Sus pantalones de yoga hasta las rodillas eran de cintura baja, muy por debajo de su ombligo, y me hacían la boca agua. Le quedaban como un guante, sin dejar nada a la imaginación. ¡Gracias, Dios mío, por la maravillosa ropa deportiva de las mujeres!

—Ricitos —me saludó toscamente.

Me pasé una mano por mi pelo alborotado. Sus ojos color caramelo me observaron con lo que yo esperaba que fuera fascinación. Por un escaso segundo, su boca se abrió y su lengua rosada lamió su labio inferior. La tensión sexual que crepitaba entre nosotros era magnética. Si no fuese un caballero, la habría hecho retroceder hasta apoyarla contra la pared y la habría besado allí mismo, justo en ese instante. Pero no podía hacerlo. No solo podría provocar que me despidieran; ella también podría molestarse y golpearme. No era la mejor manera de quedar bien con una chica, aunque había tenido peores experiencias durante mis últimos años de adolescencia, cuando era espontáneo y algo salvaje.

—¿Me has visto bien? —Colocó las manos sobre sus caderas redondeadas.

La mujer tenía un cuerpo increíble. Pequeño, pero bien proporcionado. Sus pechos eran pequeños y turgentes, perfectos para encajar en mis palmas. Sin embargo, sus bonitos senos no eran su mejor atributo.

Sin duda, era su trasero. Duro y redondo, con forma de corazón, daban ganas de morderlo con fuerza. Marcarlo como mi territorio. ¡Demonios! Siempre había sido un hombre de traseros, y esa mujer podía ponerme de rodillas para adorar las nalgas de su carnoso paraíso.

—Tal vez si te dieras la vuelta... —Me acaricié el labio inferior con el pulgar mientras inclinaba la cabeza y miraba sus atributos.

—Cerdo —murmuró y se abrió paso junto a mí.

Para ser una duendecita, era fuerte como un buey.

—Mmm... De espaldas incluso ganas. No hay tanto parloteo que distraiga la vista.

Ella resopló, sacudió su pelo y enfocó su mirada en la mía.

—¿Quieres hacer esto aquí? —señaló a las dos mujeres, que se habían quedado mudas. Al ver a Mila, me había olvidado del mundo y del hecho de que estaba junto al despacho de La Casa del Loto, con mis jefas detrás.

—Lo haría contigo en cualquier parte —respondí sin pensarlo. Grosero pero cierto. Ella era mi sueño húmedo personificado.

—Me das asco —gruñó, con los dientes apretados, en contraste con sus pómulos.

—Te encanta.

—¡No! —resopló con indignación, aunque sus pezones erectos, su respiración agitada y sus pupilas dilatadas decían lo contrario.

—Puede que todavía no, pero llegará. —Sonreí con suficiencia y luego levanté la barbilla hacia Crystal y Jewel—. Gracias de nuevo. Esta noche os lo envío todo.

Crystal saludó con la mano y Jewel se cruzó de brazos.

Crystal, según me habían dicho, estaba enamorada del amor y probablemente había disfrutado del espectáculo. Con Jewel, sin embargo, debía tener cuidado. No la conocía lo suficiente para determinar si aquello me traería problemas. El tiempo lo diría.

—Te veo luego, Gata Salvaje —bromeé mientras cerraba la puerta al salir, deliberadamente, para que no me respondiera. Estoy seguro de que cualquier cosa que hubiera dicho habría sido genial.

Discutir con aquella enérgica mujer hacía que cualquier día fuera más interesante. Necesitaba pasar más tiempo en el centro e inscribirme en sus clases. La operación Gata Salvaje empezaría esa misma semana.

Salí del centro hacia el sol de California con la canción de *Misión Imposible* sonando en mi mente.

2

Postura del loto con brazos estirados

(*En sánscrito*: padmasana)

Existe una gran variedad de versiones o variaciones de la posición del loto estándar en yoga. Un instructor podría hacer que eleves los brazos desde el centro del corazón, en posición de rezo, para iniciar un suave estiramiento de la espalda y la columna. Un buen estiramiento del tronco se logra estirando los brazos por completo, inclinándote ligeramente a la derecha y sosteniendo la posición. Luego, regresa al centro e inclínate ligeramente a la izquierda, sosteniendo la postura.
Si pierdes el equilibrio, puedes apoyar una mano en el suelo.

MILA

—¿Os lo podéis creer? —Señalé la puerta cerrada. Sentía un calor descontrolado por todo mi ser. Aquel hombre me encendía por dentro y lo único que quería era apagar ese fuego. De inmediato. Lástima que mi cuerpo traidor no estuviera de acuerdo. Cada vez que me cruzaba con aquel espécimen masculino, perdía toda mi capacidad de pensar con claridad. Probablemente por eso reaccionaba con amenazas y comentarios sarcásticos. Era mi forma de defenderme de aquel exasperante hombre.

Atlas Powers, ¿qué clase de nombre era *ese?* Sonaba a superhéroe. Pero no lo era, ni de lejos. Al menos eso era lo que me decía a mí misma. Su metro ochenta y cinco de pura perfección musculada podía llevar a una mujer desprevenida, con el coeficiente intelectual de una muñeca Barbie, a creer que era un superhombre.

—Yo sí, pero me sorprende lo mucho que te afecta, Mila. Creo que estás colada por el nuevo yogui. ¿Me equivoco? —Crystal me observó con una suave sonrisa en su lindo rostro.

—Te equivocas, y *mucho.* —Resoplé—. Si «colada» significa querer colgarlo por los pies y arrojarle globos de agua hasta que admita su derrota, entonces sí. De lo contrario, absolutamente no. Es presumido, engreído...

—Atractivo —propuso Crystal.

—Eso también. —Recordé cómo el pelo le caía de forma encantadora sobre los ojos—. Egoísta...

—Sexi —agregó Crystal.

—Mmm... —Muy sexi. Si fuera una estúpida, habría trepado en él como a un árbol, habría construido un nido y me habría quedado un tiempo a vivir allí. Un tiempo largo—. Arrogante y tremendamente...

—Bien proporcionado —volvió a sugerir Crystal, tan poco colaborativa.

Cerré los ojos y evoqué su cuerpo cuando se había detenido frente a mí, momentos antes. Su imagen era muy bella. La personificación de un hombre sano y en forma, que se cuida y es activo. Vestía pantalones de yoga, negros y holgados, de estilo masculino, que se ajustaban sobre un par de gruesos y musculados muslos. Y una camiseta blanca y negra, con un diseño jaspeado, que se ajustaba a sus pectorales mostrando un torso escultural. Una mata de cabello rizado, castaño oscuro, caía alrededor de su cabeza de belleza clásica, con ese estilo informal, pero cuidado, del que las mujeres se enamoran con facilidad.

—Tentador... —susurré, y luego abrí los ojos al darme cuenta de que había estado soñando despierta en el despacho de mis jefas. Una sensación de pavor se extendió por mi columna y salió por mis poros mientras silenciaba un suspiro con la mano—. No, lo que quiero decir es que ¡lo *detesto*! —Tomé aire, enderecé la espalda y apreté los puños.

Crystal rio y sonó como las campanadas de una iglesia.

—Si por «detestar» te refieres a «desear», del modo en que cualquier mujer llena de vida lo haría, lo entiendo. Cariño, no hay nada de malo en estar interesada en un compañero yogui.

—No estoy interesada en *nadie*. —Apreté los labios, con el deseo de que mi respuesta fuera simple. *No permitas que mi falta de control me delate más de lo necesario.*

—Mila, cariño, básicamente os hemos visto acariciaros, verbal y mentalmente. —Jewel se levantó de su asiento de detrás del escritorio—. Te gusta Atlas Powers. Admítelo. No hay que avergonzarse de sentirse atraída por un hombre. Sobre todo si se trata de uno que parece un supermodelo del fitness masculino.

Y así era. Parecía un supermodelo. Podría fácilmente adornar las páginas de una revista para hombres y hacer que las chicas babearan. Lo bastante guapo para ser fotogénico y con una alta dosis de masculinidad, pura y dura, que volvía estúpidas a las mujeres. Crucé los brazos sobre mi pecho y miré por la ventana.

—Admito que es atractivo, pero es tan engreído...

—Arrogante y egoísta. Eso ya lo has dicho. —Los ojos azules de Crystal eran tan luminosos como un día de sol despejado y brillaban con alegría.

—Bueno, es verdad.

—Cariño —Crystal se acercó a mí y tomó mi mano—, hace ya cuatro años que trabajas aquí y, en todo este tiempo, nunca te he visto salir con nadie. ¿Hay alguna razón en particular por la que guardas tu corazón con tanto recelo?

—Las citas no son lo mío, Crystal. No tengo tiempo para un hombre en mi vida. —Algo que no era estrictamente cierto. Lo que ella no sabía, porque nunca se lo había contado a nadie, ni siquiera a Moe, era que yo era la reina de las aventuras de una sola noche.

Cada pocos meses, iba a un bar en Oakland, encontraba a un hombre atractivo y dejaba que me invitara a un par de copas, lo que me llevaba después a su casa. Teníamos sexo y luego me marchaba. Como si me rascara una urticaria. Los dos obteníamos lo que necesitábamos y seguíamos con nuestras vidas. Sin compromisos. Sencillo. Sin complicaciones. Y en todo el proceso, yo era siempre quien tenía el control.

—Es una forma muy solitaria de ver la vida, querida. —Crystal frunció el ceño y puso su mano en mi hombro—. ¿No te gustaría que alguien te esperara en casa? ¿Una persona a la que dar las buenas noches al final de un largo día?

Conmovida, intenté contener mi respuesta, pero fallé.

—Tengo cosas más importantes que hacer, que echar de menos a un hombre. Soy perfectamente capaz de conseguir uno, si de verdad lo quisiera. No tenéis que preocuparos por mí.

Técnicamente, no lo sabía. No lo había intentado en años, pero era fácil conseguir un revolcón de una noche. Algo sin importancia. Tener un hombre en casa, de forma habitual, solo me traería problemas. Una relación requería la única cosa que yo no podía ofrecer: tiempo. Sobrevivir como una mujer soltera, de veintitantos años, sin educación universitaria ni apoyo familiar ya era bastante difícil. Añadir un hombre a la ecuación, alguien que querría que dejara mis actividades de fin de semana, o que impartiera menos clases, o que no me quedara pintando hasta altas horas de la madrugada... No era una opción.

¡Dios! ¡Necesitaba pintar! Encontrarme con Atlas, aquella conversación con Crystal, la charla de mi mejor amiga... Todo comenzaba a formar un montón de basura, con la que no tenía ni el tiempo ni la energía para lidiar.

—No quiero ser grosera, pero solo he venido para confirmar mis horarios para las próximas dos semanas. No esperaba recibir una lección de vida. —Mis palabras fueron breves y entrecortadas.

Crystal apretó los labios en una delgada línea. ¡Uf! Yo era una comadreja.

—Ya veo. Te pido disculpas si me he pasado de la raya —dijo llanamente.

—No, no, está bien. Es solo que todo está bien para mí. Es perfecto. Hablo en serio.

—¿Y Atlas? ¿Te ha molestado con sus comentarios? Si crees que está siendo inapropiado, puedo hablar con él —propuso Jewel.

—No, de verdad. —Negué con la cabeza—. Puedo arreglármelas. No es más que un pesado. —Un pesado ridículamente atractivo. Un hombre con el que, honestamente, me encantaba discutir, sin más razón que entretenerme. Rompía con la monotonía del día. Por supuesto, nunca lo reconocería en público. Era mejor que todos pensaran que no lo soportaba. Quizás así, yo también acabaría creyéndolo.

—Entonces, ¿te importaría asistir a su nueva clase por nosotras y hacernos luego un informe? —Crystal sonreía con su habitual alegría. Por un momento, me pregunté si venderían píldoras que pudieran hacer a una persona tan feliz.

¿Por qué yo? No quería asistir a ninguna clase de aquel sexi canalla. Era preferible que solo nos cruzáramos de vez en cuando.

—Claro, si necesitáis que lo haga... ¿Queréis que os dé detalles de su método vinyasa, de su enseñanza, de cómo fluye su clase en general?

Crystal y Jewel se sonrieron, antes de apartar la vista. Aquellas dos mujeres tramaban algo, pero no tenía ni idea de qué era, solo que tenía que ver con Atlas y conmigo, en lo que probablemente fuera algún retorcido plan cósmico.

—¿Por qué tengo la sensación de que me estáis tendiendo una trampa? —Jewel parpadeó y frunció los labios. La expresión de Crystal no cambió.

—¿Qué te hace pensar eso? ¿Alguna vez nos hemos portado mal contigo?

—Bueno, no, pero...

—Entonces, apreciaríamos que una de nuestras yoguis más veteranas asistiera a la nueva clase que ofrecemos en el centro, y que luego nos informara sobre la experiencia, el instructor, el ambiente de la clase y la acogida de los asistentes. ¿Recuerdas cuando Genevieve comenzó hace un par de años?

—Sí, pero... —Suspiré.

—Sin peros. —Crystal negó con la cabeza y recogió un montón de papeles. Ordenó la pila en su lugar contra el escritorio—. La primera clase tendrá lugar la semana próxima. Compartirá horario con la clase de yoga aéreo de Nicholas y con la clase nocturna de hatha de Genevieve. ¿Supone un problema? Por supuesto, te pagaremos encantadas por asistir.

—No es problema. —Solté una larga exhalación—. Allí estaré, y no tenéis que pagarme. Asistiré como cortesía profesional.

—Gracias, querida. —El placer de Crystal estalló en su rostro—. Estoy deseando saber qué opinas. —Se inclinó y escribió algo con bolígrafo azul en el primer papel de su pila—. Y aquí está tu horario. —Me entregó el papel en el que había escrito. Tenía mi nombre anotado arriba, y más abajo, con su detallada caligrafía, había escrito: «Yoga con Atlas» en la noche del miércoles. Al parecer, no pintaría esa noche.

—Gracias. Me aseguraré de informaros bien.

—Me muero de ganas. —Crystal inclinó la cabeza a un lado y parpadeó divertida.

Giré lentamente, salí del despacho y caminé hacia mi sala. Una sensación de inquietud me acompañó. *¿Qué estarían tramando esas dos?*

Durante unos minutos, comencé con la respiración del yoga, intentando centrar mi mente y calmar mis pensamientos. Tenía que dar una clase en veinte minutos. Había planeado recoger mi horario y revisarlo con una taza de café en la pastelería, pero ahora, ya no había tiempo.

Tiempo. Mi peor pesadilla. Y ahora tenía incluso menos, ya que tenía que hacer de niñera de Atlas Powers. ¡Maldito yogui sexi! ¿Por qué no podía ser un hombre con cara de perro? No había planeado asistir a ninguna de sus clases, más que nada porque mantener mis ojos apartados de su cuerpo era como pedirle a un estudiante de arte que no mirara a un Van Gogh o a un Picasso. Había que estudiar a los clásicos. Y, ¡ay, Dios!, el cuerpo de Atlas era digno de admirar. Ahora tendría que observarlo durante una clase de noventa minutos. ¿Tal vez podría salir antes?

Bufé y me senté en la plataforma donde impartiría la clase. No, Jewel y Crystal contaban conmigo. Siempre habían sido amables y unas jefas increíbles. Lo último que quería era que pensaran que yo era una ingrata. Asistiría a la clase del yogui sexi, y les contaría mis impresiones. Y después, seguiría con mi vida. Fácil. Sin problemas.

ATLAS

Noté su presencia antes de verla. De alguna manera, la habitación iluminada por velas solo daba brillo a una cabellera, como si la luz parpadeante siguiera su esencia, a través del aire, cuando se movía. Sus ojos no se encontraron con los míos cuando dispuso su esterilla en la esquina frontal derecha de la sala. Otros clientes colocaron las suyas al fondo. Había cerrado las gruesas cortinas que separaban el pasillo de la sala y permitían que los clientes vieran la clase desde el exterior. Normalmente, las propietarias querían que estuvieran abiertas, a menos que fuera una clase particular o uno de los talleres de tantra para parejas de Dash. Sin embargo, para aquella clase, la privacidad era de suma importancia.

Toda la sala cobró vida con nuevos clientes, la mayoría mujeres. Tuve que admitir que salir con Dash a pasear por el campus de Berkeley, para promocionar la clase en persona, había funcionado como un hechizo. Habíamos conseguido tantos números de teléfono con guiños y sonrisas que, al final de la noche, sentía que cargaba un bolsillo lleno de confeti, y los tiré todos a la papelera circular. Amber, la esposa de Dash, había fruncido el ceño cuando le contó nuestro día. Y, al instante, se había ofrecido a asistir a mi clase para apoyar al amigo de su marido.

Ante esa ocurrencia, me había reído mucho. Conocía a Dash Alexander desde el instituto y la única ocasión en la que lo había visto perder la compostura había sido por Amber. Ella lo había enamorado con su inocencia y su inteligencia. Esta vez fue como cuando Amber le contó que era virgen, seis meses atrás. Entonces solo estaban saliendo, y él actuaba como un tonto enamorado. Esta vez fue diferente. Se puso peor. La sola idea de que su esposa se desnudara frente a una clase llena de gente despertaba su ira. Finalmente, le había pedido a su esposa que no asistiera a mi clase.

Intenté hacerme el ofendido, pero lo entendía. Nadie había tocado a su esposa antes que él; su cuerpo, su mente y su alma. Los hombres como yo solo podíamos soñar con ser tan afortunados. Pero, con mis horarios de día e intentar hacer que la música funcionara de noche, apenas tenía tiempo para un revolcón rápido con alguna seguidora dispuesta, que conocía en el bar donde tocaba. Y mucho menos para un compromiso serio. Pero Amber se había molestado. Tanto que tuve que marcharme para que pudieran hacer las paces.

Caminé por la sala para asegurarme de que todo estaba preparado. Había hablado con la mayoría de los clientes fuera para que firmaran un documento, que eximía al centro de cualquier responsabilidad si algo les parecía inapropiado. Por lo que entendía, no tendría mucho valor en un juicio, pero me gustaba tener algo que mostrara el consentimiento de los asistentes. No esperaba que pasara nada. Al principio, todos fijarían la vista en el suelo o en el techo, se mirarían de forma tímida entre ellos o se centrarían en sí mismos y, sobre todo, evitarían el contacto visual. Luego entrarían en las posturas, enfocarían la atención hacia dentro y se convertiría en una clase de yoga cualquiera.

Desafortunadamente para mí, había una diosa de color canela, de tamaño reducido, que captaba toda mi atención. No podía esperar a lanzarle la bomba. Me pregunté cuánto tiempo tardaría en recoger su esterilla y salir de la clase. Esa descarada era difícil de contener. ¿Mi apuesta? Cinco segundos. Comprobarlo sería explosivo.

Por el rabillo del ojo, me di cuenta de que la gente había empezado a desvestirse. Comprobé la hora, me acerqué a la puerta, me aseguré de que no hubiera rezagados conversando fuera que tuvieran que entrar y luego cerré la puerta con llave. Mila entornó los ojos e inclinó la cabeza, con una mirada de desaprobación.

Caminé hacia ella y, estaba a punto de darle la bienvenida, cuando su tono mordaz me detuvo en seco.

—¿Qué haces cerrando la puerta? Va en contra de las reglas.

—No cuando se cierra por dentro. Cualquier cliente puede abrirla fácilmente y retirarse, sin mencionar las salidas de emergencia. No quiero que nadie entre a mitad de clase. Sería inapropiado y muy perturbador.

—¿Por qué? —Echó su cabeza hacia atrás—. Te pagarán por cualquiera que llegue tarde.

—Ahora lo verás —sonreí.

Los ojos color caramelo de Mila brillaron con una intensidad dorada. Sus pómulos, altos y amplios, se tiñeron de un tono rosado. Me habría gustado sentir esas sedosas mejillas en las puntas de mis dedos.

¡Vaya! La irritación le sentaba bien.

—Clase, estamos a punto de comenzar. Ya sabéis qué hay que hacer —dije, lo bastante fuerte como para que todos escucharan.

—¿Así es como comienzas una clase? —Golpeó el pie en el suelo y entornó los ojos—. Deberías darles la bienvenida, presentarte.

Sabelotodo.

Reí detrás de mi mano. Se iba a comer sus palabras.

—¡Ah! Ya lo he hecho. Fuera, cuando les hice firmar su autorización.

—¿Autorización? ¿Para qué? —Su boca se abrió y sus ojos también lo hicieron alarmados.

—Para lo que ocurrirá en la clase; para que no nos demanden por acoso sexual, exhibicionismo público o cualquier cosa que las normas sociales podrían considerar inapropiada.

—Disculpa, no te sigo —dijo frunciendo los labios.

Sonreí, enlacé las manos en mi camiseta suelta y me la saqué por la cabeza.

Mila jadeó y se lamió los labios cuando mi pecho quedó a la vista. ¡Ah, sí! Había una gran tensión sexual entre nosotros y me moría por echarle el diente, pero había que esperar al momento idóneo.

—Mila, quítate la ropa. —Mi voz estaba cargada de un deseo que no podía ocultar, con ella delante. Viéndola allí, como un regalo divino.

—¿Disculpa? —Su propio tono fue bajo y sensual.

—Mira a tu alrededor. —Estiré los brazos como si estuviera exhibiendo un banquete de Acción de Gracias, no una clase llena de personas que querían practicar yoga.

—¡Ay, Dios! —Se cubrió la boca con la mano mientras sus ojos pasaban de una persona a otra—. ¿De qué va la clase?

Miré sus bonitos ojos color caramelo, sonreí y luego me bajé los pantalones de yoga y la ropa interior con un solo movimiento.

Sus ojos no comenzaron por mis pies y me recorrieron lentamente. No, su mirada fue directa al centro, justo a mi miembro. Casi pude sentir el calor de su deseo atravesándome.

El jadeo que salió de su linda boca en aquel momento sonó más como un suspiro ahogado.

—Yoga nudista.

Si hubiera podido, habría pagado para que alguien capturara la expresión de su rostro cuando me desnudé por primera vez ante aquella gata salvaje y sexi. Su pecho subía y bajaba con más rapidez de lo que era necesario para una persona que solo estaba de pie, sin mover un solo músculo. Tenía las pupilas dilatadas, y sus pezones erectos asomaron a través de su fino sujetador deportivo. Tuve que pensar en mi abuela y en el asqueroso baño del bar en el que tocaba para evitar una erección.

—Tienes que estar bromeando.

Alcé una ceja, llevé ambas manos a mi cabeza y las pasé por mi pelo para que mi cuerpo desnudo estuviera totalmente expuesto.

Sus ojos inspeccionaron mi figura abiertamente, de la cabeza a los pies.

—¡Jesús! —susurró y se mordió el labio inferior.

Sonreí, tomé aire para calmarme y abrí los ojos.

—Sí, eso es lo que pienso yo cada vez que te veo, y ni siquiera estás desnuda.

—Atlas... —me advirtió y miró alrededor.

La sala estaba en silencio, salvo por el sonido rítmico y tranquilizador de Enya que sonaba suavemente de fondo.

—Clase, adelante, comenzad sentados sobre la esterilla, con las piernas cruzadas en posición de loto. Presionad las manos, con palmas unidas, sobre el corazón, cerrad los ojos y pensad en lo que queréis dejar ir hoy. Ya os habéis deshecho de los parámetros físicos con los que habéis entrado; ahora, trabajemos en los mentales.

—Yo no... no sé qué decir —tartamudeó Mila; su voz mostraba tanto inquietud como curiosidad.

—No hay nada que decir. —Uní las manos frente a mi pecho—. O te quitas la ropa y entras en posición de loto, o te marchas. Tu indecisión está perturbando mi clase.

Una silenciosa guerra de voluntades pareció batallarse en los pocos segundos que pasaron mientras estaba de pie frente a ella, desnudo como el día en que nací, esperando su decisión.

Sin más preámbulos y sin pronunciar palabra, estiró los brazos detrás de su espalda y arqueó el pecho deliciosamente. Luego cruzó los brazos frente a ella, tomó el borde inferior de su sostén deportivo y se lo sacó por la cabeza en un movimiento. Un par de los más suculentos, lozanos y pequeños pechos aparecieron a la vista. Mi miembro se alteró en su lugar de reposo; quería levantarse y saludar al día.

Vómito en el suelo, mezclado con trozos de papel higiénico orinado.
Espejos empañados.
Frases asquerosas y números de teléfono escritos en las paredes de azulejo.

Me apresuré a pensar en cosas asquerosas para no ponerme en evidencia.

Los rizos castaños y sueltos de Mila cayeron fuera de su rostro y sus ojos se posaron en los míos. Luego enlazó los dedos en sus pantalones de yoga ajustados y se los bajó. Curiosamente, no usaba ropa interior. Tendría que preguntarle a Dash al respecto. Él había tenido más experiencia con yoguis que yo. Aunque en ese momento, al ver el cuerpo desnudo de Mila Mercado, juré sobre todo lo sagrado que aquella mujer sería mía. Quería probar cada uno de sus pezones dorados hasta que suplicara por más. Quería saborear el centro resbaladizo entre sus piernas, como si fuera la más fina exquisitez.

Tragué saliva y observé. Solo observé su cuerpo.

—¿Vas a dar la clase o te vas a quedar ahí mirándome desnuda toda la noche? —Sus cejas se arquearon y sus labios hicieron un mohín.

Un desafío. Eso era. Aquella mujer tenía el poder de desarmarme. Sexi como el demonio, aquella pequeña yogui acabaría conmigo.

—¡Ah, Gata Salvaje, me pasaría toda la noche mirando tu cuerpo desnudo con mucho gusto! Es como una obra de arte que no te cansas de contemplar. Nunca es suficiente. Hay que verlo una y otra vez para apreciar los pequeños detalles. Algo que tengo intención de hacer. En otra ocasión. Ahora tengo una clase que impartir. —Sonreí y golpeé las manos para indicarle a la clase que estábamos a punto de empezar.

Me di la vuelta y dejé a Mila, y a su hermoso cuerpo, para empezar la clase. La plataforma que utilizaban los instructores de yoga tenía un riel de luces que iluminaban directamente el podio. Me puse allí, frente a una clase llena, con veinticinco personas desnudas, aunque solo me importaba la opinión de una de ellas.

Para mi consternación, al mirar alrededor de la sala, llena de clientes en posición de loto, observé que la mayoría de los cuerpos eran jóvenes y estaban en forma. Pronto tendría a mujeres y hombres de distinta constitución participando, y la experiencia sería incluso más profunda. Prefería un público más diverso en mi clase.

Mila se sentó rápidamente en posición y cerró los ojos.

—Ahora colocad los brazos sobre la cabeza y juntad las palmas de las manos. —Yo mismo me puse en posición y esperé a que la clase me siguiera. Dondequiera que mirara, había cuerpos desnudos. Pechos grandes, medianos, pequeños, pectorales masculinos. Y tantas formas diferentes de pezones, que todo se convertía casi en un juego de unir los puntos. No había dos iguales.

Cuando estaba dando una clase de yoga nudista, mi imaginación convertía a todos los cuerpos en estatuas de arcilla. Ya no eran figuras desnudas y vulnerables; eran estructuras con las que crear hermosas formas a través del arte y la práctica del yoga.

—Inhalad y, con la exhalación, bajad los brazos y dejad ir. Cruzaremos las rodillas una sobre la otra, poniéndolas en línea. Tomad vuestros brazos y cruzad los codos. —Todos me siguieron, pero yo tenía problemas para no centrarme en la única mujer que no quería mi atención—. Eso es —dije cuando todos lo hicieron—. Esta es la postura de la cara de vaca. Enfocaos en la sensación entre vuestros omóplatos, vuestras caderas y respirad...

Los guie durante sesenta minutos de una clase de nivel principiante a intermedio. Finalmente, quería ofrecer yoga nudista y hacer que fuera específico para su estilo de yoga, como vinyasa flow, hatha, tal vez incluso algo de yin yoga.

Cuando les pedí que hicieran la posición del perro, con las piernas separadas, sentí al instante mi error crepitando por mis venas. Podía ver el trasero de Mila perfectamente. No había nadie detrás de ella lo bastante cerca como para bloquear la vista. ¡Jesús, qué trasero! Apreté los puños para controlarme de hacer algo estúpido, como ir hacia ella y poner mis palmas sobre sus preciosas nalgas y presionarlas.

Luego se inclinó. Gemí cuando su sexo rosado se hizo visible. Mientras elevaba el tronco por la cintura, sus pequeños y alegres pechos rebotaron y su cabeza colgó entre sus piernas. Era naturalmente flexible y una yogui avanzada. No me sorprendió cuando apoyó la coronilla en el suelo. Luego estiró ambos brazos y se agarró los tobillos. Todo su cuerpo estaba doblado y abierto. Muy abierto. Podía fácilmente ponerme detrás de ella y penetrarla. Y estaría *muy* bien. Sujetaría sus caderas y entraría en ella, una y otra vez, para que sintiera cada profunda embestida intensamente, fija en mi pene, recibiendo lo que le ofrecía. La follaría hasta que llegara al orgasmo.

Y ocurrió lo inevitable. Mi miembro se elevó notablemente. Duro y orgulloso. Los ojos de Mila se abrieron y pudo ver mi gran problema. Se lamió los labios y empujó contra sus muslos, levantó la cabeza, el pecho y luego el resto de su cuerpo. Cuando estuvo de pie, miró tímidamente sobre su hombro, con su perfecto trasero expuesto. Mi corazón se aceleró, mi pene se endureció dolorosamente mientras miraba alrededor para asegurarme de que nadie más me miraba. Solo para ella, rodeé mi miembro y lo acaricié una vez, para que ella pudiera ver exactamente lo que me provocaba. Para mi sorpresa, ella sonrió con malicia, se puso cara a la pared y volvió a su posición, con el trasero en alto, el sexo abierto y lista para la siguiente instrucción.

A decir verdad, basándome en su reacción, sabía que lo tendría difícil. Esa mujer era un problema. Más que un problema. Era un maldito cartucho de dinamita.

3

Chakra del plexo solar

Las personas que más se relacionan con el chakra del plexo solar tienden a ser cosmopolitas y extremadamente inteligentes. Es posible que hablen varios idiomas y cuiden mucho sus cuerpos. Están interesadas en conseguir muchas posesiones materiales y buscan la fama y la fortuna como medida de su éxito. El prestigio y el poder son fuerzas dominantes en estos individuos.

MILA

Atlas Powers era atractivo. Magnífico y bien dotado como un caballo. Su cuerpo era una estructura sólida de músculos esculpidos. Sus abdominales estaban tan marcados, que estaba segura de poder sentirlos, como en braille, si pasaba mi lengua sobre ellos. No podía pensar en otra cosa.

Mis labios arrastrándose sobre sus duros músculos.

Mi lengua saboreando cada una de las olas de su pared abdominal.

Cuando colocó las manos detrás de su cabeza y mostró su cuerpo como el guerrero vikingo que parecía, con su mata de rizos cayendo sobre sus ojos y su fuerte mentón cubierto por una barba incipiente, perdí la capacidad de respirar. En serio, no tenía derecho a estar tan bueno.

Un acalorado estallido de excitación perforó mi centro e hizo que mi sexo se volviera suave y necesitado. Un anhelo creció dentro de mi cuerpo. Mis fosas nasales se abrieron con el olor almizclado del macho que se burlaba de mí, atrapándome con sedosos tentáculos de feromonas masculinas. Atlas me observó mientras lo miraba hasta saciarme, sin tratar de ocultar su sonrisa engreída. Era muy consciente del efecto de su belleza y disfrutaba con ello.

No pude negarme. Cuando me dijo que me quitara la ropa antes de que comenzara la clase, casi me trago la lengua. Las palabras «ropa» y «nudista» habían rebotado alrededor de mi cabeza como en una máquina de *pinball*, hasta que finalmente la bola entró en el agujero, junto con el sentido que había detrás de su lujuriosa frase. Había querido sorprenderme e impactarme con su petición, y había ganado. Esa ronda. Claro, hasta que levanté los brazos sobre mi cabeza y me quité el sujetador deportivo.

Cuando logré darle la vuelta a la situación, Atlas se rindió. Sus ojos recorrieron mi cuerpo, como si quisiera memorizar cada centímetro de mis pequeños pechos, libres ahora de su prisión de lycra. La forma en que se lamió los labios indicó que no le molestaba que fueran pequeños; al contrario, si yo lo permitía, él los agarraría con fervor. Después, lo golpeé en las entrañas cuando, en lugar de detenerme y salir corriendo, me bajé los pantalones de yoga y le devolví la sonrisa. Hijo de puta engreído.

Mi corazón palpitó una sinfonía en mi pecho a la espera de que respondiera, con el deseo de ver su miembro duro elevándose entre sus muslos por mí. Pero eso no sucedió. No, él dio media vuelta y comenzó con la clase. Quise tomarme su brusca reacción como un cumplido, como una señal de que estaba abrumado por mi desnudez, pero un rápido vistazo alrededor de la clase probó que mi teoría era débil. Toda la clase estaba llena de mujeres jóvenes, de edad universitaria, con pechos como melones, cinturas de Barbie y piernas que duraban días. Aunque pudiera soportar un enfrentamiento con Atlas, de más de diez minutos, sin enfurecerme, había un mar de mujeres dispuestas, que ladraban menos y no mordían, entre las que podía escoger.

Había decidido quedarme, así que me senté y seguí sus pasos. Después de unos quince minutos, de forma mágica, olvidé que estaba desnuda. Mientras realizaba los doce pasos del saludo al sol, pasando de estar de pie a agacharme, a dar una zancada o a ponerme en plancha... mi mente se sumió en un estado de completo zen. Solía realizar esa serie en mis clases. Cuando el alumno aprendía los doce pasos, se volvía confiado y se concentraba más en el yoga. El acto de mover el cuerpo aeróbicamente no solo tonifica y fortalece la forma física, sino que también crea un espacio de tranquilidad para que la mente descanse y se rejuvenezca.

Hacia el final de la clase, nos pidió que nos pusiéramos de lado en las esterillas y curváramos el cuerpo hacia delante con las piernas abiertas. Eso me dejó totalmente expuesta y abierta. Hice un esfuerzo por no mirar entre mis piernas. No quería saber si alguien estaba mirando la parte más vulnerable de mi cuerpo, y cómo me haría sentir eso, hasta que una acalorada sensación cosquilleó en mi cuello. Fue como la intuición que se tiene cuando te están siguiendo o sabes que alguien te observa.

Tenía razón.

Abrí los ojos. Toda la clase estaba inclinada, mirando en dirección opuesta. Ningún joven universitario estaba observando mi vagina. Luego volví a tener esa sensación extraña y miré a Atlas. Sus ojos estaban fijos en los míos. Estaba de pie, visiblemente aturdido. El fuego en sus ojos era abrasador. Mi rostro y mi pecho se encendieron por el deseo lujurioso que emanaba de él, como poderosos rayos de energía. Apoyada en mis muslos, arqueé la espalda y me elevé antes de caer hacia abajo. Miré por encima de mi hombro desnudo y vi cómo su pene se endurecía ante mis ojos.

¡Por fin! ¡Gané!

¡Dios mío, era tan viril! Su miembro era grueso, con una fuerte raíz y una amplia cabeza. Su mitad inferior estaba desprovista de vello y lucía totalmente suave. Nada evitó que el orgulloso tallo se elevara cuando cerró su mano alrededor de la base, fijó su mirada en la mía y lo acarició un instante con energía.

Oleadas de deseo corrieron a través de mí con tanta fuerza que tuve que hacer un esfuerzo por controlarlas, sonreír y mostrar mi mejor atributo al inclinarme de nuevo en posición. Mantuve los ojos cerrados y la coronilla de mi cabeza descansando en el suelo. Necesitaba el apoyo.

Atlas dio algunas instrucciones más, que yo seguí al pie de la letra. Aprovechaba cada oportunidad para lanzarle una mirada. Todo en él era perfecto a excepción de sus rizos, que le tapaban muchas veces los ojos. Habría dado mi pecho izquierdo por pintarlo. Sería el modelo desnudo ideal. Pelo oscuro, pómulos altos y angulosos, una nariz bien perfilada, labios gruesos y un cuerpo que podía hacer llorar a los ángeles. Era justo lo que necesitaba para terminar mi exposición. Unos cuantos desnudos de ese hombre y vendería toda mi obra.

Mis dedos se cerraron instintivamente sobre un pincel imaginario. *Necesitaba* pintar. Y ya había encontrado al muso perfecto. El deseo de crear y hacer algo artístico me recorrió por dentro. Si tan solo pudiéramos soportarnos el uno al otro el tiempo necesario para que lo pintara... Desafortunadamente, no éramos capaces de estar juntos más de unos minutos sin atacarnos verbalmente.

—De acuerdo, clase, colocaos en la postura del muerto. Consiste en tumbaros de espaldas, con los pies y los tobillos relajados hacia fuera, los brazos a los lados y las palmas abiertas hacia el techo. Queremos atraer la energía del universo hacia nuestro interior a través de la relajación profunda o *savasana*, y no lanzarla contra la tierra al presionar las palmas en el suelo. Os he dejado un cojín cerca de vuestras esterillas. Colocáoslo bajo los muslos para que la pelvis descanse cómodamente.

Mientras estaba allí tumbada, escuchando su voz grave, un fuego candente se deslizó por la superficie de mi piel inquietándome profundamente. Sentía una presión familiar en la mandíbula y mi corazón latiendo con fuerza en el pecho. No podía relajarme. Tenía que irme de allí.

Me levanté, me arrodillé junto a la esterilla y la enrollé con un movimiento ágil. El sonido de unos pies descalzos, resonando contra la madera del suelo, se hizo cada vez más fuerte, hasta que se detuvo junto a mí.

—¿Qué te pasa? —susurró Atlas, inclinándose detrás de mí. Su cuerpo desnudo estaba tan cerca que podía sentir su esencia almizclada y especiada en el aire, envolviéndonos, y evocándome lujuriosas imágenes de sexo sudoroso y alucinante. Hacía mucho tiempo que no tenía el placer de oler algo así. Habían pasado meses desde mi última aventura ocasional. Mi boca se hizo agua con el deseo de girar la cabeza y lamer su piel suave. En mi mente, Atlas gruñiría y gemiría cuando mordiera y marcara su piel con mis dientes.

¡Al diablo! Tenía que irme. *Ya.*

Me levanté y mi cuerpo chocó contra el suyo. Sus brazos rodearon mi cintura. Mis manos fueron hacia sus gruesos muslos, donde hundí los dedos para no perder el equilibrio y por necesidad. Necesitaba tocar su hermoso cuerpo. Sentirlo solo una vez.

Al principio, no movió ni un músculo, aparte de su erección, los latidos acelerados de su corazón y su respiración lenta. Su miembro descansaba entre mis nalgas y, ¡por el amor de Dios!, me hacía sentir bien. Atlas tensó los dedos contra mi vientre y me presionó más contra su pecho. Su cuerpo era cálido, envolvente y seguro. Hacía mucho tiempo que no me sentía así de bien entre los brazos de un hombre. Y reaccioné frotando mi trasero en su gruesa erección.

Apoyó la cabeza en el punto donde mi cuello se encontraba con mis hombros.

—Sigue así y te inclinaré aquí y ahora, delante de toda la clase. Ya pones a prueba mi paciencia con tu piel canela y tu firme cuerpo —gruñó bajo e intencionadamente en mi oído.

La música era lo suficientemente alta y, con una rápida mirada, comprobé que todos estaban inmersos en su relajación profunda.

Arqueé mi espalda y volví a presionarme contra él. Quería ponerlo a prueba, que supiera lo mucho que hacía enloquecer con su presencia.

—Te arrepentirás de esto, Gata Salvaje —ronroneó en mi oreja.

—Lo dudo mucho. —Cerré los ojos e inhalé lentamente.

Y, dado que ya había perdido la cabeza, supuse que podía incluso superarlo. Tomé sus manos, las aparté de mi cintura, giré en sus brazos y apoyé mis pechos contra su torso desnudo. Después, rodeé su cuello con una mano y me puse de puntillas para presionar mis labios sobre los suyos.

Con una respiración entrecortada, sus brazos se cerraron alrededor de mi cintura y me elevaron. La rigidez de su erección de acero se arrastró contra mi pelvis. Me contuve de gemir, pero por poco. Tomó esa ligera debilidad de mis labios como una invitación para introducir su lengua en mi boca. Desde el instante en que nuestros labios se tocaron, me sentí perdida.

Lamió mi boca con su lengua, se entrelazó con la mía y me consumió, a mí y a mis inhibiciones. Atlas Powers besaba con todo el cuerpo. Manos acariciando, labios mordisqueando, piernas sosteniendo y brazos abrazando. No había escapatoria, ni lugar donde prefiriera estar que allí desnuda, contra su imponente cuerpo, perdida en él.

Alguien en la clase tosió y la burbuja a nuestro alrededor estalló. Me alejé de él y me agaché a recoger la ropa que tenía junto a la esterilla.

—Mila... —susurró Atlas con intención de llamar mi atención. De ninguna manera. Mis mejillas estaban encendidas por la vergüenza.

Apreté los dientes y me subí los pantalones. Luego traté de ponerme el sujetador deportivo que había dejado enrollado. Atlas colocó sus manos en mis brazos levantados y mis pechos estuvieron cerca de aplastarse contra su torso una vez más. Enroscó sus dedos en la parte retorcida de la prenda y la deslizó con facilidad. Lentamente, noté cómo descendía esos talentosos dedos sobre mis senos y colocaba el sostén en su lugar. Deseaba poder decir lo mismo de mi dignidad.

Quise decir algo, lo que fuera, pero era consciente de que aquel no era el lugar, así que solo observé sus ojos azules, no marrones... un momento...

—¿Tienes un ojo marrón y uno azul? —La pregunta escapó de mis labios con la misma facilidad que mis dedos sobre su cuello hacía un momento.

—Muy observadora, cielo. ¿Podemos discutirlo más tarde? —Estiró sus manos hacia las personas tumbadas, inmóviles como cadáveres, perdidas en el *savasana*. La relajación profunda era la parte preferida de la mayoría de la gente. Solo había que dejar que la mente divagara y que el cuerpo se aflojara por completo, como había hecho yo, desnuda contra...

—¡Qué locura! —Me toqué la frente, acalorada, y negué con la cabeza.

—Estoy de acuerdo. Definitivamente, te falta algún tornillo, pero estás muy buena, besas fenomenal y estoy deseando oírte gritar mi nombre.

La ira salió a la superficie y reemplazó todos mis pensamientos lujuriosos con semillas de rabia. Di un paso al frente de puntillas, al tiempo que él se encorvaba hacia delante, poniéndose a mi altura. En un suspiro, estábamos de nuevo cara a cara, solo que ya no deseaba besarlo, sino más bien al contrario, quería golpearlo.

—¿Crees que puedes manejarme como quieras? —lancé.

—Creo que puedo hacer mucho más que eso.

—Lo dudo.

—Pon tus condiciones.

Una vez más, miré hacia la sala. Los cuerpos del suelo estaban inmersos en su espacio zen. Por mucho que quisiera continuar con aquella conversación, porque me hacía sentir más viva de lo que había estado en años, aquel no era lugar para estar atacándonos verbal o físicamente el uno al otro. Busqué un bolígrafo en mi bolsa, agarré su antebrazo y le anoté mi número.

—Escríbeme un mensaje, no me llames.

Con un meneo de caderas y paso firme, agarré mis cosas contra el pecho, zigzagueé con los pies descalzos entre las personas del suelo y me marché. Tan silenciosamente como pude, abrí la puerta y miré por encima de mi hombro. Él estaba allí inmóvil, totalmente rígido, con los brazos musculosos cruzados sobre el pecho, las piernas separadas y los ojos fijos en mí.

Su belleza era primitiva y delicadamente esculpida, con músculos que eran una combinación de buena genética y trabajo duro.

Él era todo lo que no necesitaba. Una distracción de grandes proporciones que sembraría el caos en mi mente, golpearía mi corazón y me rompería el alma. Viendo todo lo que él representaba, de la cabeza a los pies, recordando su beso, la fuerza con la que me había sujetado contra él... no tenía forma de librarme.

ATLAS

Escríbeme un mensaje, no me llames.

Mila me había dicho eso antes de escribirme su número de teléfono en el brazo y salir de la sala. Terminar mi primera clase de yoga nudista con una erección no había sido muy profesional. Había roto mi única regla, así que me puse los pantalones de yoga y me senté en posición de loto sobre la plataforma antes de hacer que todos regresaran de su relajación profunda. Si mi ropa llamó la atención, nadie dijo nada. Sin embargo, me emocionó la cantidad de personas que me agradecieron la experiencia al final de la clase y prometieron repetir la semana siguiente. Les pedí que compartieran el folleto con sus amigos.

Algunas chicas me esperaron a la salida para conseguir mi número. ¿Lo más extraño? Les dije que estaba saliendo con alguien. Absolutamente mentira. Pero Mila se había colado en mi mente y la idea de tener sexo con cualquier mujer atractiva que no fuera ella no me seducía en absoluto. Ella era la única mujer con la que quería acostarme.

No podía quitarme de la cabeza el recuerdo de mi miembro presionando sus lindas nalgas. Literalmente, no podía dejar de pensar en mi Gata Salvaje. Sin embargo, por primera vez en mi vida, no lograba entender por qué. Estaba claro que ella era un regalo divino para cualquier hombre: pequeña, atlética, piel morena y un pelo lo suficientemente largo para agarrarse a él mientras follábamos. Y esos preciosos pechos... Apostaba a que podría meterme uno entero en la boca. Y que a ella le gustaría. Sí. Y aquel trasero, dotado de la mejor genética, podía incluso competir con el de Jennifer Lopez. Más pequeño en tamaño, pero más carnoso. Agarré mis muslos y presioné mientras imaginaba mis dedos en su culo. A ella le encantaría también. Pequeña bola de fuego. Mientras mantuviera su boca cerrada, todo iría bien. ¡Demonios! Sabía exactamente dónde poner mi pene para mantenerla callada. Pero amaba lanzarle provocaciones y que me las devolviera. Nunca sabía qué palabras hirientes saldrían de esa boca tan besable. Todo lo que sabía era que quería provocarla y molestarla. Deseaba que se enfadara salvajemente y que luego jadeara de placer.

Pelear y follar.

La combinación perfecta.

Suponía que aquella misma noche ocurriría. Contemplar su enfado cuando se dio cuenta de que estaba en una clase de yoga nudista no tenía precio. Sus ojos se habían humedecido, se había mordido el labio inferior y luego había jadeado. Quería ver esa expresión de sorpresa en su rostro, pero estando dentro de ella, dándole el mejor orgasmo de su vida. Podía imaginármelo.

Arrojé mi bolsa sobre el sofá de cuero y repasé la estancia. Técnicamente, había alquilado una habitación. Mi amigo Clayton Hart era propietario de un apartamento de lujo en Oakland. Era entrenador personal de estrellas. Trabajaba con varios miembros del equipo de los Ports de Oakland, incluso con Trent Fox, amigo de mi colega Dash. Aún no había conocido al jugador, pero sí a su esposa, Genevieve. Ella trabajaba en La Casa del Loto, pero se rumoreaba que iba a reducir sus clases, para cuidar a su bebé y atender su salón de belleza. Crucé los dedos para quedarme algunas de sus clases. El dinero que ganaba con los conciertos pagaba el alquiler, pero las clases de yoga me ayudaban a alimentarme y vestirme. El dinero no era un problema, pero tampoco me sobraba. Por supuesto, todo cambiaría si conseguía una firma dispuesta a darnos una oportunidad a mi música y a mí.

Recorrí la habitación, me desplomé en el sofá y encendí el estéreo. La música estrafalaria de Beck emergió del aparato y yo cerré los ojos.

Escríbeme un mensaje, no me llames.

Metí la mano en mi sudadera y tomé mi móvil. Me levanté la manga y añadí el número de Mila como contacto con el nombre de «Gata Salvaje».

¿Por qué no quería que la llamara? ¡Al diablo! Seleccioné su número y presioné el botón verde para llamarla.

Sonó varias veces y entró directo al buzón de voz.

—Has llamado a Mila Mercado. Deja tu mensaje después de la señal y te responderé lo antes posible. Namasté.

—Hola, guapa. Soy Atlas. Guárdate mi número. —Resoplé y colgué. Menos de un minuto después, mi móvil vibró en mi mano.

Gata Salvaje: *¿Acaso no escuchas? Te dije que me escribieras un mensaje y que no me llamaras.*

Sonreí y mis dedos volaron por las teclas.

Atlas: *¿Te asusta escuchar mi voz? ¿Y lo que podría provocarte?*
Gata Salvaje: *Eres un engreído... Y yo que creí que podías ser amable.*

Atlas: *También puedo ser amable. Muy amable. Déjame demostrártelo.*
Gata Salvaje: *¡Ja! Ni lo sueñes.*
Atlas: *Sabes que te gustaría.*
Gata Salvaje: *Lo que de verdad me gustaría es pegarte.*
Atlas: *Tú quieres besarme. Admítelo.*
Gata Salvaje: *No. ¡Chúpate esa!*
Atlas: *Con mucho gusto. ¿A qué te refieres? ¿A tus labios? ¿Tus tetas? ¿Tu coño?*
Gata Salvaje: *¿Me estás haciendo sexting?*
Atlas: *No es posible que seas tan tonta.*
Gata Salvaje: *¡Que te jodan!*
Atlas: *¡Exacto! ¿Cuándo?*
Gata Salvaje: *Me vuelves loca.*
Atlas: *Eso es justo lo que quiero. Que pierdas la cabeza por mí.*
Gata Salvaje: *Creo que ya la he perdido. Por tener esta conversación contigo. Anda, vete a la cama.*
Atlas: *Me encantaría irme a la cama, pero contigo.*
Gata Salvaje: *¡Uf!*
Atlas: *Bromas aparte. Quiero verte. Fuera del trabajo.*

Con ese último mensaje, mi corazón se aceleró y mi boca se secó. Esperé. La pantalla mostraba que el mensaje había sido entregado, lo que significaba que ella lo había visto. ¿Por qué no llegaba su respuesta, su réplica divertida?

Finalmente llegó y el estómago me dio un vuelco.

Gata Salvaje: *Yo también quiero verte.*

Sonreí. Se había rendido. ¡Sí! Sacudí la cabeza y seguí sonriendo. No había esperado que admitiera su deseo tan abiertamente. ¿Podía mejorar todavía más la noche?

Atlas: *Acepto. ¿Lugar y hora?*
Gata Salvaje: *Si te invito a venir, ¿te sentarás desnudo para mí?*

«¿Te sentarás desnudo para mí?»
Una forma extraña de expresarlo, pero si eso funcionaba para ella...

Atlas: *He dicho que acepto. ¿Lugar y hora?*
Gata Salvaje: *Mañana por la noche. A las 19 h. En mi casa.*

Luego escribió su dirección. No la reconocí como ningún sitio en el que hubiera estado. No tenía importancia. Con la promesa de estar desnudo con ella en posición horizontal, iría adonde fuera.

Atlas: *Nos vemos entonces.*
Gata Salvaje: *Nos vemos. Ponte ropa cómoda.*

4

Postura de la silla
(En sánscrito: utkatasana)

Esta es una postura básica de estiramiento que se usa dentro y fuera del yoga. Puedes encontrarla en una clase aeróbica o con un entrenador personal que la utilice para fortalecer los músculos de los muslos, pantorrillas y abdominales. En el yoga, no solo es beneficiosa para el cuerpo, sino también para la mente, por el aspecto del equilibrio, y ayuda a que el yogui centre la atención hacia su interior. Para realizar esta postura, coloca los pies separados, al ancho de tus hombros, levanta los brazos paralelos al suelo y siéntate en una silla imaginaria que esté bastante separada de ti. Asegúrate de meter el coxis.

MILA

Mi estudio era un desastre. Los materiales de pintura ocupaban por completo la enorme mesa de madera. Era la única que tenía, así que me servía de mesa de trabajo y también para comer. Como la mayoría de las noches comía mientras pintaba, no había problema. Los lienzos de la exposición en la galería para la que estaba trabajando estaban todos apilados en una esquina, cubiertos con una tela. Por desgracia, había también ropa de yoga esparcida por todas partes. Recorrí el apartamento con mi cesto de la ropa sucia, metiendo en él todo lo que estaba por ahí tirado, y luego lo guardé en mi armario. Ya lo ordenaría más tarde. Después hice la cama. Por muy insoportable que fuera Atlas, no quería que pensara que era una descuidada. Aunque a veces lo fuera.

El estudio que alquilaba no era nada del otro mundo, pero era lo que podía permitirme. Y por el momento me funcionaba, aunque fuese una caja de zapatos. Mi cama estaba a solo tres metros de mi espacio de trabajo, y este, a metro y medio de un pequeño sofá de dos plazas y del televisor. La pequeña cocina tenía una encimera larga que compartía la pared con la nevera y los fogones. No había horno, pero había colocado un microondas sobre la encimera. También había comprado uno de esos muebles de cocina con ruedas para tener un sitio donde preparar la comida. Como se movía, podía colocarlo frente a la nevera cuando no lo usaba.

Si mi padre no lo hubiera estropeado todo desfalcando en su empresa, habría ido a la Universidad, me habría licenciado en Bellas Artes y estaría pintando a tiempo completo. Tal vez hasta tendría mi propia galería, donde podría exponer mis obras y las de otras personas que también quisieran vivir su sueño a través del arte. Por desgracia, mi querido padre entró en prisión cuando yo solo tenía quince años.

Mi madre y yo intentamos salir adelante. Le pidió el divorcio a mi padre, estando ya entre rejas, y él aceptó. Nos iba bien, hasta que, un día, mi madre regresó a casa y me presentó al nuevo amor de su vida, Steve. No había nada malo en él, a excepción de que tenía dos hijas en custodia compartida con su exesposa. Y que vivía en Nueva Jersey, que se encontraba a dos mil kilómetros de California y de mi padre, a quien yo visitaba regularmente. No podía dejarlo. Yo era todo lo que le quedaba. Era la única persona que no lo odiaba.

Mi madre no lo entendía. Quería que me mudara con ella a Nueva Jersey, que conociera bien a Steve y a sus hijas, y que fuera parte de su gran familia feliz.

«¡Tenemos que dejar atrás a ese hombre y lo que nos hizo! Volver a empezar. Tenemos una nueva oportunidad de ser felices», había dicho. Y en ese preciso instante, la perdí. En mi interior supe que mi madre había cambiado. Lo que mi padre hizo la había destrozado de un modo del que nunca se recuperaría. No quería estar cerca de nada que le recordara a él. Y, al final, eso me incluyó también a mí.

Así que, con diecisiete años, me independicé. Aquella decisión rompió el corazón de mi madre y dañó tanto nuestra relación que, nueve años después, aún no sabía cómo arreglarla. Seguíamos en contacto por obligación. Ella me llamaba por mi cumpleaños, en Acción de Gracias y en Navidad. Yo le correspondía con una llamada el Día de la Madre y en su cumpleaños. No estábamos nada unidas. No había pasado una celebración con mi madre desde el día que dejó atrás la tierra de las nueces, y dudaba que volviera a hacerlo algún día. A veces me preguntaba qué pasaría si le dijera que me casaba o que tendría un bebé. Probablemente me felicitaría y me contaría todo acerca de lo perfectas que eran las vidas de sus hijastras. Nada de lo que yo pudiera decir importaría. Había tenido nueve años para crear una nueva vida con Steve. Yo era el único asunto sin resolver, pero al menos vivía a un mundo de distancia. Ella no tenía que preocuparse por mí, ni interesarse por cómo estaba. A pesar de que yo pensaba mucho en ella. Casi a diario. Cuando veía a Monet con su hija, Lily, me acordaba de cuando era así con mi madre. A los tres años, ella era lo mejor del mundo. A los veintiséis, apenas podía recordar cómo era.

El timbre sonó. Durante un instante, me quedé paralizada mientras unos escalofríos helados me recorrían la espalda. Atlas estaba allí. Una lenta sonrisa se extendió en mis labios. Estaba deseando usar sus palabras en su contra. Cuando la noche anterior me había pedido que me quitara la ropa, casi muero del impacto. Ni siquiera cuando descubrí que toda la clase estaba desnuda, entendí nada. No fue hasta que pronunció las palabras «yoga nudista» que todo cobró sentido.

Hice lo que cualquier mujer de sangre caliente y carácter fuerte habría hecho. Me desnudé y seguí la clase, fingiendo que no me afectaba en absoluto, aunque sí lo hacía. Ver su cuerpo desnudo me excitaba. Me moría por lanzarme a sus brazos, montarme sobre él y cabalgar hasta el paraíso. Hasta llegué a pensar en buscarme un hombre esa misma noche para calmar mis ganas, pero no pude. Algo me detuvo. Si no era con Atlas, no quería tener sexo.

Aquello era nuevo para mí, porque siempre me apetecía. Aunque no siempre tenía tiempo para salir al acecho. Además, me había convencido a mí misma de que era perfectamente saludable tener entre cuatro y seis compañeros sexuales al año, como mujer soltera de veintiséis años que era. No sabía cuál era el promedio por mujer, pero pensaba que disponer de un hombre cada dos o tres meses entraba dentro de lo razonable.

Esa lógica me hacía sentir mejor, sobre todo cuando la culpa me acompañaba al salir de la cama de un extraño, vestirme y regresar en silencio a mi casa para acostarme en mi propia cama. No quería que ninguno de esos hombres tuviera mi número, ni supiera mi nombre. Para ellos, yo era simplemente «Chelsi».

El timbre volvió a sonar, sacándome de mi estupor. Me miré en el espejo que había junto a la cama. Llevaba un vestido sencillo y suelto. Nada impresionante. Era la ropa que usaba para pintar: un vestido negro de algodón, de tiras finas, con aperturas en ambas caderas. De ese modo podía sentarme con las piernas abiertas en mi taburete y pintar cómodamente. Me había recogido el pelo en un moño informal. Un rizo rebelde insistía en escaparse, así que lo llevé detrás de mi oreja. Solía usar muy poco maquillaje por las clases de yoga, que me hacían sudar, pero aquella noche me había esmerado un poquito. Me había puesto una suave sombra, de un tono ciruela, en mis ojos color café dorado y había cubierto con rímel negro mis pestañas, haciendo que parecieran kilométricas. La habitación estaba caldeada y mi temperatura ya era elevada, en anticipación a su llegada. También me había puesto un brillo de melocotón, que realmente sabía a melocotón, en los labios. Con eso bastaría.

Cerré los ojos, tomé aire y abrí la puerta. No estaba preparada para lo increíblemente sexi que era Atlas Powers. Y allí estaba, en mi puerta, con una botella de vino tinto en una mano y sus llaves en la otra. Vestía vaqueros desgastados y rotos en las rodillas. Una camiseta muy usada de Radiohead se extendía sobre su amplio pecho. Deduje que era una de sus camisetas favoritas, pues la imagen central estaba desteñida por los lavados. Además, el álbum que representaba era bastante antiguo. Gran banda. Al menos teníamos eso en común. Asumía que no mucho más, aparte del deseo de discutir y retarnos siempre.

—Hola, guapa. —Me miró de la cabeza a los pies. Su cabeza se inclinó a un lado y se rozó el labio inferior con el pulgar, un gesto al que me estaba acostumbrando y que probaba que no era inmune a mí. Yo me lamí los labios y usé la respiración del yoga para controlar el impulso de saltar sobre él. Sin importar lo que él pensara, yo no lo había invitado para tener sexo. Aunque me preguntaba cómo reaccionaría cuando descubriera mi verdadero motivo.

No dije nada, solo miré cómo me observaba.

—¿Puedo pasar? —Sonrió, luciendo arrebatadoramente sexi con su chaqueta de cuero.

—Si no hay más remedio... —respondí con arrogancia, para mantener nuestro tono habitual.

Soltó una carcajada y entró. La estancia se volvió infinitamente más pequeña con su presencia. Un aroma a cuero, tierra y viento se fusionó en el aire a su alrededor cuando pasó junto a mí. Inhalé una profunda bocanada de su esencia y cerré la puerta. Me apoyé contra la superficie de madera para contenerme mientras la cruda masculinidad que emanaba se disipaba. Él estaba de pie, con las piernas en forma de «A», mientras recorría mi apartamento con la mirada. No le tomó mucho tiempo.

—¿Pintas? —preguntó mientras giraba en círculo alrededor de la habitación. No había mucho que ver. Un giro de trescientos sesenta grados y podría catalogarla y memorizarla por completo.

—Sí. —Me aparté de la puerta y me dirigí hacia mi pequeña cocina—. ¿Quieres que abra el vino? —estiré la mano.

Su mirada estaba fija en la esquina donde tenía mi caballete.

—Mi padre era artista. —Las palabras salieron entrecortadas e inseguras, casi como si no hubiera planeado compartir ese detalle personal sobre sí mismo.

—¡Qué bien! —Decidí concedérselo y cambiar de tema—. ¿El vino?

Él negó con la cabeza y me entregó la botella. La abrí, serví dos copas y le ofrecí una.

—Gracias por venir. Me ayudas mucho, de verdad.

Sus cejas se fruncieron y bebió un trago antes de que una sombra atravesara su mirada y me ofreciera una sonrisa encantadora.

—¡Ah! Será un placer —dijo mirando mi vestido otra vez.

Reí por lo bajo, sobre todo porque él no sabía a qué había accedido, sin darse cuenta, con los mensajes. Y tenía pruebas, en caso de que se echara atrás. Pero antes quería disfrutar un poco más de nuestro juego verbal.

—Supongo que te gusta mi vestido. —Alcé una ceja y bebí un trago de vino. Era un vino tinto afrutado, con notas de ciruela y fresas y un toque sutil de grosellas. Había elegido bien.

—Me gustaría más si te lo quitaras. —Sonrió con una mirada lasciva.

—¿Estás seguro?

—Segurísimo.

Aquello iba a ser muy divertido. Apenas podía contener la risa. Burbujeaba en mi interior, deseando salir, pero tenía que aguantar solo un poco más.

—Tú primero.

Hizo un mohín y dejó su copa en mi mesa de trabajo. Luego se sacó su chaqueta de cuero y la apoyó sobre mi taburete. Tendría que moverla cuando me sentara, pero no quería perderme el espectáculo.

—Sigue. —Sonreí y seguí bebiendo de forma casual.

Atlas sonrió también, abrió su cinturón, desabrochó el botón de sus vaqueros y se bajó la cremallera. Luego enlazó los dedos en el extremo de su camiseta y se la quitó por la cabeza.

Se me cortó la respiración cuando mostró su pecho dorado y musculoso. Su cuerpo era absolutamente perfecto. Incluso sus descuidados rizos y la barba incipiente le quedaban bien. Era adorable. Sonrió y yo me agarré al escritorio para sostenerme. Esos dientes blanquísimos, ese pecho color miel con abdominales duros como rocas, la sensual «V» que se hundía muy por debajo del lugar donde sus pantalones estaban desabrochados... Todo eso junto sería mi perdición.

No. Mila. Contrólate. Tienes trabajo.

Sí, empujarlo sobre la cama y follármelo hasta que pierda la cabeza. No, no. Negué con la cabeza y él se rio.

—¿Hablas sola, Gata Salvaje?

—Eh... No. No me hagas caso. Continúa.

Levantó los brazos, del mismo modo que lo había hecho en clase, con los dedos entrelazados detrás de su cabeza. Sus bíceps y antebrazos se abultaron con el esfuerzo. Las notas almizcladas de su colonia, mezcladas con el cuero y la tierra, que debían de ser su aroma natural, impregnaron el aire como un rastro de humo, desde su cuerpo hasta el mío. Mi boca se hizo agua cuando su esencia masculina y terrosa alcanzó mi nariz y aflojó mis rodillas.

Contrólate, Mila. Trabajo. Piensa en lo perfecto que será para trabajar.

—Estoy pensando que tienes una ventaja injusta. Estoy a medio desvestir y tú aún estás completamente vestida.

—¡Ah! Ahí está el problema. Yo nunca prometí que me desnudaría. Tú sí. ¿Eres un hombre de palabra?

Como respuesta, enroscó sus dedos en la parte superior de sus vaqueros, se quitó los zapatos y dejó caer sus pantalones y la ropa interior al suelo. Su pene se elevó como si también estuviera saludándome. Me lamí los labios y juro por Dios que se meció frente a mis ojos.

—Joder... —susurré.

—Te toca. —Atlas gruñó. Su voz era como arena y rocas frotándose entre sí. Ese sonido crepitó contra la excitación que humedecía mis muslos.

—No, no. —Sacudí un dedo frente a él—. Ve hacia allí y siéntate.

Él apretó los dientes y, al hacerlo, su mandíbula se tensó, logrando la expresión que yo quería capturar en mi lienzo. Era la imagen perfecta de la tentación, justo la idea que yo quería transmitir a través de mi arte. Lo observé. Hinchó sus fosas nasales e inhaló con fuerza. Uno de sus ojos era de un azul intenso y el otro, de un profundo color chocolate derretido. Podía sentir la intensidad que emanaba de él en oleadas de energía mientras se dirigía a la silla. Atlas era un hombre único y especial, como sus ojos.

Se sentó, con el trasero desnudo en el taburete, los brazos cruzados sobre el pecho, y un pie apoyado en el peldaño inferior. Muy sexi. Su miembro sobresalía entre sus piernas, en una demostración gráfica de su virilidad.

—Muy bien, Gata Salvaje. Me tienes desnudo y sentado para ti. ¿Qué vas a hacer conmigo?

Sonreí, tomé un pincel y varios colores, que ya tenía dispuestos, y ajusté el lienzo para tener una visión perfecta de su cuerpo. Moví su chaqueta al sofá, me senté en mi taburete y dejé que las aperturas a cada lado de mi vestido ascendieran hasta mis caderas, exhibiendo mis piernas. Me concedí unos minutos solo para mirarlo. ¡Dios, era tan guapo!

—Voy a pintarte.

ATLAS

—¿Qué dices?

Sonrió, con esa sonrisa de gata a punto de comerse un canario. Después, mojó el pincel en un color, y luego en otro para combinarlos.

—¿Estás sordo?

—Oigo perfectamente.

Mila murmuró y llevó el pincel al lienzo. Podía ver su brazo realizando trazos fluidos a lo largo del lienzo. Su mirada se enfocó en la mía, pero pude ver por el brillo de sus ojos que *no me estaba viendo*. Supongo que solo veía ángulos.

—Me pediste que viniera para desnudarme.

Su nariz se arrugó al concentrarse en el lienzo y luego en un punto por debajo de mi cintura. Su cuerpo estaba en un ángulo desde el que podía verla a ella, pero muy poco de lo que pintaba.

—Así es.

—Y sabías que yo pensaba que querías follar.

—Sí. —Eso me hizo reír y sonreír.

—¿Y, aun así, lo único que querías era pintarme?

—Eso no es *lo único* que quiero hacer. —Sus cejas se elevaron y, finalmente, sus ojos se encontraron con los míos. Quise levantarme y sacudió la cabeza.

—Siéntate, por favor. Exactamente como estabas. Tengo que terminar el contorno y todo lo que pueda. Mi memoria es buena, pero no tanto.

Su respuesta llena de pánico fue suficiente para que volviera a sentarme. Lo hice acomodando mi pene, que lentamente se ablandaba.

—¿Puedes tocártela o hacer algo? La necesito dura para esta obra.

—¿La necesitas dura? —respondí tan rápido que ella jadeó y bajó la vista hacia ese punto. Notar su mirada allí ayudó a llamar la atención de la bestia.

Mila asintió.

—Quítate el vestido. Es justo que los dos estemos desnudos. De lo contrario, me levantaré y me iré.

—¡Pero lo prometiste! —Se levantó y se llevó una mano a la cadera.

—No. —Froté mi mentón—. Te dije que me sentaría desnudo para ti. Y aquí estoy, desnudo y sentado. Si quieres que me quede, tendrás que quitarte el vestido para que pueda mirarte e imaginar que me rodeas la cintura con tus piernas mientras subes y bajas sobre mi verga.

—¡Jesús! ¿Tienes que ser tan vulgar?

—Mira, Gata Salvaje, tú me has metido en esto. Si quieres que me quede, tendrás que darme un incentivo.

—¡Está bien! —rugió. Sus movimientos bruscos y sus labios apretados no hicieron nada para reducir su belleza. Una Mila enfadada era tan ardiente como una Mila tranquila. ¡Demonios! Tal vez incluso más, al dejar caer un hombro y que una tira de su vestido se deslizara, y luego la otra. En menos de un segundo, estaba desnuda para mí. Completamente desnuda.

—Parece que tengas un problema con la ropa interior. —Sonreí y me lamí los labios, aunque hubiera preferido lamerla a ella.

—¿Te estás quejando de que esté desnuda cuando acabas de pedirme que me desnude? —Echó la cabeza hacia atrás.

Después, volvió a sentarse en el taburete, mojó el pincel y siguió pintando.

—Es solo una observación.

—Si quieres saberlo, odio la ropa interior. —Sin perder el ritmo, siguió pintando mientras hablaba.

—Lo siento. —Reí y me alboroté el pelo. Me miró enfadada—. Es curioso. ¿A qué mujer no le gusta la ropa interior?

—A mí. —Inclinó la cabeza y enfocó la mirada en mi pecho—. Es incómoda. Y casi siempre se marcan las costuras.

—No con una tanga.

—¿Qué pasa con las tangas?

—No dejan marcas.

—Las tangas son incómodas. ¿Una tira de encaje o algodón metida por el trasero? —Se mordió el labio y se acercó mucho al lienzo antes de volver a mirarme—. Ninguna mujer las usa por gusto. Lo hacen por un hombre o por otras mujeres.

—Una mujer no usa tanga para otras mujeres. —Eché la cabeza atrás y reí con fuerza.

Esta vez se giró hacia mí, con las piernas abiertas como si no notara que estaba totalmente desnuda, y pude ver hasta su corazón. Mi pene se endureció más, llegando incluso a dolerme, al ver sus labios tan rosados y bonitos. Listos para ser lamidos, succionados y follados.

—Me estás matando —gruñí y agarré mi miembro.

Sus ojos se ampliaron y bajó la mirada. Luego cerró las piernas de golpe.

—¡Mierda! Lo siento. Eh... ¿De qué estábamos hablando? ¡Ah, sí! De tangas y de mujeres. Lo que los hombres no saben es que las mujeres, en realidad, nos vestimos mucho más para otras mujeres que para ellos.

—Explica. —Levanté la base de mi pene y la sujeté con fuerza al tiempo que respiraba por la nariz.

Ella siguió pintando, arqueando la columna, con ese condenado pelo rizado cayendo sobre su rostro. Quería envolver mi dedo en ese rizo, olerlo y sentir su esencia.

—Bueno, las mujeres nos fijamos mucho en cómo se visten otras mujeres, y en cómo les sienta lo que se ponen; nos fijamos incluso en cómo se ven desnudas. Es la naturaleza humana. Es casi como si estuviéramos analizando la competencia para no perder oportunidades entre la población masculina de encontrar un compañero.

—Eso es ridículo.

Mila se encogió de hombros y el gesto hizo que sus pequeños pechos rebotaran deliciosamente.

—Quiero probar tus tetas.

Cuando dije eso, giró su cabeza y tomó aire lentamente. Sus pupilas estaban dilatadas y su pecho agitado hizo que el objeto de mi deseo rebotara otra vez. Gruñí.

—Atlas...

—Tus tetas. Mi boca. Mías. Ahora. O me largo —rugí entre dientes.

—No deberíamos...

—Sí. Ahora. Dame tus tetas. Solo probarlas y luego puedes seguir pintando. —¡Mierda! Ya podía imaginar cómo sería su sabor. Calientes con un toque salado.

—No sabes lo mucho que necesito pintar. Mi sueño... —Tomó aire y mordió la punta de su pincel.

—Tus tetas. Mi boca. Ahora. No volveré a repetirlo. Luego me sentaré aquí toda la maldita noche, pero necesito *algo* dulce que me ayude a seguir.

Mila asintió y luego se levantó de la silla. Sus dedos temblaron al dejar los utensilios de pintura. Esas caderas por las que había estado babeando se mecieron mientras caminaba.

Cuando estuvo a medio metro de distancia, me incliné al frente, enlacé su cintura con un brazo y la levanté. Ella aulló y cerró las piernas en mi cintura. Mi pene descansaba justo debajo de su calor. Luego me prendí a un pezón moreno del tamaño de una moneda y lo chupé. Y seguí chupando. Mis mejillas se ahuecaban por el esfuerzo. Sus dedos se entrelazaron en mi pelo y se arqueó, presionando más su pecho en mi boca.

Sabía a canela y olía a rosas. Con una mano en sus lumbares, levanté el otro pecho pequeño y lamí la punta.

—Sabe condenadamente bien. Como a gominola de canela.

—Es de menta... ¡Ah! Una loción corporal natural. La compro en el mercado lo... ¡Ay, Dios!

Mordí su pezón erecto y luego lo lamí generosamente para calmar el ardor de la mordida.

—Mercado local de granjeros. Es comestible. —Suspiró y dejó que su cabeza cayera hacia atrás, ofreciendo su cuerpo en bandeja de plata.

Gruñí, abrí la boca y metí tanto de su pecho izquierdo como pude. Lo había adivinado. ¡Rayos! Me cabía casi todo en la boca.

Ella gimió y frotó su mitad inferior contra mí. Podía sentir sus fluidos mojando mi pelvis al pegarse a mí.

Cerré los ojos y liberé su pecho. Era lo último que deseaba hacer, pero algo en la forma en que había dicho que tenía que pintar evitaba que continuara.

Mi sueño. Había pronunciado esas palabras. Dos palabras que tenían el poder de destruirme, casi tanto como lo estaba haciendo la más ardiente instructora de yoga y artista en ese momento.

La acomodé, levanté su cabeza y tomé su boca. El beso fue brutal y salvaje, nada gentil y definitivamente nada suave. Mordí sus labios, succioné su lengua y recibí su respuesta. Con mis labios ansiosos, le dejé claro que eso no estaba terminado. Llegaríamos allí. Solo que no en aquel momento. Me alejé con una respiración amplia, me levanté y volví a dejarla en el suelo. Sus ojos estaban empañados de lujuria y deseo. En ese momento, si hubiera querido llevarla a la cama y follarla, podría haberlo hecho. Ella me lo habría permitido. Pero no era lo correcto.

—Pero...

—Pinta. Habla. Cuéntame tus sueños.

5

Chakra del plexo solar

Manipura *está asociado con el elemento natural fuego y directamente relacionado con la percepción de uno mismo. Está representado por un amarillo brillante y dorado, como el sol. Su centro de energía se relaciona con la autoestima, la identidad personal y la finalidad en la vida. Tener este chakra abierto es necesario para mantenerse orientado en los objetivos y enfocado en los sueños de futuro.*

MILA

Me tragué la punzada instantánea de miedo y ansiedad que emergía al hablar de mis verdaderos deseos. La única persona que conocía mis sueños era Monet. Nunca había compartido con ningún hombre nada valioso sobre mí o sobre lo que quería en la vida. Aquello por lo que trabajaba tan duro.

Atlas, caliente como Hades, con los puños cerrados a los lados, como si estuviera controlándose físicamente para no lanzarse de nuevo a mí, giró y regresó a su taburete. Apoyó su trasero en el asiento, cruzó los brazos sobre el pecho como había hecho antes, y se echó hacia atrás. Su miembro, duro como una roca, se erguía alto y grueso, listo para actuar. Y justo en ese momento, en el que yo estaba más que dispuesta. Me moví en el banco al sentir la excitación que cubría mis muslos y bajé la mirada. Mis pezones ya no eran de color café claro, sino de un color ciruela enrojecido. Puntos de capilares rotos salpicaban las puntas que Atlas había succionado como una aspiradora. Incluso había un moretón redondo del tamaño de un penique sobre la parte superior de uno de mis pechos.

—¡Un chupetón! —Aquel maldito canalla sexi me había marcado.

—Contigo no puedo controlarme —respondió sonriente—. Quiero morderte, tanto como discutir contigo.

Suspiré, recogí mis utensilios de pintura y regresé a mi trabajo.

—¿Sueños? —preguntó otra vez.

—Cuéntame los tuyos primero. —Estaba intentando dar un rodeo.

Atlas hizo crujir su cuello, de izquierda a derecha, con un sonido audible en ambos lados.

—¡Vaya! Suena a que alguien está tenso. —Él me fulminó con la mirada.

—Tal vez porque estoy sentado en un taburete, a menos de tres metros de la mujer desnuda con la que quiero follar y mi verga está dura como una roca. ¿Has oído hablar del clásico dolor de huevos?

—Oye, hace un momento, has sido tú quien lo ha parado. Podríamos haber llegado más lejos.

—Sí, claro, para convertirme en el canalla que te aleja de tus sueños, que obviamente tienen algo que ver con pintarme o, más bien, con la pintura en general, ya que tú y yo no nos conocemos desde hace tanto tiempo.

—Muy observador. —Deslicé el pincel por el centro de su pecho, donde colgaba una llave brillante—. Oye, ¿podrías quitarte la llave? Me bloquea un poco la vista.

—No. —Negó con la cabeza—. Píntame con o sin ella, pero no me la voy a quitar. —Sus palabras fueron repentinamente hoscas, sin un atisbo de nuestro habitual tono juguetón.

—Perdón por pedirlo. —Exhalé y enfoqué la atención en él—. ¿La llave es importante para ti?

—¿Pintar es importante para ti?

—Es mi vida, mi futuro.

Se pasó una mano por su pelo alborotado. Al menos eso podía pintarlo como quisiera, ya que se movía demasiado. Esos rizos largos podían ir en cualquier dirección, y en la pintura quedaría bien.

—Sí, bueno, la llave es mi pasado. Siempre la llevo conmigo. —¡Ah! Es interesante lo que se dice de un objeto.

—¿Qué abre? —Las fosas nasales de Atlas se abrieron.

—Si vas a continuar interrogándome, tendré que volver a poner mi boca sobre ti. Tal vez mis dedos también. Depende.

Dejé de pintar en medio del trazo. Que mencionara su boca y mi cuerpo en la misma frase lanzó una bola de fuego y deseo a través de mi cuerpo. Agarré mi pincel y presioné los dientes para permitir que llegara un momento de tranquilidad y así poder responder.

—¿De qué depende? —pregunté.

—De cómo quieras correrte, Gata Salvaje. —Todo su rostro pasó de ser gruñón a solícito en un segundo.

—¡Dios! Eres un sucio animal —dije entre dientes, fingiendo que sus palabras no me encendían.

—Querida, eso no es nada. Estaré encantado de mostrarte lo que es ser sucio de verdad. Termina con lo que necesitas hacer y te lo mostraré.

—¿Siempre ligas de esta forma? ¿Hablando así a las mujeres?

—¿Tú siempre pintas a los hombres con los que quieres follar?

—Nunca. Eres el primero.

—Así que admites que quieres follar conmigo. —Movió las cejas.

Reí por lo bajo, delineé su ceño en el lienzo y luego pasé a sus profundos ojos. Aún no había decidido si quería colorear el dibujo o hacerlo totalmente en blanco y negro. Cuando pintaba algo en color, cobraba vida de un modo muy «real», como si la imagen pudiera saltar del lienzo en cualquier momento. Con el blanco y negro, todo parecía más abstracto.

—¿Por qué siempre respondes a una pregunta con otra pregunta?
—¿Lo hago?

Bufé y él rio. A fin de cuentas, estaba logrando pintar bastante, con mi muso tan entusiasmado que apenas se había dado cuenta de que estaba sentada desnuda en mi banco, mientras pintaba a un hombre increíblemente sensual a menos de tres metros de distancia. Un hombre al que quería derribar del taburete, empujarlo sobre mi cama y aprovecharme de él. Sería la primera vez. Nunca había tenido sexo en mi apartamento, porque no traía hombres aquí. Siempre iba a sus casas. Menos problemas. Cuando acabábamos, podía levantarme y marcharme. Ser libre.

—¿Qué tienes en la cara? ¿Una sonrisa? ¿Estás pensando en nuevas formas de pintarme?

—Eso no es difícil. —Sonreí—. Ya te he imaginado en cientos de escenarios diferentes, desnudo y dispuesto.

Sus ojos se agrandaron y sonrió ampliamente, mostrando sus dientes.

—¿En serio? Cuéntame.

—Formas de pintarte, ricitos. ¡Cielos! ¿Siempre tienes sexo en la cabeza?

—Contigo en la habitación, sí. Normalmente, no. Siempre tengo una melodía en la cabeza.

—¿Música? —pregunté, mientras completaba sus brazos, cruzados sobre el pecho, en el lienzo.

—Sí, toco la guitarra y canto —asintió.

—¿Profesionalmente?

—Me gustaría, pero no. Toco sin más. En clubes, bares, esa clase de sitios. Compongo mi propia música y, a veces, también lo hago para otros. Lo que sea para pagar las facturas, ¿sabes?

—Lo sé. —Asentí. *Eso* sí lo entendía. Me deslomaba para pagar el alquiler, mis gastos y todo el material de pintura.

—Lo sabes, ¿eh? —Colocó las manos en sus muslos y se inclinó hacia delante. Su mirada pareció escarbar en mi mente y hacia mi alma.

—Sí. Lo que sea necesario para que suceda. No te detengas. Si lo quieres, lo creas. Sé tu propia fuerza.

—Sé tu propia fuerza. Me gusta eso. Algo me dice que sabes mucho de ser fuerte. —Echó un vistazo a mi habitación, enfocándose en una cosa por un momento y luego pasando a la siguiente—. Solo tienes dos fotografías enmarcadas.

—De nuevo, muy observador, ricitos. —Me tensé y pasé el pincel justo sobre su hombro derecho en el lienzo—. ¿Quieres una medalla por eso?

—No, quiero saber por qué.

—No tengo muchas fotos para enmarcar. —Me encogí de hombros.

—Eso es una tontería y lo sabes. —Puso los ojos en blanco—. ¿Una artista que no tiene muchas fotografías? Intenta venderle ese hielo a otro esquimal, porque yo no lo compro, guapa. ¿Qué pasa? ¿No eres de aquí?

—Sí. Es solo que no hay muchas personas en mi vida a las que quiera enmarcar. Mi padre, mi mejor amiga y su hija, eso es todo. No tengo tiempo para crear vínculos, así que atesoro los pocos que tengo. ¿Te parece bien?

—Sí. Lo siento. —Levantó las manos y las sacudió frente a él—. No era mi intención molestarte. Esta vez... —Sonrió y la tensión que emanaba entre los dos se disipó momentáneamente.

—¿Así que tu sueño es triunfar con la música, supongo?

Tomó la llave de su cuello y la deslizó sobre su cadena. El sonido de la cadena contra el metal de la llave chasqueaba como una cremallera al cerrarse, solo que no se detenía. Seguía una y otra vez, como un tic nervioso.

—Sí, o algo así. Y tú quieres pintar.

—O algo así.

ATLAS

—¿Has terminado? —Estaba cansado, hambriento y caliente. Tres cosas que no me hacían muy feliz.

Mila ignoró mi pregunta, estaba concentrada en el trabajo. Tenía el labio firme entre sus dientes, el ceño fruncido y los ojos enfocados en un punto de su lienzo. Su rostro estaba a pocos centímetros de la pintura.

Aún no había visto nada. Podría haber estado dibujando garabatos durante las últimas dos horas sin yo saberlo. Lo que sí sabía era que me dolía el trasero, mi pene se había bajado hacía mucho y tenía calambres entre los omóplatos de estar tanto rato con los brazos cruzados en el pecho. Cada vez que intentaba moverlos, ella me pedía que los volviera a cruzar. Algo sobre mantener la integridad de la pose. Lo que fuera.

Mientras ella seguía con la pintura, me levanté, recogí mis vaqueros y me los puse. Sacudí mi camiseta, le di la vuelta y me la pasé por la cabeza. Aun así, ella continuaba concentrada en los pequeños trazos que estaba haciendo; su mano apenas se movía. Silencioso como un ratón, me ubiqué detrás de ella, tan quieto como pude, y la observé, *la observé* realmente.

Mila Mercado era más que hermosa, hasta el hombre más miope podría verlo. Su piel brillaba como el sol reflejado en las suaves aguas del lago Tahoe en pleno verano. Sus rizos de miel suave acariciaban su nuca. Su espalda era extensa para una mujer tan pequeña y desprovista de cualquier marca de nacimiento o pecas. Los pequeños guijarros de su columna salpicaban su espalda, y la agitación de algo más grande que mi miembro cobró vida. Una canción.

Eres todo lo que no necesitaba.
Puedes poner a un hombre de rodillas.

Tus labios canela, calientes y frescos,
esperan que robe tu aliento.

Rizos que se enredan, enmarañados...
No dejes mi deseo abandonado.

Lléname con tu calor especiado.
Contigo, confiaré en la profundidad.

No era genial, pero era el comienzo de algo, y solo por eso ya estaba agradecido. No había escrito una canción en meses. Una noche desnudo, posando para una artista endemoniada, con una boca atrevida y un trasero que podría morder cientos de veces y nunca cansarme, y mi musa había revivido. Pasé una mano por el considerable bulto que tenía entre mis piernas. Al parecer, algo más había cobrado vida.

Avancé de puntillas hasta situarme detrás de Mila. Su cabeza se inclinó a un lado como si estuviera evaluando su trabajo. Tomé esa oportunidad para colocar los labios en ese espacio abierto sobre su cuello y rodearla con mis brazos. Ella jadeó, pero se reclinó sobre mí, con el pecho arqueado. Invitación aceptada. Cubrí esas pequeñas esferas de sus pechos y giré cada pezón entre mis dedos pulgares e índices; los estiré hasta que gimió con puro éxtasis.

Fue entonces cuando abrí los ojos y vi en lo que había estado trabajando. Mis manos se congelaron sobre sus pechos. ¡Demonios! Todo mi cuerpo se congeló. Allí estaba yo. Yo. En un crudo blanco y negro, con toques azarosos de color para sobresaltar las sombras.

—¡Joder, Mila! —grité—. ¡Menuda sorpresa!

—No te gusta... —Bufó—. No está terminado —agregó deprisa—. Me quedan horas de trabajo.

—Me gusta. —Me tragué el nudo, del tamaño de una bola de golf, que se había formado en mi garganta.

Eres todo lo que no necesitaba.
Puedes poner a un hombre de rodillas.
Lléname con tu calor especiado.

Contigo, confiaré en la profundidad.

Contigo, confiaré en la profundidad. Esa línea corrió una maratón mientras memorizaba cada trazo de pintura, cada suave onda de musculatura como ella la veía.

—¿Es así como me ves? —Mi voz estaba tan cargada de emoción que podría haber llorado. Haber caído de rodillas en un llanto desconsolado. ¡Mierda! ¡Demonios! ¿Qué estaba despertando en mí esa Gata Salvaje?

Sus manos tomaron las mías en su cintura, donde la había envuelto en un abrazo. Un abrazo. No un manoseo como había planeado antes. No, un abrazo fuerte y honesto. Uno del que no tenía ninguna intención de liberarme hasta poner mis ideas bajo control.

—Bueno..., sí. —Su cuerpo desnudo tembló en mis brazos—. Para mí, así es como te ves. Pero es arte, ya sabes. Es... —Intentó decir algo más, pero no podía escucharlo. No quería que su boca se interpusiera con lo que era, honestamente, lo más hermoso que hubiera presenciado en mi vida. Llevé la mano a sus labios.

—¡Shhh! No intentes explicarlo, Gata Salvaje.

Otro temblor la recorrió y retiré la mano de su boca. Gracias a Dios, guardó silencio mientras mis ojos se llenaban de su trabajo. De mí.

—Eres magnífica. —Negué con la cabeza y me enfoqué en cada pequeño detalle que pudiera detectar.

Intentó apartarse de mí, pero la sostuve con fuerza y cerré mis brazos completamente a su alrededor para que no pudiera escapar.

—Mila, has hecho que parezca un dios.

—Muy narcisista, ¿no? —Soltó una carcajada.

No era una broma. La pintura era definitivamente de mí, mayormente en blanco y negro, pero con toques de color en lugares estratégicos, como si pudiera cobrar vida. En la pintura, yo era escultural, fuerte y hermoso. Ella me veía mejor de lo que yo era. Mi pecho se hinchó de orgullo.

—¿Tú me ves así? —Mi tono sonó áspero y tan abierto como yo me sentía—. Cuando me miras, ¿esto es lo que ves? —Me agarré a ella, pero rodeé el taburete y señalé su arte con el pulgar sobre mi hombro.

Sus ojos se arrugaron en los extremos y su boca se abrió y se cerró. Luego una expresión de resolución se apoderó de su rostro, movió el mentón y me miró a los ojos.

—No tengo que explicar mi arte. Al igual que tú no tienes que explicar tus canciones.

—No, no tienes que hacerlo. —Sonreí—. Pero sabes lo que esto significa.

—No, ¿qué?

—Significa que crees que soy sexi.

Mila frunció el ceño.

—Crees que soy sexi. —Sonreí y miré su pecho provocativamente.

—Por favor... —balbuceó y miró a la distancia.

—Admítelo. Quieres que me lance sobre tu dulzura.

—Vale, admitiré que quiero dejarte entrar. —Echó la cabeza hacia atrás y rio—. El problema es... ¿podré hacer que salgas después?

Sus palabras, esos ojos color caramelo, la rigidez de su barbilla... decían a voces lo que deseaba.

—¿Qué, no eres de las que se acurrucan y duermen abrazadas? —Ascendí con una mano por su brazo y la cerré en su nuca.

Mila sonrió con malicia y presionó ambas manos debajo de mi camiseta para acariciar y tocar mi abdomen. Sus dedos estaban helados y me sobresalté cuando los apoyó.

—Soy más de las que golpean y huyen —sentenció.

Eso me sorprendió. Sin embargo, supuse que si quería llegar a algo con aquella Gata Salvaje, tendría que jugar a su juego.

—¿Y qué te hace pensar que yo estoy interesado en algo más que en hacerte gritar, toda la noche?

—¿Entonces, por qué estás vestido? —Carraspeó y tiró de mi cuello hasta que nuestras frentes se tocaron.

—Porque alguien se olvidó de mí mientras estaba ahí sentado, durante horas, siendo un dios artístico.

—¡Ay, pobrecito mío...! —Mila bufó y negó con la cabeza—. Ahora lo has estropeado todo. Has roto el ambiente. ¿Por qué tienes que ser tan molesto?

Cerré ambas manos alrededor de su cuello y levanté su barbilla con los pulgares.

—Planeo ser una gran molestia. En tu sexo. Y pronto. —Froté la pelvis contra su pierna para que pudiera recordar lo molesto que podía ser. Su jadeo fue música para mis oídos—. Además, sería una gran mejora para esa boca atrevida, aunque también tengo remedio para eso. —Otro meneo de caderas la hizo enderezarse en su intento de acercarse.

—Pero primero... —Rocé su nariz con la mía y besé el recorrido hasta su oreja.

—¿Sí? —Curvó su cuello para darme más espacio.

—Me muero de hambre. —Susurré y sonreí sobre su piel, suave como la seda.

—Eres un canalla, ¿lo sabes? —Sus uñas se clavaron en mis bíceps cuando se impulsó lejos de mí.

Reí con fuerza y seguí riendo mientras ella recogía su vestido, lo pasaba sobre su cabeza y escondía ese cuerpo increíblemente bonito de mi vista. Buena idea, porque estaba teniendo dificultades para decidirme entre follarla y alimentarla. El reloj digital de su horno microondas al otro lado de la habitación mostraba las diez de la noche en verde brillante. Ambos necesitábamos comer. No duraría en la cama con el estómago vacío y, después de tanto preámbulo, quería horas para amansar a mi Gata Salvaje. Horas.

Todo su cuerpo se tensó cuando enlacé un brazo sobre sus hombros.

—Vamos, guapa. Deja que te invite a cenar. Luego follaremos. Toda la noche. Lo prometo.

—¿Crees que vamos a ir a la cama ahora? —Intentó apartarse de mí, pero la tenía sujeta con firmeza—. Estás loco.

—No, estoy hambriento y caliente. En ese orden. Tú también. Si ahora me pusiera de rodillas, te encontraría mojada. Y lamento no ocuparme de eso, pero has perdido tu oportunidad al querer pintarme. Ahora vamos. ¿Qué te parecen unos sándwiches?

—Los odio —protestó.

—¿Pizza?

—Ni hablar. —Sacudió su pelo, supuestamente desinteresada.

—¿Comida thai?

—Vete a la mierda. Déjame ir.

La arrastré hasta la puerta donde estaban nuestros zapatos. La solté para ponerme los míos y arrojar sus sandalias frente a ella. Estaba apoyada contra la encimera de su pequeña cocina.

—No iré contigo.

—Sí lo harás.

—He dicho que no. —Sus ojos pasaron de su color café dorado a uno ardiente de ira.

—¿Qué tiene que pasar para que vengas a cenar conmigo?

—Que se congele el infierno —respondió.

—Además de eso. Pídeme otra cosa.

Miró sobre mi hombro y luego, lentamente, una expresión que parecía la de una mujer despechada se filtró a la superficie. Desafortunadamente, conocía bien esa mirada. Las mujeres que tenían pretensiones románticas conmigo solían mirarme de esa manera cuando las dejaba plantadas por un concierto, una noche de micrófono abierto de última hora o por algún otro motivo.

—Déjame pintarte otra vez. Desnudo.

—Trato hecho —accedí, demasiado rápido. Mi trasero aún estaba dolorido por el duro taburete.

—¿Tan fácil? —Deslizó sus piececitos en sus sandalias y tomó un abrigo del perchero que había junto a la puerta.

—*Sip*.

—Apuesto a que eso es lo que dicen todas las chicas. —Su tono era seguro, con una dosis de sarcasmo. Me encantó.

—¡Ay! —Me llevé una mano al pecho—. Eso ha dolido —bromeé, abrí la puerta y palmeé su trasero redondo al pasar, con fuerza suficiente para dejar mi marca.

—¡Maldición, ricitos! ¡Eso sí que ha dolido! —exclamó y se frotó el cachete irritado.

—Eso justamente es lo que dicen todas. —Le guiñé un ojo y la guie por el pasillo.

6

Postura de la pinza sentada
(En sánscrito: paschimottanasana)

Con el tronco estirado y derecho, inclínate hacia el frente desde la articulación de la cadera, no desde la cintura. Flexiona los pies y respira al tiempo que se alarga el coxis, alejándolo del dorso de la pelvis.

Si es posible, agárrate los lados de los pies con las manos, los pulgares en las plantas, y los codos totalmente estirados. Si no, relaja las manos sobre las pantorrillas, tobillos o donde puedas llegar, más allá de las rodillas.

No es bueno ejercer presión en las rodillas. Respirar rítmicamente ayudará a profundizar en la postura. Con la práctica, serás capaz de tocarte los tobillos y relajar todo el cuerpo sobre el largo de las piernas.

ATLAS

Resultó que Mila no tenía problemas con la comida. Nunca había visto a alguien de su tamaño devorar tantas porciones de pizza. Y no era la de masa fina y sin bordes. Había logrado que un amigo, el dueño de la pizzería Fat Slice, llevara dos a mi apartamento de camino a casa. A cambio, tendría que cantar una canción en el cumpleaños de su novia, ese mismo fin de semana, pero era un precio pequeño por ver a Mila comer. Aquella mujer era increíble. Media pizza terminada y ya iba por su cuarta porción. Y eso que eran como dobles.

—¿Tienes hambre?

—Lo último que he comido ha sido un plátano en el desayuno. —Asintió mientras tomaba un bocado descomunal. Mila masticaba mientras se movía de lado a lado sentada en el suelo de mi apartamento, frente a la mesa de vidrio. Yo estaba sentado en el sofá frente a ella. Quería ver su precioso rostro mientras comía, o en su caso... devoraba.

Después de mi cuarta porción, me recliné con la mano en mi estómago y holgazaneé en el sofá.

—Háblame de ti. ¿Qué es lo que realmente te mueve?

Miró hacia arriba y luego parpadeó lentamente mientras se limpiaba la boca con una servilleta.

—¿Además de los músicos yoguis irritantes y egocéntricos, con pelo alborotado?

—Te encanta mi pelo. Siempre estás mirándolo. —Sonreí.

—No, lo que me encantaría es cortarte esos mechones que te tapan los ojos. ¿Eres consciente de la cantidad de veces que te los apartas con la mano? Al principio, pensé que lo hacías para exhibir los bíceps, pero ahora, después de pasar dos horas mirándote... es irritante. —Dio otro enorme bocado y se llevó la mitad de las verduras de la porción con él.

¡Ay! Ese disparo había dolido. La miré, quería lanzarle alguna provocación después de su comentario despiadado. Una mujer nunca, jamás, debe criticar el pelo de un hombre de ese modo. Le lancé una observación sobre su forma de comer.

—¿Quién come como tú y se mantiene en forma?

Hizo un mohín, lamió cada dedo de la mano que sostenía la pizza y luego apoyó el codo sobre la mesa.

—Doy no menos de diez clases de noventa minutos cada semana. Paso horas sentada pintando y trabajo cada fin de semana. Este cuerpo —señaló su figura sentada— está en constante déficit calórico. Tengo suerte si puedo almorzar. ¿Te molesta?

—Cariño, no me importa. —Reí y me incliné hacia ella—. Me gusta ver a una mujer que disfruta comiendo, así que come.

—¡Lo haré! —declaró antes de dar un enorme bocado a su quinta porción. Sus dientes perfectos se hundieron en la masa esponjosa y la quebraron, para dejar una hendidura tamaño gorila a su paso.

—Eres de otro mundo, ¿lo sabías?

—Sí —asintió—, quizá por eso no tengo muchos amigos. —Agarró la cerveza fría que le había servido y bebió algunos tragos—. No quise decir eso. Obviamente, tengo amigos.

—Vives sola, trabajas todo el tiempo y tienes dos fotografías en tu casa. —Entorné los ojos—. No hay muchas cosas de chicas en tu apartamento, lo que básicamente significa que no hay mucha gente que te haga regalos o te den recuerdos inútiles de los que se acumulan en casa. Así que apuesto a que tienes muy pocos amigos. ¿A qué se debe eso?

Se lamió los labios y se echó atrás sobre sus codos en la alfombra. Sus pezones se marcaban a través del delgado algodón de su vestido, ya que se había quitado la chaqueta. Perfectos picos dorados. Podía rememorar su sabor en mi lengua sin esfuerzo, incluso horas más tarde.

—No tengo tiempo para construir relaciones. —Observé cómo inhalaba e inclinaba la cabeza a un lado—. Como tú has dicho, mi horario de trabajo es una locura. Monet, una de las personas de las fotografías, es mi mejor amiga. La veo cuando tengo tiempo libre o necesito charlar con otra mujer.

—¿Y tu padre? ¿Vive cerca?

Su expresión se tensó al instante y los dedos de sus manos se hundieron en la alfombra hasta que sus nudillos se volvieron blancos.

—Se podría decir que sí. —Sus palabras fueron repentinamente frías.

—Eso he preguntado. ¿Dónde vive?

—En San Quentin —murmuró.

—Espera. —Me senté erguido—. ¿San Quentin, la cárcel local?

—Sí. —Mila centró la mirada en la botella de cerveza que había sobre la mesa, como si contuviera todas las respuestas del universo.

—¿Desde cuándo?

—Diez años ya. Yo entonces tenía dieciséis.

—¿Qué hizo? —No quería interrogarla, pero aun así quería saber, así que tenía que preguntar.

—Malversación. —Giró su cuerpo, se recostó de lado en el suelo con el codo sobre la alfombra y luego apoyó la cabeza en su mano.

—¡Vaya! —Me sentí apenado—. Pero ¿eso no es algo menor?

—Lo habría sido si hubieran sido algunos miles. —Pasó una mano por la alfombra—. Desfalcó millones de su propia compañía y lo arrestaron por hacer uso de información privilegiada.

—¡Joder! ¿Cuánto tiempo le cayó?

—Veinte años. —Suspiró como si admitir los pecados de su padre añadiera un gran peso sobre sus diminutos hombros. En ese instante deseé poder quitarle un poco de peso y cargarlo por ella, al menos por un tiempo. Ofrecerle un poco de alivio.

—¿Tanto tiempo por robar su propio dinero? —No tenía sentido. Era una sentencia demasiado dura.

—Es más que eso. —Mila gimió y sacudió la cabeza—. Los cargos se duplicaron por los dos delitos, pero como tenía tres inversores, se consideró como un robo a tres personas diferentes. En California te caen cinco años por cada persona a quien robas más de cien mil dólares. Si a eso le añades el uso de información privilegiada... ¡Bum! —Chasqueó los dedos—. Mi padre entre rejas con tres sentencias consecutivas que cumplir, así que son veinte años. Toda su vida.

—¡Joder, Mila! Lo siento. Eso debió de poner tu mundo del revés.

—Sí, en aquel momento, sí. Y todavía sigue así, en parte.

—¿Dónde está tu madre en todo esto? —Quería que siguiera hablando. Estaba abriéndose conmigo y, por primera vez, después de una larga lista de mujeres antes de Mila, me importaba de verdad. No, más que eso. Quería saber de ella. Aquella mujer era descarada e impertinente, tenía un cuerpo que podía emocionar a un hombre y un talento tan auténtico y genuino, que descubrí que quería saber más de ella. No sería suficiente hasta que lo supiera *todo*.

¡Mierda! Ese pensamiento me golpeó como una manada de caballos salvajes impactándome desde todas las direcciones.

Mila soltó un suspiro largo y forzado al tiempo que un mechón de pelo le caía sobre el rostro. Lo recogió y lo retorció en un dedo antes de recostarse completamente en el suelo y mirar al techo.

—Mi madre conoció a otro hombre enseguida y se casó. Él ya tenía una familia. En Nueva Jersey. Me pidió que cortara mi vida de raíz y me mudara con ellos.

—Puesto que vives en Oakland, asumo que eso no sucedió. A menos que te fueras y luego regresaras... —presioné.

—No. No me fui con ellos. No podía dejarlo, ¿sabes? —Me miró rápidamente y luego apartó la vista.

—Lo sé. Muy bien, me temo. Es muy duro cuando uno de tus padres se marcha sin importar las circunstancias.

Su cabeza giró en mi dirección y su voz bajó para reflejar curiosidad y preocupación.

—Suena a que lo sabes por experiencia.

—Sí. Lo sé. —Me reí y me quejé al mismo tiempo—. Mi padre se largó cuando yo tenía ocho años. Un día, volví a casa del instituto y él había regresado de una de sus múltiples escapadas. Él estaba muy excitado. Demasiado. Mi madre admitió que probablemente estaba drogado con metanfetaminas o LSD. Mi padre era un gran artista *hippie*. Pintaba, tallaba madera, esculpía, creaba arte de la nada... Piezas realmente interesantes, todas ellas. Solía estar tan orgulloso de lo que era capaz de hacer con sus propias manos...

—¿Y el día que se marchó? —preguntó ella, y me llevó de regreso a ese mismo día.

—¡Atlas, mi niño! Me voy a una gran aventura. Una grande. Enorme. Una que me cambiará la vida. —Mi padre era un torbellino mientras daba vueltas y arrojaba ropa y cintas de casete en un gran bolso andrajoso, de lona verde.

—¿Adónde te vas? —Lo seguí como hacía siempre. Mi madre solía bromear diciendo que yo era la sombra de Kenneth Powers.

Papá pasó junto a mí y tomó esa especie de pipa de plástico de medio metro. Era de los colores del arcoíris y tenía un punto superior por el que papá succionaba y otro inferior en el que colocaba un encendedor. Lo utilizaba para generar humo. Decía que le ayudaba a pensar. A crear su arte. Cuando no estaba en casa, yo observaba esa cosa de plástico. La olía y sentía náuseas. Olía a porquería rancia que no podía imaginar respirando, pero juré que un día mi padre me enseñaría cómo le ayudaba a crear arte, porque yo también sería un artista. Solo que aún no lo sabía.

—Papá, ¿adónde te vas? —volví a preguntar.

—Eso no importa. —Sus movimientos eran erráticos y su respiración agitada—. Pero regresaré. Algún día... Será un viaje largo.

Empecé a llorar.

—Llévame contigo —supliqué y le tiré de la camiseta desde atrás.

Mi padre se giró y se puso de rodillas. Luego, se quitó la llave que llevaba colgada al cuello siempre, desde que yo podía recordar, y la colocó alrededor del mío. Apoyó una mano sobre ella y me dijo:

—Esto cambiará tu vida. Más de lo que yo podría hacerlo.

—Pero quiero estar contigo.

—Y siempre lo estarás. —Besó mi frente y presionó la mano sobre la llave—. Te quiero, hijo. Sé bueno con tu madre. Ella te va a necesitar.

—¿Cuándo volverás? —Grité y lo seguí fuera de nuestro diminuto apartamento de dos plantas. Odiaba a los vecinos porque tenían cuatro hijos y siempre eran crueles y estaban sucios. Además, tenían su casa asquerosa y eso hacía que tuviéramos esas horribles cucarachas en la nuestra. Mamá pasaba demasiado tiempo batallando contra esos enormes bichos negros, solo porque los vecinos no limpiaban su casa.

Mi padre abrió la puerta de una furgoneta Volkswagen azul con techo blanco. Había un grupo de sus amigos dentro; una de las mujeres enlazó un brazo alrededor de su cuello y lo besó allí mismo.
—No lo sé, cielo. Tal vez nunca, quizás algún día.

—¿Os abandonó a tu madre y a ti? —Mila se sentó rápidamente y habló con tono horrorizado.

—Sí. —Me froté la cara con una mano—. Esa fue la última vez que lo vi. No he vuelto a saber de él.

—¿Alguna vez has intentado buscarlo? —preguntó.

—Un poco. —Me encogí de hombros—. Cuando tuve edad suficiente y supe usar internet. Escribí su nombre, hice algunas búsquedas, pero no encontré nada concreto. Es difícil encontrar a un hombre que lleva veinte años desaparecido. Lo más probable es que esté muerto.

Sus palabras me sacudieron el corazón y me revolvieron el estómago, tanto, que sentí el deseo de vomitar la pizza que me acababa de comer. Imaginar a mi padre muerto... era algo brutal. Sacudí la cabeza para intentar borrar esa terrible imagen.

—¡Vaya pareja, tú y yo! —Mila se encogió de hombros. Yo reí.

—¿Sabes qué? Creo que podríamos serlo.

MILA

A pesar de que Atlas y yo estábamos encendidos de deseo, como para iluminar un estadio de fútbol, terminamos la velada demasiado melancólicos y pensativos para una noche de desenfreno. Después de la pizza, nos tomamos otra cerveza, hablamos un poco sobre nuestras familias, o nuestra falta de ellas, y solo pasamos el rato. Por mucho que odiara admitirlo, la noche fue agradable en general. Cómoda. Aquel hombre seguía siendo una de las personas más exasperantes e irritantes que hubiera conocido jamás, y sabía que él pensaba lo mismo de mí. Pero tal vez así era como funcionaban esas cosas. Tal vez solo teníamos que ser amigos.

Amigos.

¿Podría ser amiga de Atlas? ¿Era normal querer tener sexo salvaje con un amigo? No creía que fuera así y, por desgracia, no tenía muchos a los que preguntarles.

Estaba sumida en estos pensamientos mientras atravesaba el pasillo de La Casa del Loto para prepararme mi primera clase de vinyasa flow del día. Cuando llegué a la sala, mi colega instructor Dash Alexander estaba apoyado contra la pared.

—Hola, Dash. ¿Cómo va todo?

—Dímelo tú. —Sonrió y apoyó una mano en la pared con todo su peso sobre ella.

Me detuve junto a la puerta y usé mi llave para abrirla, ya que era la primera en llegar ese día. Dash me siguió, con la esterilla enrollada bajo su brazo.

—Creo que no te estoy entendiendo...

Dash desenrolló su esterilla no muy lejos del escenario. Estaba en increíble forma física. Si alguna vez se hubiera interesado por mí, lo habría tomado de todas las formas posibles. Pero más allá de los besos en la boca que daba a todo el mundo, nunca había dado indicios de que yo le gustara. Ni miradas largas y lujuriosas, ni repasos a mis atributos. Nada. Cero. Supuse que no le gustaban las latinas.

—Anoche te vi salir del apartamento de Atlas. A *medianoche*. —Alzó una ceja y exhibió por completo su mirada color ámbar.

—Así es. Tú vives en el almacén de enfrente. —Ignoré su sutil intento de sacarme información y extendí mi esterilla.

—Sí, señora. —Rio por lo bajo.

—¿Y has deducido que me acosté con tu amigo? —Solté una exhalación cansada y frustrada. No había dormido lo suficiente como para tener una conversación como aquella. Me había pasado toda la noche soñando con acostarme con ese hombre en cuestión, lo que me había llevado a dar muchas vueltas en la cama para, finalmente, aliviarme con mi vibrador.

Él se acercó más a la plataforma donde yo me estaba sacando la sudadera y sacudiendo mis pantalones deportivos. Usaba un sujetador deportivo negro de lycra y pantalones cortos para el vinyasa flow intenso, que era la clase que tenía esa mañana.

—¿Estás diciendo que no lo hicisteis? —Su tono era juguetón y acusatorio.

—No, no lo hicimos —respondí sin mentir del todo. Técnicamente, no habíamos tenido sexo y, más allá de un beso largo en la puerta y de la diversión en mi apartamento, un rato antes, no había nada más que contar.

—Pues cuando me he cruzado esta mañana con Atlas parecía tan relajado y... —Levantó una mano y se rascó la barbilla.

—¿Y? —Parpadeé a la espera de que lanzara otro débil intento de desafiarme.

—Feliz —concluyó.

—De acuerdo. —Reí—. Admito que hemos tenido una noche interesante, pero solo hemos pasado el rato.

—¿Eso fue antes o después de que lo pintaras... desnudo? —Sus ojos estaban encendidos de excitación.

—Te lo ha contado, ¿eh? —Presioné los labios y me llevé una mano a la cadera—. Sabes que soy artista. Pronto haré una exposición y necesito más obras. Me encantaría pintarte, si estás interesado. —Lancé la propuesta; estaría muy honrada de pintar a Dash. Su cuerpo y su esencia emanaban confianza, pero no de una forma desagradable. Las personas se acercaban a Dash porque, en su interior, era un buen hombre, un ser humano sólido y bondadoso.

—Lo haría, pero a mi esposa probablemente no le haría mucha gracia. —Se rio y estiró un brazo a lo largo de su pecho y luego repitió el movimiento con el otro.

Esposa. Hombre y mujer. Juntos.

Respiré profundamente y uní las manos sobre mi pecho en posición de plegaria.

—¿Tú y tu esposa consideraríais posar juntos? —Noté en los nudillos el cosquilleo nervioso que sentía en las manos cada vez que tenía la necesidad de pintar.

—No sé si podría convencer a Amber. —Cerró una mano detrás de su cuello—. Tal vez. ¿La gente sabría quienes son los modelos?

—No, no. —Sacudí las manos frente a nosotros—. Podría ser anónimo. Y... puedo ofrecerte algo a cambio. Si ambos accedéis a posar juntos, desnudos, os regalaré el cuadro después de la exposición.

—¿Eso no va en contra del propósito de vender tu arte? —Él suspiró.

Sin darme cuenta, estaba moviendo mi peso de un pie al otro, emocionándome más por el concepto con cada segundo que pasaba.

—Sí y no. Necesito una muestra completa, con muchas facetas de mi arte y lienzos en exposición, pero no todos tienen por qué estar disponibles para la venta.

—No sé... ¿Puedo hablar con Amber?

—¡Por supuesto, por supuesto! Y la única persona que os vería sería yo. Sesión privada. —Crucé los dedos.

—Ahora que me has abrumado con una oportunidad que normalmente aceptaría sin pensar... porque, bueno, creo que ser parte del arte de otra persona es una experiencia increíble... tienes que darme algo a cambio.

—Pero ya te he dicho que te regalaría el cuadro. —Fruncí el ceño. Y él se rio.

—Sí, eso también. Pero ahora mismo tengo curiosidad por saber qué está pasando entre mi amigo Atlas y tú.

Para que luego digan que las mujeres somos unas chismosas... Cuanto más conocía a mis colegas yoguis, algo de lo que no había hecho una prioridad en los años que llevaba allí, más descubría que todos estaban interconectados con las vidas de los demás.

Dash, por ejemplo. Él era amigo de Genevieve y recibió un golpe por parte de Trent por haberla besado en la boca, algo que supe por

Dara Jackson, nuestra especialista en meditación y la pastelera local. Y ahora Dash estaba casado con la mejor amiga de Genevieve, Amber, y él y Tren eran amigos. También era muy amigo de Atlas, con quien ahora yo estaba involucrada.

—En este momento no está pasando nada con Atlas. Aparte de que me exaspera y me parece atractivo. Nos besamos, lo pinté y luego charlamos, comimos pizza y bebimos cerveza en su mesita del salón. Después, regresé a mi casa. Fin de la historia.

Durante mi discurso, los ojos y la boca de Dash se abrieron de par en par.

—Será mejor que cierres la boca, o te entrarán moscas.

—Lo siento. —Sacudió su cabeza rápidamente—. ¿Habéis pasado toda la noche juntos, y solo os besasteis y hablasteis?

—Sí, hablamos. Igual que tú y yo ahora. ¿Sabes lo que es eso? Estoy segura de que tú también lo haces mucho, con tu esposa, con tus amigos, con tus compañeros de trabajo...

—¡Qué fuerte! —Sonrió ampliamente—. Es muy fuerte —agregó frotándose las manos, en un ademán dramático, como si tuviera un gran secreto.

—¿El qué?

—Así que Atlas Powers no marcó. Mmm...

—¿Te estás refiriendo a mí como si fuera un punto en el marcador? —Me acerqué a su espacio personal. Él se movió tan rápido como un rayo, sacudiendo sus brazos como un loco.

—No, no, me has malinterpretado. Es solo que Atlas no tiene amigas, aparte de mi esposa. Si él está con una mujer, *está* con una mujer.

—Entiendo lo que dices. —Puse los ojos en blanco—. Pero no soy como el resto de mujeres.

Me miró de arriba abajo y su mirada se detuvo en todas mis zonas sexis. No esperaba esa respuesta, desde luego, ya que hasta ese momento no me había dado ni la hora. Dash Alexander se estaba fijando en mí. Por primera vez. ¿Pero por qué?

—No, no lo eres. Eres audaz y atrevida. No hay duda de que eres su tipo. ¿Volverás a verlo?

—Seguramente. Me prometió otra sesión de pintura. Me dio su palabra.

—Me refiero de una forma romántica, Mila. —Dash se cruzó de brazos y levantó una mano a su boca para morderse el pulgar.

—¿Quién eres? ¿El doctor Amor? ¡No lo sé! Sí. No. Tal vez. No programo las citas sexuales con tanta anticipación.

—Citas sexuales. ¡Dios! ¡Qué atrevida!

—Cállate. —Negué con la cabeza y me giré para acabar de instalarme en la clase, dando la conversación por terminada.

—¡Atrevida! —Fue su última palabra antes de empezar con los estiramientos para la clase.

¿Yo? Tenía que dar una clase de noventa minutos y sudar mientras pensaba en Atlas Powers y en sus ardientes besos, en su boca sobre mis pechos, en mi absoluta rendición, en sus manos sobre mi trasero... Todo eso, y el hecho de que pronto tendría su delicioso y masculino cuerpo posando de nuevo para mí, me tenía loca de deseo. ¿Qué haría con él? Mi sexo se contrajo y mi clítoris palpitó.

Una cita sexual con él sonaba de maravilla en aquel momento.

7

Chakra del plexo solar

Los hombres y mujeres que se guían por el chakra manipura *son competitivos por naturaleza. Pueden participar activamente en deportes, proyectos y pasatiempos donde destacan, y miden sus logros comparándose con los demás. Son líderes naturales. Encontrarás a muchas personas guiadas por el chakra* Manipura *en posiciones de poder y dirigiendo sus propios negocios.*

ATLAS

—Ahora desplegad los dedos de vuestras manos y pies en un gran estiramiento, para ir despertando, poco a poco, la mente y el espíritu. Girad sobre vuestro lado derecho en posición fetal y disfrutad del último minuto de relajación profunda. —Esperé cinco respiraciones completas antes de continuar—. Ahora, empujad con vuestra mano para regresar a la posición sentada, frente al instructor.

Una vez que todos estuvieron en la posición, llevé las manos al centro de mi pecho o de mi corazón.

—Recitaremos tres *om* todos juntos. El *om* tiene muchos significados sagrados y espirituales diferentes. Lo encontramos sobre todo en el hinduismo y en el budismo, y es como una oración, un conjuro que se realiza antes y mientras se recitan textos sagrados. —Miré a mi alrededor para asegurarme de que todos me seguían—. En el yoga, el *om* se utiliza como el mantra raíz y el principio del acto del canto. Para los yoguis, el tarareo y el sonido reverberante son basales y fuerzan a la persona a conectar con la energía magnética de la Tierra. Suele decirse que el *om* es parte de todas las cosas, del universo, y que es la forma en la que podemos acceder a la esencia de nuestro propio ser.

Comencé el primer *om* con la boca abierta en una amplia figura circular, las manos en mi corazón, el pecho en alto, y solté la primera sílaba.

—Ooooooommmmmmm —recité y amé el momento en que el resto de la clase se unió. El primer *om* siempre era suave y aumentaba el volumen cuando se unían las voces del resto de los asistentes a la clase.

En clases, el segundo *om* siempre era completo, resonaba profundamente dentro del corazón de las personas y se instalaba en la caja torácica y en las entrañas.

Pero en el tercer *om* era donde residía la belleza. Al llegar a él, la clase confiaba en su capacidad para cantar como si fuera una única voz. La sala se iluminaba con la energía y la libertad de todas las personas que llenaban sus almas con una esencia grupal, que les duraba todo el día y les otorgaba una sensación de alegría y paz incomparables.

Cerré los ojos e hice una reverencia.

—Namasté —dije y les deseé felicidad y amor en silencio, antes de volver a sentarme y abrir los ojos.

Cuerpos desnudos por todas partes. Todas las personas descubiertas y libres. ¡Dios! Amaba enseñar yoga nudista. Cuando la ropa (que simboliza los muros y las máscaras detrás de las cuales todos nos escondemos y los parámetros físicos) desaparecía, lo que quedaba era honesto y puro.

Me sentía el hombre más afortunado del mundo.

Tomándome mi tiempo, me giré, apagué la música, tomé mis pantalones y me levanté.

Unas risitas detrás de mí llamaron mi atención. Había dos mujeres de pie completamente desnudas, esperando en la plataforma, con sus jóvenes y turgentes pechos a la vista.

—Hola, Atlas —dijo la morena de pechos más grandes—. Soy Jenifer, con una «N», y esta es mi amiga Kallie. —Señaló a su amiga rubia junto a ella. Su rostro estaba rosado, por lo que asumí que era vergüenza. No dijo nada, mientras que su pelo largo y lacio caía sobre sus pechos más pequeños. Sus pezones rosados y erectos asomaban llamativamente a través de sus mechones dorados. Por lo general, solo eso habría despertado a mi pequeño yo, pero, por alguna razón, no ocurrió nada. Ni siquiera un cosquilleo de excitación.

—Señoritas, ¿en qué puedo ayudaros? —pregunté y sostuve los pantalones envueltos sobre mi pene.

Charlar después de clase, desnudo, no me resultaba agradable. No estaba avergonzado de mi cuerpo y amaba absolutamente a las mujeres de todas las formas y tamaños, pero mantener una conversación corriente sin ropa no me parecía correcto. Me sacaba del momento Zen que había logrado en la clase de noventa minutos.

Jenifer tomó un mechón de su pelo y lo retorció alrededor de su dedo, exhibiendo sus grandes pechos de forma generosa. Como si pudiera ignorarlos. Eran enormes y operados. Había visto y sentido suficientes pechos operados como para saber que los prefería naturales. No había nada de malo en que una mujer resaltara lo que la naturaleza le había dado, pero prefería un trasero bonito y redondeado (como el de Mila) a un enorme par de tetas. Joder, su trasero era firme, redondeado, con suficiente rebote para sacudirlo cuando caminaba. Ninguna cantidad de yoga le quitaría ese trasero. Debería enviarle a su madre una tarjeta de agradecimiento por su exquisita genética.

—Mi amiga y yo nos preguntábamos si querrías tomarte un café o un sándwich en Rainy Day con nosotras. Y charlar, ya sabes, de lo que surja... —Miró abiertamente al lugar donde yo sostenía mis pantalones.

Sonreí y negué con la cabeza. Antes de que pudiera responder, me sorprendió el sonido de una pesada esterilla golpeando el suelo de madera. Me giré y fui recibido por la imagen del mismísimo trasero en el que había estado pensando hacía un momento. *Eso* sí llamó la atención de mi pene.

La atrevida morena se aclaró la garganta y me tocó el hombro.

—¿Qué respondes? ¿Sobre lo de salir con nosotras? —insistió, inútilmente.

Mila farfulló algo en voz baja, detrás de mí.

—Cómo decía... —Retrocedí un paso y golpeé mi trasero desnudo deliberadamente contra Mila. Sus manos ascendieron y se agarraron a mis caderas.

¡Bum! Mi pequeño yo ya estaba totalmente despierto.

Mila apoyó su torso contra mi espalda.

—Mira dónde pones esa cosa. —Me empujó y me forzó a buscar apoyo a tientas y a perder mis pantalones de yoga.

Mi miembro ahora estaba expuesto, y todo por la Gata Salvaje que había detrás de mí, aunque las chicas de delante no lo interpretaran así. ¡Dios! Con solo ver su trasero ya estaba en llamas, como una hoguera.

Jenifer, la morena, se acercó para ayudarme a mantener el equilibrio. Sus ojos bajaron directamente a mi pene y una expresión de pleno orgullo femenino atravesó sus facciones mientras se lamía los labios y señalaba abiertamente mi masculinidad.

—¡Ay, lo siento! —Rio por lo bajo y coqueteó—. ¿Eso es un sí? —Señaló mi miembro erecto.

Detrás de mí, Mila estaba haciendo muchísimo ruido. Revisaba los CD para que hicieran el máximo ruido al chocar unos contra otros.

También encendió la música, probablemente en un intento de silenciar nuestra conversación. Me reí por lo bajo cuando organizó los bloques de yoga y dejó caer las cintas al suelo de modo que las hebillas plásticas tintinearan ruidosamente. Sus evidentes gruñidos tampoco pasaban desapercibidos.

—Guapa, ¿te importaría...? —dije por encima de mi hombro.

—¿Que si me importaría? No, claro que no, sigue con tus planes para conseguir un revolcón. Por mí no te cortes —respondió entre dientes.

Me reí, me giré, la agarré por la cintura y atraje su cuerpo al mío. Rodeé su pecho con un brazo y usé esa mano para sostener su barbilla y levantar su cara hacia la mía. Después, le di un sonoro y alocado beso en sus brillantes labios.

—Mmm... Sabe a melocotón esta vez. —Me lamí los labios y luego la besé otra vez. Ella suspiró y luego parpadeó como si acabara de darse cuenta de lo que había sucedido.

—Lo siento, señoritas, hoy no. Tengo planes con mi chica luego. —Una total y completa mentira, pero funcionó para Jenifer, quien rápidamente frunció el ceño y arrugó la nariz como si alguien hubiera soltado una flatulencia allí mismo. La sumisa rubia, Kallie, se dio la vuelta sin pronunciar palabra y se lanzó sobre su ropa, vistiéndose en tiempo récord.

Jenifer, sin embargo, no se aminaló y observó mi posesivo brazo sobre Mila, quien, sorprendentemente, se estaba mordiendo la lengua por una vez.

—Cuando te aburras de eso —dijo señalando el cuerpo de Mila con un dedo—, siéntete libre de buscarme.

—¿De verdad? —Mila gruñó—. Tiene su brazo sobre mí, acaba de besarme, ¿y tú te pones a ligar con él descaradamente? ¿Conmigo delante? —Su voz subió de intensidad, igual que su ira.

—¡Está demasiado bueno! —La morena de tetas grandes puso una cara más parecida a un pato que a un mohín provocativo, y se encogió de hombros.

—¡Lo sé! Y por eso es conmigo con quien folla —sentenció Mila y todo su cuerpo se tensó. Su enfado crepitaba por su piel, volviéndola caliente al tacto, y una delgada capa de sudor humedecía los lugares donde la sostenía cerca de mí—. ¡Lárgate! No le interesas.

Bajé las manos por las caderas redondeadas de Mila y hundí los dedos. No pude evitar presionar mi erección contra la redondez de su trasero. La tentación era demasiado insoportable.

—Sí, lo siento, Jenifer. Tengo más que suficiente con ella. —Sonreí, froté la nariz en el cuello de Mila y dibujé una línea de besos húmedos y lentos hasta que Jenifer salió echando chispas.

—¿Qué demonios ha sido eso? —Cuando las dos mujeres salieron por la puerta, Mila se apartó de mí.

—Podría hacerte la misma pregunta. —Reí y me deslicé dentro de mis pantalones de yoga para cubrirme mi durísima erección.

—Acabas de declarar que soy tuya en público —dijo y se pasó una mano por el pelo.

—Gata Salvaje, tú has hecho lo mismo. —La miré de reojo.

—Tengo que dar una clase. —Mila bufó, me rodeó y puso varios centímetros de espacio entre los dos.

—Hazlo. Hablaremos luego.

—No. —Resopló—. No lo haremos. No habrá un *luego*.

—Sí lo habrá. —Me agaché lentamente, recogí mi camiseta y me la puse—. Quiero que vengas a mi actuación esta noche.

—¿No me has escuchado? No habrá un *luego*.

—Sí, lo habrá. —La agarré de la muñeca y la atraje hacia mi pecho, enroscando una mano alrededor de su cuello y la otra en su cintura, hasta bloquearla contra mí. Antes de que pudiera liberarse, levanté su mentón y puse mis labios sobre los suyos.

MILA

¿Por qué tenía aquel sexi canalla que besar así de bien? Los labios de Atlas eran cálidos y suaves, presionaban con fuerza y se alejaban de forma lenta. Tan dulces... Sabía a menta y a hombre, con un toque salado donde su labio inferior y el superior tocaban su piel. Gruñó cuando abrí la boca y le permití hundirse profundamente. Su lengua se entrelazó con la mía, una y otra vez, como si nunca tuviera suficiente. Juro que quería devorarme y, por mi vida, que se lo permití. Todo mi cuerpo se volvió como espagueti en sus brazos. Nada más que extremidades flácidas, curvas suaves y largos suspiros mientras bebíamos el uno del otro. Cuando comenzaba a besarlo con más intensidad, él me agarraba más fuerte. Cuando se volvía suave otra vez, él me sostenía como si fuera de cristal. Frágil. Valiosa.

Una de sus manos se deslizó por mi espalda, haciéndome cosquillas en la columna con una ligera caricia. Era como si tuviera un control remoto directo a mi clítoris. Cada vez que recorría mi espalda, con sus dedos duros, mi acalorado centro nervioso se endurecía y palpitaba con la necesidad de que esos dedos presionaran sobre la parte de mí que ansiaba su contacto.

Nunca antes me había sentido tan hambrienta de sexo, como en los brazos de Atlas Powers. Ejercía alguna clase de hechizo sobre mí. En el instante en que sus labios tocaban los míos, ansiaba más. Perdía el control, dispuesta a dejar que me poseyera como él quisiera, siempre y cuando atendiera al fuego que había iniciado.

Atlas me lamió profundamente, pasó su lengua por mis dientes, y acarició mis labios, inferior y superior, solo con la punta. Antes de liberarme para que pudiera respirar, me dio un último y ruidoso beso, y apoyó su frente en la mía.

—Esta noche toco en Harmony Jack, en el centro de Frisco. Ven a verme. Te invitaré a unas copas —dijo.

Aspiré una necesaria bocanada de aire, para intentar calmar el huracán que él había iniciado en mi interior.

—¿Por qué? —Seguía sin aliento—. Seguro que no te faltarán seguidoras, dispuestas a desmayarse en tus brazos.

Él se rio y pasó una mano por los mechones de pelo suelto que caían dentro de nuestro pequeño paraíso. Podría haber estado la sala de yoga llena de gente y no habernos dado cuenta. Cuando estábamos frente a frente, solo existíamos nosotros. Todo lo demás se desvanecía. La calma antes de la tormenta.

—Tú eres la única seguidora que quiero en mis brazos.

—Yo no soy tu seguidora. Ni siquiera he escuchado tu música. ¿Cómo sabes que me gustará?

—Ven y descúbrelo tú misma. —Estiró de mi labio inferior con los dientes hasta que volvió a su lugar.

Suspiré y rodeé sus hombros con mis antebrazos para poder llevar ambas manos a su pelo rebelde. Pasé mis dedos por sus rizos sedosos y usé las uñas para rascar su cuero cabelludo.

Gimió y sus caderas se sacudieron.

—¡Ah! Parece que he encontrado una zona erógena. ¿Te gusta que te rasquen la cabeza? —Lo hice otra vez hasta que gruñó y mordió mi labio con más intensidad.

—¿Si lo haces tú? Claro que sí. Aunque preferiría que fuera en un lugar más privado.

Lugar privado.

¡Mierda! Nuestra pequeña burbuja estalló y los sonidos de la sala se filtraron en ella. Murmullos suaves. Mi música ya en la tercera canción. Risitas y gruñidos masculinos.

Me di la vuelta lentamente y miré por encima del hombro de Atlas. Mi clase estaba llena. No había cinco ni diez personas. No. Había cerca de cuarenta, en sus posiciones, listas para empezar.

—¡Mierda! —susurré y me aparté—. ¡Uy! Lo siento, clase. —Me dirigí al público—. Solo estaba... —Señalé a Atlas con una mano—. Solo es...

—Estaba dando un beso de despedida a su novio —continuó él.

—Sí. Dando un beso de despedida a mi novio. Espera, ¿qué? —Me encontré cuestionando sus palabras más que otra cosa.

—Te veré esta noche, guapa. —Alzó las cejas y me guiñó un ojo. Luego rodeó mi cuello con una mano y me besó en la frente. Recogió su esterilla de yoga y su sudadera antes de bajar de la plataforma—. A las nueve en punto —dijo al pasar entre los numerosos asistentes, sentados en sus esterillas, impacientes por que su instructora empezara de una vez.

—Os pido disculpas a todos. —Miré a la clase. Un calor abrasador me quemaba en las mejillas y en el cuello—. Para compensar este retraso tan inapropiado, seré buena con vosotros.

Un animado «¡Sí!» colectivo estalló en la sala.

—De acuerdo, de acuerdo. Volvamos al trabajo. Por haberme dado la lata, comenzaremos con cinco rondas de *Surya Namaskara B* o saludo al sol B para aquellos menos familiarizados con los términos en sánscrito. Y... porque me siento generosa, solo diez segundos de transición *Chaturanga* o lagartija. Comenzaremos con la postura de la montaña. Adelante. Todos de pie.

Guie a la clase por un vinyasa flow muy riguroso. Para compensar el tonteo y los diez minutos de retraso en comenzar la clase, les di cinco minutos extra de relajación profunda. Esperaba que mis exigentes alumnos no estuvieran molestos por no haber recibido sus setenta y cinco minutos habituales de trabajo físico, seguidos por quince minutos de *savasana*.

Cuando se marcharon, no recibí quejas, excepto una. De la persona que no había visto hasta la mitad de la clase. Mi mejor amiga. Moe.

Moe enrolló su esterilla y la colocó debajo de su brazo.

—Creí que tu hora de la comida era sagrada. ¿No me habías dicho eso? «Mila, no voy a tu clase del mediodía porque la hora de la comida es sagrada. A diferencia de ti, necesito comer tres veces al día, como una persona normal» —imité su voz, intentando sonar como ella, pero fallé miserablemente.

Moe sonrió con malicia y permaneció en silencio.

—Has visto lo que ha pasado antes... con Atlas, ¿verdad? —dije y evité su mirada. Sus ojos eran pozos negros de honestidad.

Ella siguió sin hablar. ¡Mierda! El silencio no era nada bueno.

—No ha sido nada. Eso de que es mi novio... —Reí y entrelacé los dedos para tener las manos ocupadas—. Son tonterías. Lo ha dicho para molestarme. Casi ni nos conocemos.

Moe inclinó la cabeza. Eso fue lo único que hizo. Inclinar la cabeza. Sus ojos negros se convirtieron en dagas de ébano diseñadas para sonsacar la verdad a sus víctimas.

—¡De acuerdo! —Lancé mis manos al aire—. Discutimos. Nos besamos. Y es probable que nos acostemos. —Alcé la mirada hacia los remolinos que había pintados por todo el techo. Era un detalle bonito para que los clientes tuvieran algo hermoso que contemplar—. ¡Dios, espero que lo hagamos! Hemos estado anticipándolo toda la semana.

La miré y luego aparté la vista.

—Siento no habértelo dicho —continué—. No fue algo intencionado. Lo juro. Me conoces... No tengo malas intenciones. He estado trabajando sin parar y pintando. He vuelto a pintar. Una nueva obra —agregué con emoción—. Una que me está quedando realmente bien.

Nada. Moe se lamió los labios y soltó una lenta exhalación.

—Te lo habría contado. De verdad. Pero no sabía hacia dónde íbamos. Por favor, no te enfades. Sabes que no puedo soportar que estés enfadada conmigo. Haré lo que sea. ¿Pintar otra habitación en tu casa? ¿Ir al cine?

Nada. Moe parpadeó con inocencia y golpeó sus uñas de manicura sobre la esterilla enrollada bajo su brazo.

—Vale. Me iré a vivir contigo. De acuerdo. Me mudaré a tu casa. A final de mes. Pero, por favor, di algo. No lo soporto.

—¡Guau! —Moe me dedicó una amplia sonrisa—. Tú solita te has enterrado y has reptado a la superficie para salir a la luz.

—No soporto que te enfades conmigo. —Sentía esas palabras con todo mi ser. Ella era todo lo que tenía en la vida. Moe y su hija, Lily, eran la única familia que tenía.

—No estoy enfadada. —Moe golpeteó su diente con la uña—. Sorprendida, pero no enfadada. Me impactó que dijera que sois novios, pero, mucho más, tu forma de responder a su contacto. Era algo digno de ver.

—¡Uf! No me lo recuerdes. Cada vez que me toca, me convierto en gelatina. Pierdo todas mis facultades. Es estúpido. Un estúpido enamoramiento de niña tonta.

—Tener sentimientos por un hombre no es estúpido, Mila —afirmó con el ceño fruncido—. Tener una relación tiene sus ventajas.

—No tengo una relación con Atlas Powers. —Resoplé—. Solo nos divertimos y discutimos mucho. ¡Me vuelve loca!

—¿Loca? No suena tan mal... Y tampoco que tengas una relación con un hombre.

—Moe... —le advertí—. No empieces...

—No empiezo.

—Yo no tengo relaciones. —Me tomé un momento para recoger mis cosas, apagar la música y caminar hacia la puerta.

Ella me siguió por las instalaciones de La Casa del Loto. Saludamos a los otros instructores y a los clientes que habían asistido a mi clase.

—Que no las hayas tenido antes no significa que no puedas tener una ahora.

—¿Tener qué? ¿A un hombre sexi? Quiero tener a Atlas Powers. Muchas, muchas, muchas veces —dije libidinosamente.

—Eso no. Una relación. No cambies de tema.

Salimos a la soleada calle de Berkeley. Un aroma a canela y café inundaba el ambiente desde la pastelería. Por un instante me pregunté si Dara estaría trabajando. Probablemente sí. Cuando no tenía clase, estaba detrás del mostrador. Los negocios familiares eran duros, imaginaba. Un compromiso estable.

—No soy el tipo de persona que tiene relaciones. No tengo mucho que ofrecer.

Los ojos negros de Moe parecían piscinas sin fondo al enfocarse en mí.

—Tienes mucho que ofrecer, Mila. Más de lo que imaginas. Amor, amistad, honestidad... Es todo lo que una buena relación necesita para florecer y... sobrevivir. —Su voz se quebró al decir la última palabra.

—Y tú lo sabes porque tu relación fue perfecta, ¿verdad? —Me estremecí en cuanto pronuncié esa frase. Monet no se merecía lo que ese canalla le había hecho: largarse con otra mujer y echar por la borda una familia y años de matrimonio—. Moe, lo siento...

—No. —Levantó la mano—. Tienes razón en parte, pero yo también. Mi relación con Kyle no fue honesta y, al final, no sobrevivió. Aun así, daría lo que fuera por tener un hombre en mi vida. Un hombre que me ame y quiera comprometerse a tener un futuro conmigo y con mi hija. Algún día espero encontrarlo.

Tomé sus manos entre las mías y me las llevé a los labios. Besé sus dedos. Ella era la única persona, además de su hija, con quien podía ser cariñosa. Probablemente porque éramos algo más que amigas. Éramos hermanas del alma.

—Y lo harás, Moe. Ese hombre perfecto está ahí fuera, esperándote. Lo sé.

—¿Y por qué no puede ser lo mismo para ti? —me preguntó emocionada.

—Porque yo no soy tan buena como tú. —Tragué saliva—. No soy un premio. Tú sí. Cualquier hombre se sentiría afortunado de tenerte en su vida. A mí... no tanto.

—Mila —suspiró—, ¿cómo puedes creer eso? —Su voz se quebró y sus ojos se llenaron de lágrimas. Negué con la cabeza para sacudir las emociones y enfocarme en el día.

—Lo único que creo es que tú *necesitas comer tres veces al día*. Y aún no me has contado por qué has venido a mi clase. Así que vamos a por algo rico al Rainy Day y, mientras esperamos a que nos atiendan, me sigues convenciendo de que todos tenemos una mitad perfecta esperándonos ahí fuera.

—¡Dios! —resopló y levantó la cabeza al cielo—. ¿No había otra mejor amiga más testaruda para mí? ¡Gracias! —concluyó con sequedad.

—Vamos. —Enlacé mi brazo al suyo—. Te caeré mucho mejor cuando hayas comido.

—Cierto. Además, quiero saber más sobre ese yogui sexy.

8

Postura del guerrero 1 modificado
(En sánscrito: virabhadrasana I*)*

La postura del guerrero 1 puede ser difícil para quienes tienen las caderas muy rígidas. A las mujeres que han dado a luz puede resultarles duro realizar la postura completa. Personalmente, me gusta ofrecer variaciones al guerrero 1 tradicional en mis clases, como se muestra en la imagen. En esta fotografía, los pies de la mujer están separados a una distancia de media pierna aproximadamente, ambos mirando hacia el frente y abiertos el mismo ancho de hombros. En lugar de estirar los brazos hacia arriba y girar las caderas perfectamente al frente, los brazos se unen en forma de luna llena. El guerrero 1 es una postura de equilibrio y fuerza que suele lucir como un paso de baile.

ATLAS

El bar estaba animado cuando llegué. El Harmony Jack's era uno de los mejores lugares que frecuentaba. Me trataban bien, me ofrecían cerveza gratis y me pagaban en efectivo. No tener que declarar ese dinero implicaba que los trescientos dólares que ganaba por noche iban destinados a la producción de mi nueva maqueta. El último cazatalentos con el que había hablado quería una grabación de calidad. Yo solo tenía una de baja calidad que había hecho en mi habitación, con la grabadora de mi ordenador. Mi estúpida teoría era que algún día, algún ejecutivo de una discográfica me vería en directo y me ofrecería un contrato al instante. Eso no había sucedido y las posibilidades de que ocurriera se consumían como una vela con escasos centímetros de cera. Si no conseguía algo en uno o dos años, me rendiría. Me había dado tiempo hasta los treinta para cumplir mi sueño de vivir de la música. Pero a los veintiocho, mis expectativas eran nulas. No podía seguir trabajando día y noche en algo que no estaba dando frutos.

Mi madre había comenzado a sugerir que volviera a la Universidad, me licenciara y luego diera clases. De ese modo podría enseñar música y, en su mente, disfrutar de lo mejor de ambos mundos: de la música y de una estabilidad económica. La opción era buena, pero no era lo que quería hacer con mi vida. Prefería estar detrás de un micrófono o, al menos, detrás del artista, componiendo letras y música. Solo necesitaba encontrar un modo de destacar.

Revisé la sala. Había clientes bailando en una esquina. Al otro lado había cuatro mesas de billar y una de tejo americano, donde cuatro mujeres reían y conversaban animadas. Las luces rosadas y azules intermitentes, que brillaban sobre la extensa barra de madera, indicaban que el Harmony Jack's estaba abierto. Cada taburete tenía un trasero en él, algo bueno para mí. Además de los trescientos dólares, la propietaria, Jacqueline, a quien todos llamaban Jack por razones obvias, me permitía dejar la funda de mi guitarra abierta para recibir propinas. Aunque eso me hacía sentir, en ocasiones, como un músico callejero, me aguantaba, porque al final de la noche suponía cien o doscientos dólares extra en mi bolsillo.

Subí al escenario y coloqué mi equipo. El escenario estaba oscuro, así que apenas llamaba la atención allí arriba. Una gramola tocaba *Losing my Religion,* de R.E.M., un clásico si los había. Después de instalarme, me mezclé entre la gente del bar. A un lado, distinguí una cabeza con pelo de punta rubio. Usé el hombro para empujar el cuerpo de mi amigo contra la barra. Él se giró con una expresión airada en su cara de chico guapo, hasta que se dio cuenta de quién era.

—¿Qué haces aquí, tío?

Clayton Hart, mi amigo y compañero de piso, sonrió mostrando sus perfectos dientes blancos. Sus ojos azules me escrutaron antes de rodearme el hombro y darme un abrazo masculino, con palmada en la espalda incluida, tan fuerte, que me hizo toser.

—¡Dios, deja ya los esteroides! —bromeé. Él se rio.

—Ya sabes que solo es cuestión de trabajo duro. Si quieres ponerte así —señaló su enorme pecho. No había ni un gramo de grasa—, dímelo. Haré que para el verano hayas duplicado tu tamaño. —Lo curioso de Clay era que no mentía. Cada cliente que tenía parecía más grande que el anterior. A excepción de las celebridades femeninas a las que entrenaba. A ellas las mantenía en forma y delgadas, pero no en exceso, para que fueran atractivas para Hollywood.

—Eres un exagerado —refunfuñé—. Ahora, en serio, ¿te ha cancelado algún cliente? Sueles estar en casa los miércoles.

Entonces noté que no estaba solo. A su lado estaba nada menos que el mejor jugador de béisbol, Trent Fox.

—Fox, ¿conoces a mi compañero de piso, Atlas? —preguntó Clay—. Trabaja en La Casa del Loto con tu mujer.

—Mi mujer. Ya me gustaría. Mi preciosa bola de fuego aún no tiene un anillo en su dedo. Pero pronto lo tendrá. Estoy intentando ablandarla. —Sonrió y luego me alargó su mano—. Trent Fox. Un placer conocerte —dijo con una voz ronca, que sonó como un profundo gruñido.

—Encantado de conocerte. Adoro a los Ports y tú estás teniendo un gran año.

—Sí —asintió—. La única desventaja es dejar a la familia.

—Es cierto. Acabas de tener un niño, ¿verdad?

—Tiene diez meses. William. Es un niño enorme. Usa el doble de su talla. A su madre le altera la frecuencia con la que tiene que comprarle ropa nueva, pero a mí me encanta, porque nadie podrá meterse con mi pequeño.

Jack se acercó a la barra, con su agradable movimiento de caderas. Llevaba un corte de pelo estilo *pixie*, con las puntas desiguales. Mientras limpiaba la barra, frente a nosotros, los brazaletes que llenaban su brazo resonaron contra la madera.

—¿Qué te sirvo, Atlas?

—Cerveza. Cualquiera que esté fría y sea de barril.

—¿Caballeros? ¿Lo mismo?

—Gin-tonic para mí y cerveza para mi amigo —respondió Clay.

—Así que tú eres el tío con talento a quien he venido a ver. —Trent giró su taburete para mirarme de frente.

Miré a Clay. Él fingió interés por una mujer que llevaba un buen rato devorándolo con la mirada.

—Debo de ser yo. —Froté mis manos unidas.

—¿Eres bueno? —preguntó Trent.

—Eso tendrás que decírmelo tú. —Me encogí de hombros.

—Tienes razón.

—Oye, Atlas, ¿qué hay entre tú y esa chica del estudio? —preguntó Clay.

—¿Una rubia pequeña? —gruñó Trent, poniéndose rígido.

—No, hombre. —Negué con la cabeza—. Sé que Genevieve es tu chica. Dash es mi mejor amigo y me ha informado. Créeme. Todo hombre que aprecie su vida sabe que esa mujer es tuya.

—¡Muy bien! —Hizo una mueca.

Me reí. ¿Cómo podía ser tan posesivo? ¡Por Dios! Nunca antes había estado en posición de sentir esa anticuada emoción hacia una mujer. Probablemente porque la relación más larga que había tenido había sido de un mes o dos. O puede que no más de diez semanas.

—Tío, esa mujer te tiene loco. —Clay rio y negó con la cabeza.

—Si se casara conmigo de una vez, no estaríamos hablando de esto... Y, en realidad, no quiero hablar de esto. Volvamos a ti. —Me señaló—. ¿Quién te gusta a ti del centro de yoga? Las conozco a todas. Déjame adivinar... ¿Luna o Dara?

Sonreí y pensé en Luna. La hija pelirroja de una de las dueñas. Era preciosa, de belleza clásica como la porcelana, en absoluto mi tipo. Me habría interesado por Dara, pero, para ser honestos, ella jamás había dado señales de que yo pudiera gustarle... ni nadie en realidad. Esa chica siempre estaba en su mundo. Probablemente por eso daba clases de meditación.

—No, tío, es Mila.

—Esa chica... —las cejas de Trent se elevaron casi hasta su pelo— es una bomba. Muy sexi. Pero nunca da ni la hora a nadie. Es un hueso duro de roer.

—He asistido a sus clases algunas veces. —Clay asintió—. Tiene talento, la verdad. Y coincido en que es muy sexi Pero no sé, hay algo en ella que es...

—¿Inalcanzable? —propuse. Ambos hombres asintieron y Clay me apuntó con su dedo índice.

—Justo eso. Exacto. Pero Dash me dijo que la vio salir de nuestro apartamento el otro día.

¡Maldito Dash!

—Dash debería mantener la boca cerrada. ¡Dios! ¿Qué es esto? ¿El nuevo *Gossip Girl* de La Casa del Loto? —¡Joder! Tendría que hablar con él. Lo último que necesitaba eran rumores en mi nuevo trabajo. Me gustaba trabajar allí y me encantaba estar cerca de Mila, encontrarme con su hermoso trasero por los pasillos y discutir con ella.

Clay soltó una carcajada.

—Mila, no sé qué tiene esa Gata Salvaje. Se me ha metido bajo la piel —admití.

Clay bebió un trago de su gin-tonic mientras Trent me miraba con los labios fruncidos.

—¿Te gustaría salir con ella?

—Me gustaría entrar en ella. —Me encogí de hombros y alcé las cejas.

—Pídeselo. —Ambos estallaron de la risa y luego Trent me dio una palmada en el hombro.

—¡Ah! Ella ya lo sabe. Y estoy bastante convencido de que aceptará. Le he pedido que venga esta noche. Veremos si se presenta.

—Es una buena prueba. Invitarla a verte haciendo algo que te gusta. Si se presenta y se queda para algo más que la cerveza fría y la música, sabrás que le gustas —sugirió Clay y apoyó los codos sobre la barra detrás de él.

—Bien visto. Pero no lo sé, tío, hay algo en ella... que no logro descifrar.

—Sentí lo mismo con Genevieve. —Trent se inclinó hacia delante—. No podía quitármela de la cabeza. Pensé que era porque quería acostarme con ella, pero resultó que no solo la quería en mi cama, también la quería en mi vida, para siempre. Nunca he tenido nada mejor, tío. ¿Tu chica también te ha cambiado los esquemas, como la mía?

¿Lo había hecho? Lo cierto era que, últimamente, no hacía otra cosa que ir detrás de ella.

—Todavía no lo sé, amigo. —Palmeé el hombro de Trent.

—Si lo descubres, o si el marcador empieza a ponerse a su favor, no lo estropees. Ya no somos tan jóvenes.

Trent tenía razón. Ya no era tan joven. Especialmente para el negocio en el que estaba.

Las luces amarillas del escenario comenzaron a centellear, indicando que la música en directo estaba a punto de empezar.

—Esa es mi señal, amigos. Gracias por venir esta noche. Os lo agradezco mucho. —Estreché la mano de Trent antes de rodear a Clay y darle un abrazo con palmada en la espalda. Probablemente se irían antes de que terminara la primera parte. Clay no salía hasta tarde porque atendía a clientes, en su casa o en el gimnasio, antes de que el sol saliera. Trent tenía una nueva familia. Imaginaba que Genevieve no sería muy comprensiva con él si llegaba tarde, con un bebé en casa.

—Buena suerte, tío. —Trent señaló el escenario con su barbilla—. Y con la chica sexi también.

—Gracias. Disfrutad del espectáculo —dije sonriendo antes de abrirme paso entre la multitud y subir las escaleras hacia el escenario. Una vez allí, me colgué la guitarra al hombro y arrastré el taburete que Jack había dejado para mí hasta el centro. El foco se encendió y me iluminó cuando me senté frente al público. El diyéi de la noche ya tenía mi batería pregrabada y otros instrumentales de fondo para las canciones que no eran solo acústicas.

—¿Cómo estáis? Esta noche, voy a empezar con una balada titulada *Creep*, de una banda poco conocida llamada Radiohead.

MILA

Cuando llegué al Harmony Jack's a las diez, en lugar de a las nueve como había sugerido Atlas, el local ya estaba en pleno apogeo. Los miércoles por la noche eran animados. La sala era enorme y cuadrada con una plataforma elevada a modo de escenario. Durante el día, las ventanas parecían normales, pero por la noche, las abrían hacia fuera para que la gente de la calle pudiera ver la diversión que había en el interior. También permitía que corriera el aire en el local y se viera más abierto. Estaba lleno a rebosar, lo que incluía un montón de mujeres junto al escenario, meciendo sus caderas al ritmo de la voz de Atlas.

Lentamente, me abrí paso entre la multitud hacia la barra y pedí un chupito de tequila y una cerveza. La camarera iba vestida con un estilo punk-rock chic. Era bajita, como yo, con curvas suaves y aspecto de chica mala. Su pelo era negro como la noche y brillaba con un halo azul cuando caminaba bajo el riel de luces que iluminaba la barra. En las paredes había cientos de billetes de un dólar con números de teléfono garabateados con una caligrafía irregular y masculina.

Me incliné sobre la barra para acercarme más a ella cuando me sirvió el tequila.

—¿Y esos números telefónicos? —Señalé con el mentón hacia los dólares pegados en la pared.

La camarera sonrió, con una sonrisa que la transformó al instante de bonita a deslumbrante.

—Cuando un hombre me pide mi número, le digo que escriba el suyo en un billete. Luego, frente a él, lo pego en la pared. Los muy idiotas aún no se han dado cuenta de que me gustan las mujeres, necesitan que se lo recuerde constantemente. —Me guiñó un ojo y luego se giró para atender a otro cliente.

Me reí, y me di la vuelta en el taburete. Me tomé el chupito y luego la cerveza. Después, fijé la vista en la razón de mi presencia. Atlas estaba sentado en un taburete sobre el escenario y se veía genial. Con una rodilla flexionada y el pie apoyado en el anillo inferior del taburete, tenía los ojos cerrados mientras cantaba una canción que yo nunca había escuchado.

La confianza es un trago amargo.
Dijiste que regresarías.
Mañana.

Finjo que el vacío no es total.
Pero aún espero de todas formas.

Tal vez nunca, quizás algún día.
Es hoy.

Hoy, hoy, hoy.

He aprendido que no hay hogar.
Tal vez nunca, quizás algún día.

La voz de Atlas se filtró a través de mi cuerpo y me produjo un profundo escalofrío. *Tal vez nunca, quizás algún día.* ¿De quién trataba la canción? Una mujer. Una chispa de celos corrió por mi espalda, me enderecé y apreté los dientes. ¿Importaba acaso? Él no era mi pareja. Podía cantarle a quien quisiera.

¿Y por qué te habría pedido que vinieras? Relájate, Mila.

Estaba alterándome por nada. Y eso era exactamente lo que había entre Atlas y yo. Nada. Solo un poco de diversión. Tenía que ser sensata y recordar eso.

Altas se acercó al micrófono y sus alborotados rizos castaños cayeron sobre su rostro, avasalladoramente atractivo. Desde allí, podía ver sus ojos y notaba que estaban sonriendo. Estaba en su elemento. Los focos sobre él, un rebaño de bellezas contemplándolo, y su voz. Por lo poco que sabía de Atlas, la música era su pasión. Y se notaba en su forma de cantar, proyectándose hacia el frente, como si necesitara soltar cada resquicio de emoción antes de pasar a la palabra siguiente, y en cómo cerraba los ojos, dejando que su mente viajara y su talento se derramara. Asombroso.

Me excitaba con cada palabra que pronunciaba. El tono grave de su voz me hacía pensar en sexo duro. El suave susurro de la melodía era como una caricia sensual sobre mi piel. Una descarga de deseo me atravesó y se instaló entre mis muslos, donde palpitaba con cada toque de su pie. ¡Dios mío, cuánto lo deseaba!

Incapaz de seguir sentada, me deslicé de mi taburete y caminé despacio, haciéndome paso entre aquellas bellas mujeres, sin empujar ni forzar mi camino. No, avancé tranquilamente por la pista de baile y me detuve en un punto donde sabía que la luz me iluminaría.

Atlas cantaba y yo mecía las caderas. Levantó el cuello y lanzó una frase al cielo. Yo elevé los brazos en su honor, movida por su canción. La música fluía dentro de mí como si estuviera nadando en aguas abiertas, siguiendo la corriente, llevándome a nuevas alturas. Una mezcla de paz, deseo y calor me invadía, mientras me concentraba en permitir que su música me arrastrara hacia donde quería ir. A casa con él.

Abrí los ojos y caí en la trampa de un ojo azul y otro color café. Atlas me había encontrado entre la multitud; sabía que lo haría. Siguió cantando, solo que ahora lo hacía para mí. Solo para mí. Sus ojos no se cerraron y ya no se apartaron de mí. Yo me movía con la letra de su canción, ofreciendo mi cuerpo en un pedestal al único hombre que era capaz de accionar todos mis interruptores.

Él sonrió y terminó su canción. Luego se puso de pie y habló por el micrófono.

—Ahora un pequeño descanso para refrescar mi garganta y regreso en unos minutos. Pasad por la barra, pedíos otro trago y bebed, porque esto aún no ha terminado —dijo con una sonrisa tonta. Después, en vez de bajar por las escaleras, saltó el metro de altura del escenario y se acercó a mí.

No me moví. Ni un centímetro. Cuando me alcanzó, rodeó mi cuello con su mano y estrelló sus labios contra los míos. Mi jadeo de sorpresa le dio la ventaja que necesitaba para besarme profundamente, en un baile de lenguas entrelazadas. Su otra mano rodeó mi cuerpo, bajó por mi espalda y descendió un poco más hasta agarrar mi trasero. Me retorcí y gemí cuando siguió con el masaje y sentí la protuberancia endurecida de su miembro creciendo debajo de sus vaqueros, contra mi vientre.

Después de besarnos durante minutos, como si aquel fuera nuestro último día en la Tierra, Atlas alejó su boca y apoyó su frente en la mía. Ningún hombre me había hecho algo así. Era un gesto extrañamente íntimo, respirar el aire de otra persona, con nuestros chakras del tercer ojo en contacto. Descubrí que me gustaba más de lo que hubiera imaginado. En el pasado, nunca había conectado así con un hombre. Normalmente, iba directa a su entrepierna. El momento de los abrazos nunca duraba demasiado en mis excursiones nocturnas. Pero claro, el objetivo era correrse. Con Atlas, no sabía cuál demonios era el objetivo. Todo lo que sabía era que disfrutaba de su presencia.

Disfrutaba con nuestras batallas verbales. Y, más que nada, disfrutaba de cómo me hacía sentir. Como una mujer deseada, querida y hermosa. No tenía idea de cuánto duraría eso, porque una vez que llegáramos a la cama, lo más probable era que todo terminara.

Atlas inhaló con firmeza.

—Verte aquí, moviendo tu trasero para mí, todo para mí... —Apretó con más fuerza su mano en mi trasero.

—¡Ay! —dije antes de rodear su cuerpo con un brazo y tomar mi propia ración de nalgas masculinas. Por supuesto, su trasero era perfecto, redondo y firme.

—¡Dios! Quiero estar dentro de ti, Gata Salvaje. Con tus piernas rodeándome y yo en tu interior, tan profundo, que no querré salir nunca.

—Ten cuidado con lo que deseas, Ricitos. Podría cumplirse —provoqué.

—¡Ah! Se cumplirá. Me encargaré de ello. Lo viviré y respiraré hasta que estemos demasiado exhaustos para continuar. —Un rastro de excitación recorrió toda la superficie de mi piel. Cada palabra que pronunciaba era más excitante que la anterior.

—Hablas demasiado para ser un hombre que aún tiene que actuar delante de un montón de bellezas, dispuestas a pasar un buen rato contigo. —Señalé con la cabeza a las chicas que nos rodeaban y que nos observaban, a mí con envidia y a él con deseo.

—Solo hay una chica con la que quiero pasar un buen rato esta noche. Y mañana por la noche. Y la noche siguiente...

—Mmm... —Reí disimuladamente—. Eso está por ver, ¿no?

Sus ojos brillaron bajo las luces intermitentes y un solo rizo cayó sobre su frente. Le aparté el mechón hacia atrás y le rasqué el cuero cabelludo en el proceso. Él empujó su cadera contra mi pelvis y yo sonreí.

—Eres muy mala —gruñó y me mordió el labio.

—Puedo ser mejor. —Lo besé con suavidad y tiré de las raíces de su pelo.

Él gimió sobre mi boca y hundió su lengua para enredarse con la mía. Sabía a cerveza y a limón. Probablemente por una cerveza cítrica. Lo mismo que yo estaba bebiendo.

—¿Te quedarás hasta el final? —Recorrió un lado de mi cara con dos dedos. Su mirada se llenó de esperanza y deseo, que me ahogaron de anticipación.

—De acuerdo.

—De acuerdo —repitió con una sonrisa—. Quiero presentarte a mi compañero de piso y a su amigo. Creo que ya lo conoces.

Caminamos hacia una esquina del bar, donde dos gigantes se balanceaban en sus taburetes, que parecían de juguete por el contraste.

—Mila, él es Clayton Hart, mi compañero de piso, y su amigo...

—Trent Fox. —Sonreí y alargué la mano—. Eres la pareja de Genevieve.

—Culpable. —Su sonrisa era cálida y amistosa.

—¿Dónde está ella? —Miré a mi alrededor, buscando a la chica rubia de curvas. Éramos iguales en tamaño, pero opuestas en todo lo demás. Yo era oscura y ella clara. En cuanto a la personalidad, ella emanaba bondad, calma y serenidad. Y yo..., bueno, yo no.

—Con nuestro hijo y el resto de la familia. Noche de chicos.

—Bien.

Atlas colocó un brazo alrededor de mis hombros y me atrajo hacia él. Un movimiento posesivo, si es que yo entendía de eso. Estar pegada a su cuerpo definitivamente demostraba posesión, aunque solo estuviera acariciándome el hombro de forma casual con el pulgar, mientras bebía cerveza y bromeaba con sus amigos. Parecía muy tranquilo y relajado; yo, en cambio, sentía cada músculo de mi cuerpo en tensión. No sabía cómo actuar en esa clase de situaciones, no tenía ni idea de qué se esperaba de mí. ¿Se suponía que simplemente debía estar ahí quieta y en silencio? ¿Podía hacer eso? No era algo que me resultara natural, pero ¿podría hacerlo por Atlas?

—Oye, Mila, Atlas ha dicho que eres artista —comentó Clay—. ¿Qué tipo de arte haces?

Arte. De acuerdo. ¡Uf! De eso sí que podía hablar. Sin parar, en realidad. También me daba la oportunidad de meterme con Atlas, algo que me gustaba casi tanto como pintar.

—Estoy trabajando en una exposición de cuadros. Ahora, estoy pintando desnudos.

9

Chakra del plexo solar

El chakra del plexo solar recibe la influencia del sol. Su elemento terrenal
es el fuego y, junto con la naturaleza masculina de este chakra, nos
anima, bajo su influencia, a encontrar un lugar apropiado en la sociedad.

ATLAS

La música era mi vida. Me encantaba tocar. Solo que en aquel momento era una maldita pesadilla. Ver a Mila entre la multitud, moviendo su trasero, hizo que tuviera casi una erección durante toda la actuación. Solo me quedaba una canción y luego me iría con mi temperamental latina. La cargaría sobre mi hombro, si fuera necesario, y la llevaría a su casa. La habría llevado a la mía, pero no tenía en mente un sexo tranquilo. En el menú de la noche había planeado hacer el perrito, cabalgar de forma salvaje y, tal vez, un sesenta y nueve. Y todos los placeres orales que ella quisiera. Quería que cojeara al entrar al centro de yoga al día siguiente, preferentemente con mi olor por todo su cuerpo.

Apreté los dientes y rugí la siguiente estrofa. Funcionó, porque estaba haciendo una versión de *Sunshower* de Chris Cornell, quien, en un buen día, sonaba como si se hubiera tragado un puñado de navajas. Mila no tenía ni idea del poder que ejercía sobre mí. Perdida en su propio mundo, aquella seductora silenciosa bailaba como si llevara años haciéndolo. Movía las caderas y los brazos con el sonido que emitía como si estuviera cantando solo para ella. De vez en cuando, sus ojos se abrían y el deseo más puro y genuino brillaba a través de mí. Hasta tal punto que, si no terminaba pronto la actuación, recogía mi dinero y me lanzaba sobre ella, empezaría a arder. Me sentía como un cavernícola lunático que solo deseaba arrastrarla del pelo fuera de allí, mientras derribaba con mi garrote artesanal de tronco a todos los hombres que osaran mirarla.

Demencial.

Una auténtica locura.

Todo en Mila Mercado gritaba sensualidad y sexualidad, con una pizca de espiritualidad. Había tantas facetas de ella que quería descubrir... La primera, su lado sensual. La veía bailar mis canciones, disfrutando, confiada, con los ojos cerrados para que la música la guiara y marcara sus pasos.

Podría estar siempre cantando para ella, si no tuviera la necesidad de poner mi boca y mis manos sobre ella. Pero ya tendríamos la eternidad para cantar y bailar. En aquel momento el único baile que me apetecía era uno hedonista que nos hiciera sudar hasta la extenuación, con el cuerpo dolorido, una mujer saciada y una verga satisfecha. La mía.

Canté el último verso de *Sunshower* al tiempo que me ponía de pie y la gente me ovacionaba. Normalmente, habría sonreído, saludado y agradecido a los asistentes su presencia. Pero en ese preciso momento, mis ojos estaban fijos en algo: una gatita a quien tenía toda la intención de domar nada más saltar de ese escenario. Coloqué mi guitarra en su funda sobre el dinero que los generosos clientes habían lanzado dentro. Ya lo arreglaría más tarde. Mucho más tarde.

Mila se acercó al escenario al mismo tiempo que Jack, con un montón de dinero en la mano. Le sonreí a Jack y rodeé a Mila con el brazo.

—Quiero sacarte de aquí y desnudarte. Ahora.

—La cuenta, por favor —bromeó mientras yo lamía su cuello húmedo, saboreándola en un gesto carnal y animal.

—¡Joder, qué bien sabes...! Me ha gustado cómo movías el cuerpo con mi música. Mucho.

—Mmm... —murmuró mientras le besaba el cuello.

Jack se aclaró la garganta. La ignoré. Estaba demasiado concentrado saboreando a mi gata sensual.

—¡Al diablo! —La escuché protestar y luego noté una mano pequeña entrar y salir como un rayo del bolsillo trasero de mis pantalones—. Ahí tienes tu dinero. ¡Ahora, largaos a otro sitio! —ordenó cuando me separé de Mila.

—Creo que no quiere que montemos un espectáculo aquí —dijo Mila, algo tímida, en contraste con su habitual tono brusco.

—Yo también lo creo. —Reí—. No somos su tipo de espectáculo.

—¿Cómo? —Su tono delató que ella ya lo sabía—. ¿También hay un billete con tu número de teléfono allí? —Sonrió.

—Claro que no —bufé. Su mano rodeó mi cintura mientras que yo agarraba la guitarra con una mano y su hombro con la otra.

—Apuesto a que sí. —Soltó una risita.

—Apostarías mal.

—Apostaría de todos modos. —Me miró con los ojos entornados.

Pequeña descarada. No habíamos intercambiado números telefónicos verbalmente, así que tendría que esforzarse mucho para encontrarlo en esa pared, aunque mi nombre era bastante único.

Reí y me acerqué más a ella mientras nos dirigíamos a la salida.

—Y ganarías —susurré en su oído antes de frotar mi nariz en su sensible cartílago.

Su sonrisa hizo palpitar mi corazón. Y luego fue cien por cien ella.

—¡Lo sabía! —dijo entre risas—. ¡Lo sabía! Has intentado ligar con la camarera lesbiana. ¡Mujeriego! —exclamó antes de estallar en un ataque de alegres carcajadas. Esa imagen, ella riendo, era muy hermosa. Mila sabía sonreír, eso estaba claro. Solo que no lo hacía muy a menudo. Guardarse sus emociones y su afecto hacia los demás tendía a ser su *modus operandi*. Y era algo que me fascinaba en aquella insolente criatura.

—Disculpe, Atlas Powers. —Una voz profunda y una mano sobre mi hombro detuvo nuestro paso.

Protesté y me giré, tratando de no fruncir el ceño. Si un seguidor evitaba que me llevara a Mila a la cama, no respondería de mis actos. Estar alterado no describía ni de lejos la necesidad urgente que sentía por follar con la mujer que estaba a mi lado. Sentí su mano en mi pecho, frotándolo con calma, mientras mantenía el pulgar de la otra en el bolsillo trasero de mis vaqueros. Deseaba aquello tanto como yo. Eso era evidente. Mi deseo por salir disparado de allí también era obvio para cualquiera que me viera.

—Estoy algo ocupado. —Incliné la cabeza hacia la chica a la que agarraba.

El hombre sonrió con suficiencia. Me pareció afroamericano, pero no estaba seguro debido a la escasa luz. Llevaba el pelo rapado como un soldado y tenía los ojos claros, demasiado como para distinguir el color. Y sus dientes brillaban en la oscuridad.

—Solo voy a necesitar unos minutos de su tiempo. —El extraño aplaudió con las manos unidas.

—¿Quién es usted? —le pregunté desconcertado, dispuesto a salir de allí y dirigirme adonde quería estar: entre los muslos de la mujer que había a mi derecha.

—Soy Silas McKnight de Producciones Knight & Day. —Alargó su mano y yo la observé. Solo la miré, inmóvil.

¡Joder! ¡Dios mío!

Parpadeé y todo mi mundo se quedó en silencio. Notaba un cosquilleo en cada terminación nerviosa de mi cuerpo, como si me estuvieran electrocutando, una y otra vez, con una onda eléctrica de baja intensidad. Mila me sacó de mi estupor golpeándome en el pecho.

—¡No seas grosero y estrecha su mano! —me instó.

El señor McKnight rio cuando tomé su mano y la apreté. Probablemente con demasiada fuerza.

—Lo siento... Yo solo... Usted, eh, me ha sorprendido. No esperaba ver a alguien como usted aquí.

—¿Podríamos sentarnos un momento? —preguntó, señalando una mesa vacía a menos de dos metros de nosotros.

Ambos, Mila y yo, caminamos hacia la mesa. Ella me siguió sin decir nada. Bajé la mano por su brazo y agarré la suya con fuerza para hacerle entender lo mucho que aquello significaba para mí. No estaba aplazando nuestro momento por nada. Estaba ocurriendo algo importante. Ella pareció comprenderlo al instante, o al menos eso me pareció cuando frotó el dorso de la mano con su pulgar. Tenerla cerca, con su mano en la mía, calmaba la ansiedad que atravesaba cada gramo de mi ser. Estaba ocurriendo. Mi gran momento. Mi oportunidad.

No lo estropees.

—¿Así que usted... quería hablar conmigo? —pregunté mientras frotaba la otra palma sudorosa sobre mis vaqueros.

—Así es. —El señor McKnight apoyó sus codos sobre la mesa—. He visto tu actuación. De hecho, me he quedado hasta el final.

¡Dios mío! Aquello era muy buena señal. Había leído en algún sitio que la mayoría de los profesionales de la industria musical no perdían el tiempo escuchando una actuación completa de alguien si no creían que tenía potencial. *Por favor, Dios mío, que crea que tengo potencial.*

—¿Y? —solté la pregunta al aire para que él se tomara su tiempo en responder.

—Has estado increíble —respondió sonriente—. Tienes talento, eso está claro. Los tres temas originales han sido estelares. ¿Tienes más como esos en tu cabeza?

—Sí, por supuesto. —Talento. Había dicho que tenía talento.

—Justo lo que quería escuchar. —Inclinó la cabeza a un lado—. Estoy buscando a alguien nuevo.

—Señor McKnight, ¡yo soy su hombre! —exclamé y golpeé la mesa con más confianza de la debida. Aquel era mi momento. Y tenía que darlo todo. Mostrarme bien para que él viera que merecía esa oportunidad.

—Atlas, por favor. —Él rio—. Creo que tenemos mucho de qué hablar, pero lo que necesito saber sobre todo es si... te importaría escribir canciones para otros intérpretes.

Mi corazón se desplomó un poco. No mucho, pero sí un poco.

—No. Si es música y puedo darle mi estilo, me interesa.

—Me alegra escucharlo. —Se levantó, metió la mano en su chaqueta y extrajo una tarjeta—. Voy a estar fuera de la ciudad dos semanas, pero cuando regrese, quiero que nos reunamos. ¿Estás de acuerdo?

—Claro. —Sonreí emocionado—. Gracias.

—Hablaremos más sobre música, escribir canciones y lo que estoy buscando. Pero tú eres especial. De eso puedes estar seguro.

—Muchas gracias. Significa mucho para mí. —Alargué mi mano y él la estrechó.

—Llama a este número y programa una reunión con mi secretaria para cuando regrese, en dos semanas.

—Dos semanas. —Asentí. Silas me dio una palmada en la espalda.

—Lo espero con ansias.

Lo observé como un tonto enamorado mientras se dirigía a la salida.

Mila se acercó a mí y levantó la vista. Yo miré hacia abajo y me hundí en sus ojos color chocolate.

—Esto es algo grande, ¿verdad? Para tu carrera musical —susurró, como si temiera ponerlo en palabras. ¡Demonios! Yo también estaba asustado.

—Sí. Enorme. —Me incliné y besé sus labios con suavidad—. ¿Y sabes qué otra cosa es enorme ahora mismo?

—¿Qué?

—Mi verga. Vamos, preciosa. Mi noche acaba de mejorar. Hagamos que sea la mejor noche de nuestras vidas.

Ella rio, me siguió a la salida y luego a un taxi, que nos llevó directo a su apartamento.

MILA

En el instante en que abrí la puerta, Atlas me empujó ligeramente con una mano firme en la parte baja de mi espalda. La funda de su guitarra golpeó contra el suelo de madera de mi apartamento mientras yo cerraba con llave. No vivía en el peor vecindario de Oakland, pero tampoco era el mejor. Justo cuando eché el cerrojo, para estar más seguros, sentí cómo me levantaba del suelo.

—¡Suéltame, bruto! —Reí y golpeé su duro trasero.

—¡Jamás! —bromeó y me hizo girar hasta que me deslicé por su figura musculada, centímetro a centímetro.

Cuando mis antebrazos alcanzaron sus hombros, me quedé prácticamente colgando, con los pies lejos del suelo. Atlas se movió y utilizó sus manos para agarrar mi trasero y levantarme hasta que rodeé su cintura con mis piernas. Estábamos cara a cara en esa posición, sus ojos multicolores en los míos, contándome una historia de pasión y deseo en la que podía ahogarme.

—Hola —respondí algo tímida. No estaba acostumbrada a mirar a la cara al hombre con el que iba a tener sexo. Y para ser honesta, tampoco solía pasar mucho tiempo besando. Para mí y mis compañeros de una noche, se trataba solo de correrse. Besarse, mirarse a la cara, compartir el mismo aire, eran cosas demasiado personales, privadas... íntimas.

—Hola. —Atlas sonrió suavemente—. ¿Estás preparada? —Rozó mi nariz con la suya en un gesto cariñoso.

Justo lo contrario de lo que yo quería. Disfrutaba con hombres salvajes y fuera de control. Planeaba desatar su lado más bestia, y pronto. Con Atlas, la mejor manera de hacerlo era provocándole. Así que fue exactamente lo que hice.

—¿Por qué lo preguntas? ¿Tienes un pene tan grande que temes lastimarme? —Entorné los ojos—. Ya lo he visto. Y no estoy ni un poquito preocupada por su tamaño.

Sus ojos se llenaron de rabia apenas contenida y apretó la mandíbula. Un pequeño músculo en el lateral de su mejilla se tensó mientras lo observaba. Fascinante.

—Lo estás pidiendo a gritos —gruñó y mordió el espacio donde mi cuello se unía con mi hombro. ¡Dios! Esperaba que me dejara una marca.

—¿Pidiéndolo? —gemí.

—Rogándolo. —Se acercó aún más.

Un sonido entre aire saliendo de un globo y una respiración ahogada salió de mi boca, dejándole saber exactamente cuál era mi posición respecto a esa acusación.

—Suplicándolo. —Chasqueó la lengua al pronunciar la palabra.

—¿Has fumado algo durante el trayecto a casa?

—No podría haberlo hecho. Mis manos estaban demasiado ocupadas manoseándote. —Su mirada era abrasadora y sus manos subían y bajaban por mi espalda. No estaba segura de si lo hacía para tranquilizarme o para encenderme, pero funcionaba de cualquier manera.

Lo que había dicho tampoco era mentira. En el taxi, sus manos habían estado sobre mí, acariciando mis senos sobre mi top ajustado, palmeando mi trasero y rodeando mi sexo.

—Mmm... Lo recuerdo. Hazlo de nuevo —susurré antes de morder su oreja.

Él rio, apoyó una rodilla en la cama y yo me recosté sobre mi espalda, con él entre mis piernas. En esa posición, lo sentía grande y envolvente.

Una de sus manos se curvó en mi cuello al tiempo que sus labios cubrieron los míos. Nos besamos durante largos minutos; había perdido la noción del tiempo. Cada beso embriagador era más intenso y significativo que el anterior. Gemí cuando se apartó.

Se sentó a horcajadas sobre mí, con una rodilla a cada lado de mis caderas. Aprecié la oportunidad de subir otro nivel y comenzar el espectáculo sacándome el top por la cabeza. El juego previo estaba bien, pero, para ser honesta, lo que yo quería era correrme, a ser posible con su gruesa verga metida profundamente en mi interior. No había pensado en otra cosa desde que lo había pintado. Aquel hombre estaba dotado con una importante arma sexual de placer masivo. Solo esperaba que supiera utilizarla bien.

Fui a por su camiseta, pero él me detuvo con una mano firme en el centro de mi esternón. Me estrechó contra el colchón.

—Para un momento, cielo, y déjame mirarte. Ojos salvajes. Pelo revuelto. Pecho agitado. —Trazó la línea superior de cada uno de mis senos con la punta de sus dedos—. Eres condenadamente bonita y tú ni siquiera lo sabes.

—Claro que lo sé. —Bombeé mis caderas para llamar su atención o, al menos, la atención de cierta parte de él.

—No, no lo sabes. —Negó con la cabeza—. Escondes lo que eres. Pero, a veces, bajas la guardia conmigo, y puedo ver a tu auténtico ser brillar. Como en este momento. Estás aquí, desnuda, Gata Salvaje. Y puedo verte.

Algo en su forma de decir «Puedo verte» desató un cosquilleo de lágrimas en mis párpados. Inhalé profundamente y apreté la mandíbula.

—¿Y qué ves?

—Veo fuerza. Una superviviente nata, que ha tenido que arreglárselas sola. Con tu padre en prisión y tu madre formando otra familia, ¿quién ha cuidado de ti? —Sentía sus palabras como un susurro, mientras sus caricias se centraban en la parte superior de mi cuerpo. Sus dedos se deslizaron por mis pechos hasta llegar al ombligo, donde posó sus labios y hundió la lengua.

Sentí temblores por todo el cuerpo y una gran dosis de excitación.

—¿Podemos dejar de hablar y follar de una vez? Te estás poniendo profundo, Ricitos, y yo te quiero profundo, ahora mismo, pero de otra manera.

Atlas sonrió y recorrió mi abdomen con besos interminables. Movió sus manos sobre mis costillas, acariciando cada hueso como si estuviera tocando las teclas de un piano. Gemí y me retorcí, ansiosa por más.

—Por favor... —le supliqué.

Atlas inhaló bruscamente, deslizó su boca hasta mi sujetador de encaje negro y bajó cada copa. Al momento, sus labios se agarraron a una punta endurecida, chupando sin piedad.

—¡Sí! —exclamé y sujeté su cabeza contra mi pecho al arquearme hacia él para ofrecerle más.

Con la otra mano frotaba alrededor de mi areola, presionando el punto endurecido que se reafirmaba y alargaba bajo su influencia.

Atlas se incorporó y se quitó la camiseta. Como una esnob de clase alta lanzándose sobre un Louis Vuitton, mis manos se extendieron sobre su firme torso. Su cuerpo no era el del típico musculitos de gimnasio, que solo levanta pesas y busca volumen. Era un cuerpo bien definido, esculpido con horas de trabajo y esfuerzo en la práctica del yoga. No tenía grandes músculos, pero lo compensaba con una firmeza de lo más apetitosa.

Con un pie en el suelo, se apartó de mí. Observé cómo se desabrochaba los vaqueros y se los bajaba junto con la ropa interior. Su miembro emergió grande, grueso y duro al elevarse hacia el ombligo. Antes había bromeado sobre su tamaño, pero definitivamente estaba muy bien dotado. Sin nada de vello, su pene parecía incluso más largo, y sobresalía como en una representación gráfica de un ritual de apareamiento. Me encantaba ver a un hombre así de excitado por mí. No había nada igual en el mundo. Saber que tenía ese poder sobre ellos, el de hacer que una parte de sus cuerpos se transformara para adorarme, era increíble.

—Eres increíble —solté—, pero eso ya lo sabes.

—Siempre es agradable escuchar un piropo de la mujer que te vuelve loco. —Sonrió y apoyó una rodilla en la cama mientras se arrastraba sobre mí.

Solté una risita cuando me desabrochó los pantalones, me los bajó y me los quitó.

—No llevas ropa interior. Me gusta... —Se inclinó y depositó un beso ardiente y húmedo por debajo de mi ombligo y justo por encima de la pista de aterrizaje donde yo quería que se estrellara—. Muchísimo. —Trazó toda la línea con su lengua, me saboreó, se acercó al lugar donde más lo deseaba y luego retrocedió.

Para dejar mis intenciones claras, le agarré del pelo y, sin demasiada suavidad, lo empujé hacia mi anhelante centro.

Se rio contra mi muslo.

—¿Deseas algo, chica sexi? —Clavó sus dientes en mi carne, mordiendo, marcándome de una manera que me excitó y me humedeció aún más.

Atlas aspiró y mordisqueó la zona alrededor de mi sexo, pero sin llegar a tocarlo.

—Podría matarte por esto.

—¿Por qué? —Succionó el punto que había reclamado un momento atrás—. ¿Por el juego previo?

—¿Llamas a esto «juego previo»? Yo lo llamo «tortura».

10

Postura de la barca con una pierna
(En sánscrito: paripurna navasana*)*

A veces, en el yoga, el cuerpo no es capaz de realizar inmediatamente las asanas más avanzadas. Cuando esto ocurre, existen innumerables modificaciones que pueden practicarse para fortalecer el cuerpo y ganar flexibilidad. La postura de la barca completa se realiza con la columna recta, con las piernas hacia el frente y empleando toda la fuerza del centro para sostenerlas en alto y hacia fuera. Los yoguis avanzados incluso podrán sujetar sus pies enlazando los dedos índices alrededor de los pulgares para lograr el máximo estiramiento. Sin embargo, es recomendable comenzar con una sola pierna. Flexiona la pierna debajo del cuerpo o hacia delante y utiliza el brazo para estirar y alargar la otra pierna. Mantén la columna y la cabeza erguidas.

ATLAS

Su cuerpo se retorcía como una gatita intentando encontrar la salida bajo un pesado edredón. Volcado en su mitad inferior, muy cerca de su calor, me regodeé en la esencia de su excitación, deseando que goteara de deseo.

—Vamos —protestó y luego hizo algo que no había visto hacer a una mujer en un mucho tiempo.

Mila abrió sus piernas, con mi rostro a escasos centímetros de su calor. La fragancia de una mañana de niebla en San Francisco asaltó mis sentidos y me hizo la boca agua. Quería lamerla, dejarla seca hasta que me rogara que parara. Pero ella no tenía el control. Darle lo que quería, en ese momento, en nuestro primer encuentro en la cama, solo establecería las reglas para las siguientes veces. Y yo no podía permitirlo. En el dormitorio, me gustaba tener el control, y lucharía por conseguirlo. ¡Demonios! Esa era la mitad de la diversión, especialmente cuando la urgencia por retarnos y follar era tan fuerte como con mi Gata Salvaje.

—¡Suficiente! —rugí antes de cerrar sus piernas, pasar un brazo debajo de ellas y bloquearlas con fuerza. Para reforzar mi plan, me recosté sobre sus piernas, desde las rodillas hasta los pies, sujetándola firmemente. Justo como quería. Sentía los testículos llenos, palpitando con intensidad, listos para estallar.

—¡No! —exclamó—. Quiero moverme. *Necesito* moverme —gruñó.

Sacudí la cabeza y luego puse mi boca sobre su pequeño clítoris rosado, que asomaba de su capuchón. Sus manos volaron hacia mi pelo mientras chupaba su travieso manojo de nervios. Ella se sacudió, pero la agarré con fuerza al tiempo que su dulce sabor alcanzaba mi lengua. Un cosquilleo se inició en la base de mi columna y cerré los ojos para inmortalizar ese momento, la primera vez que saboreaba a Mila Mercado.

—Vas a sentir cada lametón. —Aplasté mi lengua sobre su ardiente centro—. Cada succión. —Cerré los labios sobre su punto de tensión—.

Cada maldita chupada. Y no hay nada que puedas hacer. —*Lamida*—. Así que siéntelo. —*Lamida*—. Déjame ser dueño de tu placer, cariño. —*Lamida*—. Solo por esta noche.

Con esa última palabra, agité la punta de mi lengua duramente contra ella y la sujeté incluso con más fuerza. Ella gritó «¡Atlas!» y agarró mi pelo; el dolor rápidamente se transformó en placer mientras intentaba incesantemente frotarse contra mi rostro, en un esfuerzo fallido por dominar su placer. Todavía no se había dado cuenta de que era yo quien lo controlaba.

Justo cuando empezaba a calmarse, liberé el bloqueo, abrí sus piernas y cubrí su jugoso centro con mi boca. Su sabor era mucho más rico, como el de una cerveza con lúpulo, cuanto más profundamente presionaba mi lengua, rozando sus paredes, saboreando cada centímetro que podía alcanzar. Condenadamente increíble. Tan mojada, tan suculenta. Comenzó a acelerarse otra vez, sus caderas bombeando con cada lamida. El pequeño maullido que produjo cuando me moví más rápido y la presioné más fuerte, viajó directamente a mi miembro. Un cosquilleo de excitación rugió por mis músculos y los hizo sentirse más largos, más tensos, listos para sumergirse y golpear dentro de esa sensual mujer.

—¡Joder, joder, eres tan bueno en esto! —admitió en un suspiro acalorado. Su cuerpo estaba tenso, enfocado en cada movimiento de mi lengua. Sus delicadas caderas follaban mi rostro al tiempo que me zambullía en ella.

Cuando estuvo cerca otra vez, sostuve sus muslos bien abiertos y separé los pétalos de sus labios menores. Me permití un segundo misericordioso para recuperar el aliento y calmar la necesidad de buscar mi propio placer. Una vez que respiré y su esencia almizclada me hizo salivar, arremetí con mi lengua tan lejos como pude llegar, quería beber tan profundamente de su corazón puro como me fuera posible. Sus uñas se clavaron en las raíces de mi pelo y tiró de él. Me estremecí cuando la punzada de dolor se movió en línea recta hacia mi miembro.

Mientras la devoraba, frotaba inconscientemente mi pene contra sus piernas, con la punta goteando. Saber que mis fluidos cubrían sus piernas me ponía incluso más duro. Apreté los dientes y me forcé a imaginar calcetines sucios, el hedor del vestuario de hombres en el gimnasio, cualquier cosa que me previniera de descargar demasiado rápido.

Me deslicé en su interior con dos dedos, curvándolos en la pared superior de su vagina para masajear ese punto rugoso que la haría perder la cabeza. En el instante en que lo encontré, no lo abandoné. Acaricié y masajeé ese punto y chupé su clítoris, con mis mejillas hinchadas por el esfuerzo. Cada uno de sus sensuales sonidos era como un triunfo personal, tanto que mientras frotaba mi verga contra sus piernas, me deleitaba con mi capacidad de volver a Mila loca de deseo.

—¡Ay, por Dios! Voy a correrme otra vez. ¡Joder! —aulló.

Seguí sobre ella. El segundo orgasmo se convirtió rápidamente en un tercero. Escucharla gritar mi nombre, invocar a Dios, solo me incitaba más. Mi miembro estaba listo para cavar, para buscar oro, lo necesario para mitigar la lujuria que atravesaba mi cuerpo, listo para ahogarme de placer. Cuando apenas estaba descendiendo de su tercer orgasmo, me senté, sequé mi boca con mi antebrazo y me incliné en busca de mis vaqueros. Mis dedos temblaban por la necesidad insatisfecha mientras cogía el condón que guardaba en mi cartera, arrancaba el envoltorio y me lo colocaba.

Mila jadeaba. Su pelo era una maraña salvaje de rizos, tenía los labios irritados por nuestros primeros besos y las mejillas rosadas. Sus pequeños senos se movían al respirar. Mi pecho se llenó de orgullo y una sonrisa tonta se apoderó de mi rostro al ver a mi chica así.

—Tan condenadamente hermosa —gruñí y me acomodé entre sus muslos. Elevé una de sus piernas hacia fuera y sobre mis costillas—. ¿Estás lista, Gata Salvaje? —Aunque no lo estuviera, ya no había vuelta atrás. Hacía mucho tiempo que había perdido la capacidad de ir despacio. Mi miembro necesitaba embestir su ajustado y mojado centro.

Estaba perdido, no podía pensar en otra cosa más que en estar dentro de ella. Ya.

—Dámelo —exigió antes de pegar su boca contra la mía. Esa fue la primera vez que pude recordar que ella realmente iniciara un beso, a excepción del primero. El placer voló desde mi boca hasta mi pecho para instalarse entre mis muslos en una poderosa erección que decididamente necesitaba alivio, o perdería la maldita cabeza.

Nuestras lenguas se entrelazaron, nuestros dientes rechinaron y, al mismo tiempo, alineé mi miembro con su centro mojado y disparé hacia ella.

La puta felicidad. Su sexo se cerró alrededor de mi verga como un puño apretado. Estranguló mi miembro de la mejor manera posible. Perdí el aliento, mi visión se volvió borrosa y me agarré a su pequeña figura, con tanta fuerza como si mi vida dependiera de ello. No estaba seguro de que aquel polvo dejara moratones a su paso, pero tampoco me importaba. Lo único que quería era moverme, rápido y fuerte.

Su cuerpo se arqueó ante la invasión y soltó un gemido largo y triunfal. Era el sonido de una mujer satisfecha. Tenía que escucharlo otra vez. Cada gemido era como una armonía lírica en mis oídos. Me retiré hasta la punta, tomando una gran bocanada de aire por la intensidad de sus paredes ajustadas a mi dura erección, antes de abrirme paso al frente.

Presioné los dientes y puse todo mi esfuerzo en no estallar en dos embestidas. ¡Dios! Esa mujer podía hacer que me corriera en treinta segundos, como un adolescente de trece años.

Ella chilló. Realmente chilló, como uno de esos juguetes para la bañera.

—¡Joder, estás tan profundo! —Agarró mi pelo por las raíces y forzó mi boca sobre la suya. Me dejé llevar, saboreé la dulzura en mi lengua; compartir el sabor de su sexo con ella me hacía gruñir durante el beso.

¡Dios! Estaba dentro de ella hasta la raíz, mi boca llena de su sabor, sus tetas frotándose contra mi pecho como una perfecta caricia, esos

muslos firmes y tonificados sobre mis costillas sosteniéndome cerca...
¡Dios!

—Ahora mismo moriría feliz. —No había mucho más que decir. En su lugar, mi mente viajó a ese lugar placentero donde todo era sexo carnal y apareamiento animal. Nada más que sensaciones ardientes y húmedas al manosearnos y frotarnos el uno al otro. Todo lo que sabía era que estaba follando con mi mujer. No sabía si seguiría siendo así, porque tenía un problema con los apegos y el compromiso, pero con cada embestida, ella se volvía más mía. Con cada delicioso beso, poseía un poco más de su alma, y mi intención era que siguiera siendo así.

—Más —gimió dentro de mi boca, con nuestros labios apenas tocándose.

—¿Estás segura? —pregunté de nuevo. Tenía mucho más para darle, pero habíamos follado muy duro y me preocupaba su resistencia—. No quiero lastimarte. —Reí, la besé y respiré entre nuestros besos para enfocarme en no correrme.

—No podrías. Fui creada para follar contigo. —Sus ojos estaban vidriosos por el placer. No era muy consciente de lo que acababa de decir, pero, en aquel momento, algo encajó. Algo más profundo de lo que había experimentado con cualquier otra mujer, sexual o emocionalmente. Quería más de ella. Quería todo lo que tuviera para ofrecer. Quería hacerla mía definitivamente.

Levanté su pierna derecha hacia su axila. Al ser una yogui, era muy flexible, y su cuerpo se abría fácilmente de forma natural. Con esa ventaja, y mi pene dispuesto y duro como el acero, cargué contra ella. Con mi antebrazo apoyado estratégicamente sobre la cama, hundí los pies en el colchón, sostuve su trasero e instalé mi verga en su lugar. Su centro apretó la punta sensible de mi miembro hasta el punto en que vi estrellas; estrellas reales centelleando alrededor de ella, pero ni siquiera eso me detuvo. No, ella necesitaba sentir exactamente lo que yo estaba sintiendo en ese momento. Ella era la mujer con la que yo debía estar. A la que debía hacerle el amor.

—¡Joder! —Retiré mis caderas, gemí por la succión que su cuerpo ejercía sobre mi masculinidad, y la embestí, una y otra vez. La sensación era intensa. Muy intensa. Mis testículos se elevaron, los músculos de mi entrepierna y de mis abdominales se tensaron, y todo mi cuerpo se puso rígido. La base de mi miembro comenzó a tensarse por el placer hasta marearme, lo que indicaba que estaba listo para descargar, y que eso partiría mi miembro en dos.

—Voy a correrme. Ven conmigo —gruñí y no reconocí mi propia voz.

—Está bien, solo hazlo —jadeó. Su propio cuerpo se contrajo y me llevó en una espiral de satisfacción.

Negué con la cabeza y apreté los dientes. Una delgada capa de sudor se había esparcido sobre ambos. Sexo aeróbico. ¡Jesús! Ella no veía la facilidad con la que podía poseerme. Todo dentro de mi mente y de mi cuerpo era una bola de fuego blanco lista para estallar.

—Ven. Conmigo —farfullé antes de elevar su otra pierna y abrirla para que recibiera cada brutal embestida. Puse todo mi esfuerzo en poseerla, tan profundo que su cuerpo se despegaba de la cama con cada impulso, y perdí el poco control que me quedaba.

—¡Oh, Dios mío! Atlas... Atlas... Atlas... —cantó una y otra vez con cada embestida hasta que su cuerpo sufrió espasmos debajo de mí, y su vagina se cerró sobre mi miembro, tan fuerte que casi me desmayo. Sin embargo, respiré y tomé lo que era mío.

—¡Qué apretado! —rugí mientras mis caderas bombeaban con ímpetu. Eso fue todo, mi miembro convulsionó y mi semilla salió disparada de mis pelotas a mi verga, y luego al condón, como un rayo que golpea la tierra. Mantuve los ojos abiertos para ver cómo los suyos se cerraban con fuerza. Su boca se abría en un grito silencioso y su cuerpo se arqueaba, con esas tetas perfectas hacia arriba, como si se me ofrecieran una vez más.

Pasé mi mano suavemente alrededor de su cuello en un gesto posesivo, pero no me importó. Mi cavernícola estaba al mando mientras que, con cada empujón, el condón se llenaba un poco más. Tomé su barbilla con mis dedos pulgar e índice, bajé la cabeza y derramé mis labios sobre los suyos. Entonces forcé mi lengua profundamente, imitando nuestras mitades inferiores. Seguí con mis movimientos, escurriendo cada gota, dejando que su ajustado sexo me drenara hasta secarme. Me agarré al colchón mientras mi cuerpo temblaba y se estremecía con deleite.

Finalmente, el cuerpo de Mila se relajó y se recostó pesadamente sobre el colchón, mientras respiraba con esfuerzo bocanadas de aire. El calor de su aliento calentaba mi pecho al tiempo que el sudor comenzaba a enfriarse en mi piel. Hundí mi rostro en su cuello y besé cada centímetro de piel a mi alcance. Necesitaba que supiera lo agradecido que estaba por haberme dejado entrar en su cuerpo y lo afortunado que me sentiría si me permitía repetirlo. ¡Joder! Acababa de follarla hasta hacerle perder la razón y exprimir la última gota de mi miembro, y ya estaba pensando en la próxima vez.

No tenía vergüenza, pero en aquel momento tampoco me importaba. Hubiera dado mi brazo derecho por tener otro encuentro sexual con mi Gata Salvaje.

Mis pensamientos estaban fuera de control, recordando todo lo que habíamos hecho, todo lo que aún quería hacer... mientras ella yacía inmóvil, con nuestros cuerpos de lado. Una parte retorcida y controladora de mí deseaba quedarse dentro de ella el mayor tiempo posible. Acariciar su piel de seda con las puntas de mis dedos y sentirla a mi lado. Su sostén seguía debajo de sus pechos, haciéndolos resaltar sobre las copas. Cubrí uno con mi boca para lamer y succionar la punta, y jugué con el otro. Ella suspiró y balbuceó de placer, con mi pene palpitando en su interior.

Pasé las manos por su espalda, su cabeza, lo que pude alcanzar, masajeando cualquier tensión que pudiera haber quedado. La había tomado con fuerza y con una intensidad agotadora, a pesar de que ella era una auténtica guerrera en la cama, dispuesta a todo. Mila me dejó hacer lo que me apetecía, mientras estaba allí tumbada, permitiéndome acariciarla.

—¿Estás bien? —susurré en su oído y dibujé una línea de besos entre su cuello y su clavícula.

—Muy bien. Repitámoslo alguna vez. —Ronroneó adormecida y bostezó.

Secretamente deseaba saltar sobre la cama y alzar los brazos hacia el techo en un gesto de victoria, pero en vez de eso me reí por lo bajo, no quería molestarla. Salí de ella y gimió, y se retorció. ¡Joder! Me encantaba ese sonido. Un gemido, seguido de un gesto de dolor significaba que había hecho bien mi trabajo. Un punto para mí y mi amigo.

—¿Estás bien? —Un flujo de preocupación frunció mi ceño. ¿Y si le había hecho daño?

Ella asintió.

—Me gustaba tenerte ahí —balbuceó antes de acurrucarse contra mi pecho.

¡Gracias a Dios!

Con una mano me deshice del condón, luego lo até y perdí su calor en el proceso. Una enorme sensación de alivio sacudió mi mitad inferior cuando la última barrera física de nuestra unión me dio un pequeño escalofrío. Había una caja de pañuelos de papel al alcance de mi mano, así que envolví el condón en uno y lo lancé a pocos metros de la papelera; me emocioné cuando cayó dentro. ¡Un punto para mí!

Sonreí al pensar que era la segunda vez que marcaba esa noche. Solo que la primera había sido infinitamente mejor. Mientras estaba distraído con el condón, ella se había girado hacia el otro lado. Aquel gesto me golpeó de forma inesperada, como un pequeño puñetazo en el estómago. *Relájate, hombre.* Probablemente estaba acostumbrada a dormir sola, pero esa noche sería distinta. Había tenido mi buena ración de aventuras de una sola noche en los últimos años, tampoco demasiadas, tal vez una decena, pero esa noche era la primera vez que realmente deseaba *dormir* con una mujer. A veces compartía la cama, simplemente porque no quería levantarme e irme como un bastardo, pero rara vez *deseaba* dormir allí. En ese momento, curvé mi cuerpo alrededor de la pequeña figura de Mila y su calor invadió mis sentidos. Rodeé su cintura para asegurarme de que estuviera pegada a mí y hundí mi rostro en la esencia a canela y flores de su cuello. ¡Dios mío! Podía perderme en su aroma, especialmente cuando estaba mezclado con las notas de sexo que aún flotaban en el aire. Tomé el edredón y lo extendí sobre nuestros cuerpos. Allí, arropado junto a la mujer más improbable que hubiera conocido jamás, me quedé dormido, abrazado a esa pequeña belleza que tenía delante.

MILA

Me desperté con un aroma a café recién hecho y a beicon frito. No era algo habitual en mi apartamento, a menos que Moe me visitara.

Y hablando de Roma... Mi móvil vibró sobre la encimera donde había dejado el bolso. La única persona que alguna vez llamaba tan temprano era Moe. La cabeza rizada de Atlas asomó tras la barra de mi cocina. Sin tan siquiera preguntar, el muy canalla descolgó mi móvil y contestó.

—Hola, móvil de Mila. ¿En qué puedo ayudarle en esta agradable mañana de jueves? —contestó, endemoniadamente alegre.

Gruñí, levanté el edredón sobre mi cabeza y comencé a contar.

Diez... nueve...

—Atlas Powers —dijo con una risita.

Ocho... siete...

—Sí, está aquí —respondió su voz grave a quien fuera que estuviera al teléfono.

Seis... cinco...

—Creo que aún está dormida.

Voy a matarlo. Cuatro... tres...

—Eh... No estoy seguro de que eso sea asunto suyo. ¿Con quién hablo?

El muy cretino. Dos...

—Al parecer está despierta, escondiéndose bajo las sábanas. Espera un minuto.

Uno.

Con los dos brazos, estiré el edredón hasta mi cintura y me senté.

—Tú. —Lo señalé con un dedo acusador—. ¡No contestes a mi móvil! —le solté entre dientes.

Él ignoró mi arrebato. Por supuesto que lo hizo. Era un cretino muy sexi. Especialmente en ese momento, con una camiseta y unos bóxers, luciendo absolutamente delicioso y apetecible. ¡Al diablo la comida! Prefería comérmelo a él. Otra vez.

—¡Dios! Eres igual de guapa por la mañana. —Arrojó el móvil a través de la habitación para que aterrizara sobre la cama, como a medio metro de mí—. El desayuno estará en cinco minutos. —Mordió un trozo de beicon recién hecho y regresó a la cocina.

Podía escuchar el ruido de sartenes y platos al otro lado de la habitación, junto con un suave murmullo. ¿Qué rayos era eso? Agucé el oído. Una melodía. Atlas estaba tarareando mientras cocinaba. ¿Tenía que ser tan mono? Cocinar y cantar. ¡Joder! Parecía un cliché, una escena sacada de una de esas películas románticas que Moe me hacía ver.

Moe.

Sentí un escalofrío de pánico en la nuca. Me aparté los rizos de la cara y agarré mi móvil.

—¿Hola? —Esperé a que la bomba explotara en mi cara.

—Buenos días, sol. ¿Has dormido siquiera?

Solté un lloriqueo de niñita y me desplomé en la cama.

—¿Tenías que llamar? ¿Hoy? Quiero decir, vamos. Hasta los adolescentes problemáticos meten la pata una o dos veces, mamá.

—Alguien se ha portado mal. —Moe rio intensamente, disfrutando de cada segundo de mi vergüenza.

—¿No tienes trabajo? Cabezas que analizar, un caso para mediar... ¿Dónde está mi sobrina? ¿Dónde está Lily?

—En la guardería, como bien sabes. Ahora cuenta. Atlas ha contestado tu móvil y puedo escuchar de fondo el sonido del desayuno preparándose. Tú estabas en la cama, así que deduzco que él ha pasado la noche allí.

—Ha pasado la noche aquí. —Arranqué la tirita tan rápido como pude.

Su voz se suavizó al continuar su interrogatorio.

—¿Y se quedará muy a menudo?

—¡Uf! —Me giré y miré por la ventana, con el teléfono pegado a mi oreja. El cielo estaba gris y nublado, a diferencia del humor de alguien en el apartamento. El mío, aún no lo sabía—. Sí. No. No lo sé. ¿Es una buena respuesta?

Escuché un ruido de aplausos al otro lado del teléfono.

—No me lo puedo creer. He rezado mucho para que llegara este día.

—¿Has rezado para que yo tuviera sexo? —repliqué al instante.

—¡No, tontita! Para que encontraras a alguien digno de pasar la noche contigo, con desayuno incluido. No creas que no estoy al tanto de tu preferencia por los rollos de una sola noche.

Un escalofrío recorrió todo mi cuerpo.

—Moe... —Mi voz sonó insegura por la ansiedad. Nunca había querido que mi mejor amiga supiera lo ligera de cascos que había sido en el pasado—. Puedo explicarlo.

—Oye, todos tenemos necesidades de vez en cuando.

De vez en cuando. Vale. Creía que lo hacía de vez en cuando, no un par de veces al mes durante los últimos años. Eso estaba bien. Que pensara que era una zorra solo ocasionalmente.

—Sí —respondí inexpresiva.

—Está bien. Además, nunca te juzgaría. Eres una mujer adulta, pero sí me preocupo por ti. Quiero que tengas a alguien y tal vez ese Atlas...

—No empieces, Moe. Aún no sé lo que está sucediendo, así que dame un poco de tiempo para descubrirlo —susurré rápidamente al teléfono y miré por encima del hombro.

El señor Tarareo se había convertido en el señor Silbido, completamente ajeno a mi conversación. ¡Gracias a Dios!

—Mira, por ahora Atlas y yo solo nos estamos divirtiendo. ¿De acuerdo?

—Pero ha pasado allí la noche. ¿Habías pasado, alguna vez, la noche con un hombre? ¿Toda la noche?

No quería admitir que nunca antes había tenido sexo en mi cama, y mucho menos que había permitido que un hombre me follara, durmiera conmigo y me preparara el desayuno al día siguiente.

—No. Siempre hay una primera vez para todo. —Suspiré—. ¿Podemos hablar más tarde? ¿O nunca? —bufé.

Se rio de nuevo.

—Está bien. Solo quería recordarte lo de este fin de semana. Me prometiste comenzar con la mudanza.

Que se pare el mundo.

—¿Disculpa?

—El otro día me dijiste que te mudarías. Y te he tomado la palabra.

—Moe, estabas enfadada, castigándome con tu silencio. Tenía que hacer algo.

—Ya se lo he dicho a Lily. —Moe suspiró—. Ella te espera. Quiere discutir contigo cómo pintar las paredes de tu cuarto. Y créeme..., te encantará. —El tono que utilizó dejó muy claro que no me iba a gustar.

—Si me dices que es un paisaje congelado, vomitaré. De verdad. ¿No puedes quemar ese DVD de *Frozen*? Cada vez que lo ve, me entran ganas de cantar «Libre soy, libre soooy...» y lanzar la maldita película a la basura. Eres su madre; puedes hacer que desaparezca.

—¡A ella le encanta!

—Y a mí me encanta la pizza, y eso no significa que la coma a diario y hable de ella sin parar.

—Cuando tengas niños, lo entenderás —dijo entre risas.

Difícilmente. Si alguna vez tenía un hijo sería un malvado engendro demoníaco con dos cabezas y una cola. Eso no sucedería.

—Está bien, dejaré que ella misma te explique su sugerencia. ¿Cuándo te espero?

—No lo sé. Te escribiré más tarde.

—¡El desayuno, Gata Salvaje! —me llamó Atlas.

¡Mierda!

—¿Gata Salvaje? ¿Es una referencia directa a tus habilidades y talentos en la cama? —Moe era rápida. Muy rápida. Si no la amara tanto, la odiaría profundamente.

—Voy a colgar...

—Es broma, es broma, Gata Salvaje —dijo antes de colgar ella.

Atlas se pavoneó con una taza de café humeante en su mano.

—No sabía cómo te gusta, pero he encontrado crema de vainilla en la nevera y nada de azúcar en el armario, así que he deducido que lo tomas solo con crema.

Me entregó el cielo en una taza y, por un breve instante, pensé que podría llegar a acostumbrarme a eso. Alguien que me llevara el café a la cama y me preparara el desayuno después de una noche de sexo apoteósico. Sí, podría llegar a acostumbrarme.

—Gracias.

Atlas atrapó mi cuerpo colocando un puño a cada lado de mis caderas. Acercó su cabeza y frotó su nariz contra la mía antes de darme un beso suave. Sabía a beicon y a café, y yo quería devorarlo a él como desayuno, en lugar de lo que había preparado.

—Hora de comer. Luego me gustaría ducharme contigo, pero después tendré que pasar por mi casa y prepararme para la clase. Creo que tú también.

Asentí con la cabeza sin saber qué decir. El simple gesto de prepararme el café y actuar como si nada entre nosotros fuera extraño, planeando descaradamente mi mañana y contándome sus planes, me había impactado. ¿Por qué iba a importarme lo que él tuviera que hacer en el día? Aunque lo de ducharnos juntos no sonaba nada mal. ¿Disponer de su sexi cuerpo, jabonoso y mojado? Sí. No era una mala idea en absoluto.

—De acuerdo —me descubrí respondiendo.

—Voy a sacar los platos. —Sonrió, me besó otra vez y luego se dispuso a servir la comida.

¿En qué lío me había metido? El escenario apestaba a vida doméstica.

Estuve un rato disfrutando de las bendiciones de mi café antes de encontrar unas bragas y una camiseta que ponerme. Por más que hubiese sido divertido caminar desnuda por la cocina, tenía hambre y no quería provocar a la bestia. O, mejor dicho, quería que la bestia me provocara a mí.

Cuando llegué a la barra y dispuse mi trasero en un taburete, él colocó un enorme plato frente a mí. Tres huevos fritos, cuatro trozos de beicon y dos tostadas.

—¿Esto es para compartir? —Bajé la vista hacia el plato.

Se acercó con un plato para él mismo y el ceño fruncido.

—No, ¿por qué?

—¡Es una tonelada de comida! —respondí entre risas.

Dejó su plato y prácticamente me caí de la silla. Él tenía cinco huevos, al menos el doble de beicon y tres tostadas.

—¿Eso crees?

—Eh... Sí. ¿Siempre comes así?

—Después de una noche como la de ayer, sí. —Se acercó a mi lado y me besó en el hombro—. Ahora come. Planeo quemar muchas de estas calorías contigo antes de dar mi clase de hoy. Y recuerdo verte devorar media pizza tú sola.

—Estás loco —protesté, consciente de que tenía razón.

—¿Por qué? ¿Porque me he acostado contigo? Lo sé. Probablemente todos los hombres de La Casa del Loto me odien por ello —sentenció.

Un atizador ardiendo no me habría dolido más. Sostuve mi tenedor en el aire, inmóvil, y lo miré a los ojos para intentar encontrar al hombre con el que me había acostado la noche anterior. El hombre al que voluntariamente le había entregado mi cuerpo y también mi noche.

Él me golpeó con su hombro, juguetón.

—Relájate. Estoy bromeando, cariño. Vaya, tienes que relajarte. ¿Qué le ha sucedido a mi Gata Salvaje, sarcástica y mordaz? ¿La chica que no me pasaba ni una?

Lo miré con mala cara antes de morder un trozo de beicon.

—Idiota —solté, antes de que el sabor a beicon con sirope de arce alcanzara mis papilas gustativas. ¡Oh, sí! Gemí.

—Comienzas a hablar. —Atlas me observó, al parecer fascinado por mi respuesta.

—No he dicho nada. —Me metí un trozo entero de beicon en la boca. ¿Cuándo había sido la última vez que había comido beicon? ¿Por qué no lo hacía más a menudo? Era increíblemente bueno.

—Lo sé. Me gustas más cuando tienes la boca ocupada. —Guiñó un ojo y se metió más de media tostada en la boca.

—Asqueroso. ¿Tu madre te enseñó a comer así?

Volvíamos a la normalidad. Solté un suspiro de alivio. El sexo no nos había cambiado. Si acaso, había mejorado nuestra relación. Aún éramos el dúo explosivo con dardos listos para lanzar. Con nuestras prioridades todavía intactas, me dispuse a comer tanto como pudiera de su desayuno descomunal, con la convicción de que Atlas seguía siendo un idiota y yo la mujer que serviría la impertinencia en bandeja. Solo que esta vez, la bandeja tenía una elevada porción de beicon y huevos.

11

Chakra del plexo solar

Una pareja manipura *valorará las tradiciones familiares y se tratará amablemente el uno al otro. El mayor desafío en la relación con el sexo opuesto es conseguir confianza. Saben cómo actuar con confianza, pero no cómo confiar realmente, o cómo ser realmente confiables. El preguntarse si la otra persona mantendrá su palabra y su compromiso es una batalla constante que no siempre querrán librar.*

ATLAS

Me fui a trabajar con paso decidido y una ligereza que no había sentido en mucho tiempo. No solo había descubierto que Mila follaba tan bien como luchaba, sino que también había dormido despreocupado y cómodo. Despertar con ella esa mañana había sido lo mejor de un año difícil, solo superado por lo ocurrido en el club tras mi actuación, antes de irnos a su casa.

Silas McKnight quería una reunión conmigo. Producciones Knight & Day. Sacudí la cabeza y entré en La Casa del Loto, sonriente y con energía, listo para dar una clase de vinyasa flow estelar.

Alguien me dio una palmada en el hombro mientras caminaba hacia mi sala asignada.

—Hola, amigo, ¿cómo te va? —preguntó Dash y siguió mis pasos.

Sonreí, abrí los brazos y levanté la vista hacia el techo ondulado de aquel almacén convertido en centro de yoga.

—Dash, hoy es el mejor día de mi vida. Bueno, técnicamente debería decir que fue anoche.

Dash rio y me siguió hasta la sala, donde me dirigí a la plataforma elevada y dejé caer mi esterilla.

—¿Me vas a explicar el motivo por el que hoy, disculpa, anoche, fue el mejor día de tu vida? ¿Pasó algo en el club?

Sus ojos se abrieron de par en par cuando levanté los pulgares.

—No es posible. ¿Un cazatalentos? ¿Quién?

El deseo de saltar de alegría como un niño pequeño era muy fuerte, pero lo resistí.

—Producciones Knight & Day.

Se frotó la barbilla.

—Es una gran empresa. —Entornó los ojos y miró hacia un lado—. He leído algo sobre ellos en el periódico. Ahora la preside un tipo joven. Un hombre llamado...

—Silas McKnight.

—Sí. Es él. ¡Su padre fue el rey del *soul* en su época! Daddy Knight. ¿Recuerdas su *rhythm & blues* de la vieja escuela? Estuvo en las listas de éxitos durante un par de décadas, cuando nuestros padres tenían nuestra edad.

—Lo sé. —Sonreí.

—Debes de estar muy contento. ¿Cuándo lo conocerás?

—Tengo una reunión con él dentro de dos semanas. Está fuera de la ciudad por trabajo, pero vio mi actuación anoche. Nos paró a Mila y a mí en la puerta cuando ya nos marchábamos.

141

—Espera. ¿Mila y tú? ¿Has pasado la noche con Mila? —Una sonrisa de satisfacción se extendió en sus labios—. ¿Y cómo fue? Lleváis semanas tonteando.

Se lo conté todo. No podía fingir que no había sucedido.

—¡Joder, Dash, ella es increíble! El mejor sexo que he tenido jamás, y también es muy dulce, una vez que atraviesas su coraza de insolencia y llegas a su interior.

Recordé haber besado su interior en la ducha esa misma mañana, antes de levantar su pierna, colocarla sobre mi hombro, agarrar su trasero y devorarla durante dos orgasmos. Inmediatamente después, ella se había puesto de rodillas y me había devuelto el favor. Ver sus labios hinchados alrededor de mi miembro... era la mejor imagen de toda mi vida. Y también le gustaba de forma salvaje. Cuando la agarré del pelo y me follé su cara, se volvió loca; comenzó a gemir y colocó una mano entre sus piernas. Cuando me corrí en su boca, ella se provocó un tercer orgasmo.

Gatita insaciable.

Dash puso su mano en mi hombro y apretó. Siempre era él quien iniciaba el contacto. Necesitaba sentir físicamente a la persona que tenía cerca. Me había acostumbrado a eso en el instituto.

—Me alegro mucho por ti, amigo. ¿Cuándo volverás a verla?

La pregunta me tomó por sorpresa. Mila y yo no habíamos hablado de los pormenores de nuestra decisión de acostarnos. Obviamente, yo quería repetirlo dos, tres y cien veces más, pero ¿y ella?

—Nunca he querido seguir viendo a una chica con la que ya me he acostado.

—Pero ahora sí, ¿verdad? —La mirada de Dash tenía una pizca de preocupación.

Me froté las manos y suspiré.

—Sí. Es decir, si ella está dispuesta, yo estoy dispuesto.

—¿Si ella está dispuesta, tú estás dispuesto? —Sonrió con malicia—. ¿Qué clase de oda lamentable al romanticismo es esa? Las mujeres no son juguetes. Si quieres a Mila, recuerda mis palabras, tendrás que conquistarla.

—Sinceramente, no creo que sea tan difícil, ya sabes a lo que me refiero... —respondí con una mirada lasciva.

—Estás muy equivocado —protestó Dash—. Que te hayas acostado con ella no significa que la hayas conquistado. Dime, ¿qué plan tienes?

Un plan.

—No tengo ningún plan. ¿Tú qué harías?

—Yo no soy tú —replicó.

—No, pero tú has conquistado a Amber, y ahora es tu esposa.

—¿Así que quieres un futuro con Mila?

Retrocedí hasta que me golpeé con la plataforma y me caí de culo.

—No exactamente. Solo hemos pasado una noche juntos. No puedo decir que ella sea la indicada con una sola noche de sexo. Además, los dos estamos hasta el cuello con nuestras carreras.

—Los dos sois instructores de yoga.

—*Touché!* Pero ambos aspiramos a algo más grande. Mucho más grande. Y tengo la sensación de que su arte es algo a lo que no renunciará por alguien que quiere recorrer el mundo con su música.

Dash extendió su esterilla y se quitó la camiseta y los zapatos.

—Supongo que tendrás que descubrirlo sobre la marcha. Mientras tanto, si quieres seguir viéndola, tendrás que dar el primer paso.

No había dado el primer paso en mucho tiempo.

—Le enviaré un mensaje.

Dash puso los ojos en blanco y se puso en posición de perro, con el cuerpo en una perfecta forma triangular sobre la esterilla.

—¿Qué? ¿Mensajes no? ¿Entonces cómo muestro mi intención de repetir lo de anoche, señor Flores y Romance? —bromeé.

Dash trasladó su peso, se elevó sobre los dedos de los pies y estiró su tronco hacia el cielo, en la posición de cobra.

—Sé que diré algo que podría sonar arcaico para ti, pero ¿le has pedido una cita a la chica? —¡Mierda! ¿Una cita?

—¿La pizza en el suelo de mi apartamento cuenta como cita? ¿Y que viniera a verme tocar?

Se rio tan fuerte que perdió la postura y pasó a posición de mesa, en la que su espalda estaba de frente al techo y sus manos y rodillas separadas del ancho de hombros. La posición tenía un nombre adecuado porque, al estar en ella, la persona lucía como una mesa sobre la que se podía apoyar una lámpara.

—Eres patético, ¿lo sabías? Invítala a salir, ¡por el amor de Dios! No puede ser que seas tan inmaduro.

—No seas idiota. Estoy fuera de juego.

—Eso es muy evidente.

—Bien, la invitaré al Rainy Day hoy, cuando tenga un momento.

—Es un comienzo. —Tosió y volvió a reírse antes de renunciar a su estiramiento y girar de lado—. Probablemente deberías hacerlo para hablar sobre lo que pasó anoche y cómo quieres que sigan las cosas a partir de ahora. Ella podría no querer volver a verte. Quizás eres un desastre en la cama. —Sonrió antes de estallar de la risa sobre su puño.

—¡Eres un idiota!

Aun así, algo de lo que dijo me tocó la fibra. ¿Y si ella no quería volver a verme? Tal vez yo había sido una aventura de una noche para ella. No. De ninguna manera. No después de la química que habíamos compartido por la noche y a la mañana siguiente. Incluso desayunar juntos había sido cómodo. Al menos para mí. ¿Y para ella? Joder, ahora estaba cuestionándome cada palabra y gesto de su lenguaje corporal que, de hecho, había sido algo distante cuando le di un largo beso de despedida y le dije que la vería más tarde.

—Le he hecho el desayuno esta mañana —agregué en un estúpido intento de sonar un poco menos juvenil.

—Es un buen comienzo. —Dash sonrió—. A las mujeres les encanta que un hombre sepa cocinar. ¿La invitarás a cenar?

Cenar. Suponía que podía hacerlo. No tenía mucho dinero extra para llevarla a algún lugar elegante. ¿Tenía que ser *gourmet* o mi pequeño restaurante mexicano favorito serviría? Un momento. ¿Pensaría que era racista por ser hispana? ¡Mierda! Una sensación agria y ácida golpeó mis entrañas. No tenía ni idea de cómo tener una cita con esa mujer. No solo con ella, con *cualquier* mujer. Llevaba tanto tiempo fuera del juego que nada resultaba natural para mí y ella lo notaría. Sin embargo, Mila no parecía la clase de chica a la que le importaran las formalidades.

Entonces, una idea tomó forma. ¡Ah, sí! Una idea perfecta. Algo accesible, pero considerado.

—Lo tengo. Escucha esto. —Me acerqué a Dash y me agaché mientras la clase comenzaba a llenarse.

Cuando acabé de relatarle mi plan, él sonrió ampliamente, mostrando los dientes.

—Si eso es lo que le gusta, es perfecto, absolutamente perfecto. Ahora solo tienes que conseguir que acepte salir contigo.

Fácil. Eso estaba hecho.

MILA

—No. Eso no va a pasar. No creo que sea una buena idea —le dije a Atlas cuando me llamó después de su clase. Me había invitado a comer y, para ser honesta conmigo misma, necesitaba más tiempo.

Más tiempo para entender lo que había ocurrido.

Más tiempo para evitar los sentimientos que tenía respecto a la noche anterior.

Más tiempo para levantar el muro que él había derribado después de pasar la noche juntos.

—Gata Salvaje, sabes que no aceptaré un no por respuesta, así que mejor di que sí ahora y sal conmigo.

—Mira, Atlas. Estoy bien —protesté—. Realmente no tenemos que hacer de anoche más de lo que fue. Una noche de diversión. Mucha diversión.

—Y una mañana.

El recuerdo de su cabeza mojada y resbaladiza entre mis piernas, esa misma mañana, iluminó mis pensamientos y me encendió de inmediato. Gracias a Dios, él no estaba allí en ese momento, porque seguramente habría saltado sobre él.

—Estás jugando sucio —susurré al entrar a La Casa del Loto para mi clase de la tarde.

—Y tú no estás jugando en absoluto. —Se aclaró la garganta—. Juega conmigo, preciosa. Tú también lo deseas... No es posible que pienses que lo de anoche fue solo una noche más. Hay tantas cosas que podemos experimentar juntos...

—Atlas... —le advertí, con los dientes unidos y las muelas apretadas. Estaba cediendo. ¿Por qué demonios le había dado mi número de teléfono?

—Imagina esto... Tú desnuda a cuatro patas, yo desnudo detrás de ti. Una de mis manos sobre tu hombro, la otra en tu cadera, moviéndote dentro y fuera de mi pene mientras te tomo por detrás.

Gemí cuando la imagen precisa se filtró en mi mente. Sonaba tan excitante... Mi sexo se estrechó y tuve que apoyarme en una pared para no perder el equilibrio.

—O podría levantarte sobre la encimera, sentarme en uno de tus taburetes, separar tus sensuales muslos y poner mi boca en tu sexo. Lo haría también. Justo donde hemos desayunado esta mañana, solo que en lugar de desayunar te comería a ti, Gata Salvaje.

—¡Oh, Dios mío! —Solté un gemido y cerré los ojos mientras me sostenía contra la pared. Aquella imagen quemó mi cerebro y lanzó oleadas de calor que inundaron el delicado espacio entre mis muslos.

—Lo de anoche fue increíble y lo sabes. Pero cuanto más nos conozcamos... Mmm... Será aún mejor. —Su tono era sensual y sexi, y tuvo un efecto instantáneo en mis bragas.

No me quedaba ni un gramo de voluntad.

—Entonces, ¿qué te parece? ¿Quieres que ocurra? —preguntó.

—Mmm... Sí —respondí, sin darme cuenta de que acababa de aceptar innumerables escenas sexuales con Atlas cuando intentaba, sin éxito, evitar otro encuentro con él.

Me lo había propuesto esa misma mañana nada más irse de mi casa. Me había convencido a mí misma de que no tendría nada más con Atlas Powers por muchas razones.

La primera: trabajábamos juntos. Nunca era una buena idea mezclar el trabajo con el placer. O, en este caso, follar donde trabajas.

La segunda: era una distracción. De mis clases, de mi arte, de mi vida en general. Distracción. No era una razón de peso, pero esa misma mañana me había servido.

La tercera: no estábamos hechos el uno para el otro. Siempre nos estábamos fastidiando. ¿Quién discutía tanto como nosotros? ¿No se suponía que, al principio, las parejas tenían una fase de luna de miel? Todo el mundo lo decía. Se suponía que era la mejor etapa de las relaciones. Nosotros nos habíamos saltado eso y habíamos pasado directamente a la fase de caernos mal. Pero, por otra parte, el sexo rabioso era increíble ¿O era sexo de reconciliación? No lo tenía muy claro. El sexo por odio tenía sentido. ¿El sexo de reconciliación? No tanto.

La cuarta razón eran Moe y Lily. Me iba a mudar con ellas. Y eso arruinaría la oportunidad de tener sexo furioso y salvaje, que era todo lo que realmente podía tener con Atlas, en cualquier caso.

La quinta: el tiempo. Mi mayor enemigo. No tenía tiempo para lo que fuera que podía tener con él. Y esa invitación a una cita demostraba todos mis argumentos.

—¡Genial! ¿Cuándo estás libre este fin de semana?

—Se supone que voy a mudarme con mi amiga este fin de semana.

—¿Qué? ¿Por qué?

Y esa era la razón por la que no había hombres en mi vida. Querían cuestionar todo lo que hacía y hablaban como si tuvieran algún derecho a opinar.

—Porque perdí una batalla con ella y hará que me mude.

—Eso es ridículo. Pensé que te gustaba vivir allí. Tienes intimidad y un espacio para pintar.

Él tampoco sabía que costaba una fortuna, a pesar de no estar en la mejor zona. El peor barrio de Oakland podría haber sido más asequible, pero como no me gustaba la idea de que me robaran o violaran en el camino del coche a mi apartamento de mierda, me deslomaba por ese pequeño estudio.

Suspiré.

—Sí, me gusta mi espacio, pero no es barato y le prometí a Moe que me concentraría en pintar, y vivir con ella me permitiría hacerlo.

—¡Ah! Ya veo. Es una cuestión de dinero. Lo entiendo.

El instinto de luchar o salir corriendo se hacía más fuerte cuanto más hablábamos. Él no conocía mi vida, ni que tenía dificultades para arreglármelas. Mi ardiente lado latino estaba a punto de emerger. Podía sentir por momentos cómo mi rostro se acaloraba por la vergüenza y la rabia.

—Tú no sabes una mierda de mí. Solo sabes lo que yo te he contado. Así que no actúes como si lo entendieras.

—¡Vaya! Vale, ¿qué ha pasado aquí? No era mi intención molestarte. No esta vez, en todo caso.

—Tengo que dar una clase.

—Mila, espera... Espera un momento. Lo siento. ¿Necesitas ayuda con la mudanza? Puedo pedir prestado el camión de un amigo.

¿Qué demonios había sido eso? Estaba siendo amable conmigo. Después de haberle gritado y de haberle puesto en su lugar. O mi sexo era extraordinario o ese hombre no era real.

—Estoy segura de que puedo arreglármelas.

—Pero si te ayudo, irá más rápido y podrás terminar en un día. Así podré invitarte a salir el domingo.

Otra vez con invitarme a salir. Parecía un perro detrás de su hueso, pero ¿por qué? Antes de que pudiera rechazarlo, se apresuró a responder.

—Tomaré eso como un sí y te dejaré seguir con tu clase. Y, cariño, lo de anoche fue increíble. Me dejaste impresionado. Estoy deseando repetirlo —dijo y colgó.

Cerré los ojos y respiré lentamente mientras el teléfono se apagaba. Atlas era un maldito torbellino de contradicciones. En un minuto estaba discutiendo conmigo, y al siguiente era de lo más amable. Agradablemente dulce. No entendía de qué iba. Es decir, sí, el sexo había sido genial, y podía admitir que, bajo presión, no rechazaría un segundo asalto ardiente, pero ese lado dulce... ¡Puaj! Necesitaba olvidarlo antes de que le diera un puñetazo en la mandíbula.

No sabía cómo manejar la dulzura. Normalmente, no había problemas porque nunca, jamás, había estado con un hombre más de una vez. Bueno, al menos después de acostarme con él. En ocasiones, si el sexo era bueno, le dejaba repetir hasta que caía rendido. Pero luego me despedía para siempre de él, salía por la puerta y llegaba a mi cama en menos de una hora. Pero con Atlas... ¡Una cita! ¿Quién tenía citas ya? ¡Oh, mierda! Tendría que hablar con Moe. Eso, ya de por sí, era una mala idea, porque ella me animaría a pasar más tiempo con él, no menos. Necesitaba nuevos amigos. Unos que solo se preocuparan por ellos mismos. Sí, eso era justo lo que necesitaba.

Con mi nuevo plan para tener amigos despreciables en el horizonte, llegué a la sala de yoga y me preparé para dar la clase. Abrí las ventanas para ventilar antes de que todos comenzaran a sudar y a expulsar toxinas. Fue entonces cuando me encontré con Amber Alexander, la esposa de Dash.

—¡Ah! Hola, Amber. ¿Cómo estás?

Era morena, alta y esbelta, con un cuerpo atlético. Llevaba un conjunto deportivo con un bonito estampado de colores alegres. Se acercó y me envolvió en un abrazo. Al parecer la naturaleza sensible de su esposo se le estaba contagiando.

—¡Genial! Y Dash, eh... —Miró alrededor de la habitación para asegurarse de que nadie nos prestaba atención mientras se acomodaban—. Me ha contado tu propuesta.

Me enfoqué en su rostro mientras pensaba a qué se refería. Parpadeé varias veces y revisé las últimas conversaciones que había tenido con Dash.

—¡Ah, sí! ¡El cuadro!

Giró la cabeza para asegurarse de que aún teníamos algo de privacidad.

—Lo siento —susurré y pensé que era algo cómico que estuviera nerviosa de que alguien escuchara lo que estábamos tramando.

—No, está bien. Yo solo..., ya sabes, voy a ser médico y no quiero que nada, lo que sea, afecte a mi carrera. Bueno, en realidad no importa, porque Dash ya me dijo que sería anónimo.

—Totalmente. —Hice el gesto de sellar mis labios y arrojar la llave por encima de mi hombro.

Se rio y sonó dulce, como si fuera una niña.

—Solo quería decirte que lo haremos. Dash está muy interesado en el concepto y cree que es una experiencia bonita para cualquier pareja de enamorados. Participar en el trabajo de un artista es un gran honor.

Un honor. Los Alexander pensaban que era un honor que yo los pintara. Por primera vez en mi vida, me sentí orgullosa. Orgullosa del camino que había elegido y de haberme enfocado en mi pasión, esforzándome al máximo durante los últimos años. Y ahora podría ofrecer un regalo a dos personas hermosas que lo atesorarían para siempre en sus vidas.

—Gracias, Amber. Lo espero con ansias. ¿Cuándo estaréis disponibles?

Su rostro se contrajo de preocupación.

—No hasta dentro de dos semanas. Lo siento. Estoy lidiando con los exámenes finales del primer año de Medicina y me están fastidiando de lo lindo.

Estuve a punto de reírme por su expresión. Cualquiera menos ella habría dicho «jodiendo» en lugar de «fastidiando de lo lindo». Era tan dulce, que daban ganas de comérsela.

—No pasa nada, guapa. De todas formas me mudo este fin de semana y voy a necesitar tiempo para instalarme. De hecho, estaré más cerca del centro.

—¡Ah, genial! De acuerdo. Se lo diré a Dash, revisaremos nuestros horarios y él te dirá qué fechas tenemos disponibles.

—Suena perfecto. ¡Y gracias! Prometo que cuando lo hagamos, haré que te sientas lo más cómoda posible, incluso esconderé cualquier cosa que no quieras mostrar al mundo.

Ella se sonrojó y sus brazos se cruzaron de inmediato sobre su pecho.

Era tan dulce... Pero conocía bien a Dash, era instructor de yoga tántrico, y estaba segura de que se estaría esforzando, cada maldito día, por mancillar su inocencia natural.

—Adelante, prepárate para la clase. —Señalé su esterilla antes de levantar la voz para dirigirme al resto de la clase que ya estaba instalada en la sala—. Clase, comenzaremos el día con la postura del niño. Vamos a entrar en el espacio mental apropiado antes de que os guíe por una clase de vinyasa flow muy rigurosa. Fijad vuestra intención y pensad en lo que vuestro cuerpo hace por vosotros, cómo queréis recompensarlo, y recordad, como siempre... sed fuertes.

12

Postura del triángulo
(En sánscrito: trikonasana)

Se trata de una postura de pie clásica, diseñada para extender y estirar cada parte del cuerpo, fortalecer las piernas y generar flexibilidad y equilibrio.

Estira las piernas separadas a la distancia de una pierna, desliza una mano por la pierna delantera, gira el tronco superior horizontalmente y estira la mano opuesta hacia el cielo. Empuja las manos activamente en direcciones opuestas y respira, llevando la intención hacia cualquier zona tensa o comprimida.

MILA

—¡Te lo juro por Dios, Ricitos, si estropeas una de esas pinturas, acabarás cojeando el resto de tu vida! —exclamé cuando Atlas y su amigo Clay cargaron varias de mis posesiones más preciadas fuera del camión.

Honestamente, si no me gustara tanto el músico del pelo enmarañado, habría babeado por su amigo. Era como si cualquier hombre que quisiera pertenecer a ese grupo de amigos, tuviera que estar tremendamente bueno. Trent, por ejemplo. Estrella de béisbol, guapísimo, con ese pelo castaño que le sentaba de maravilla y sus encantadores ojos de color avellana. Incluso sus manos eran sexis. Y luego estaba Clayton Hart. Hasta su nombre le delataba, porque era capaz de detener el corazón de una mujer con solo mirarla. Pelo de punta, rubio oscuro, y ojos azules, tan claros como el día. Era lo que yo llamaría «un pastelito caliente de manzana» o «un hombre estadounidense en todo su esplendor». Por supuesto, esa delicia dulce y apetitosa venía en un envase con doble ración de músculos. Al verlo levantar mis cuadros como si fueran plumas, se me hizo la boca agua. Decididamente tenía sentido que fuera el entrenador personal de muchas estrellas.

Y no podía olvidar a mi amigo Dash. Creo que estaría contento con ese apelativo. Amigo. Nunca había considerado a Dash como a un amigo, más bien como a un colega, pero si lo analizaba bien, él siempre había estado ahí para mí, con una palabra amable y un abrazo. Me había cambiado clases en incontables ocasiones cuando lo había necesitado. Así que, sí, amigos. Si se sumaba el hecho de que era el mejor amigo de Atlas, teníamos la clásica reunión de chicos. Solo faltaba uno.

Justo cuando estaba pensando en eso, el profundo rugido de un potente motor resonó en el aire, anunciando el deportivo que doblaba la esquina del barrio de Moe, en Berkeley. Un Chevy Camaro Z/28 302 amarillo Daytona, de cuatro velocidades, con un diseño de rayas negras de carreras en el centro y un motor reforzado. Se detuvo justo delante de los chicos. Básicamente, una máquina.

Nicolas Salerno o «Nick», como prefería que lo llamaran, salió de su vehículo vestido con su atuendo habitual: una camiseta negra y un par de vaqueros agujereados. Más alto que la mayoría de los italianos que conocía, Nick medía cerca de un metro ochenta, con un pelo negro perfectamente engominado, un par de los más hermosos ojos azules claros, barba de tres días y una enorme sonrisa. Siempre estaba sonriendo. A menos, por supuesto, que un hombre estuviera mirando a una de sus cinco hermanas o a las que consideraba como tal, incluidas todas las mujeres que trabajaban en La Casa del Loto.

—¡Hola, Nick! —Corrí por los escalones de la entrada y me abalancé sobre él. Me atrapó en el aire y me levantó hasta envolver mis piernas alrededor de su cintura. Luego me dio un gran beso en la frente. Como haría un hermano. ¡Quería tanto a Nick!

—¡Oye! Bájala, tío. Ahora. —La voz de Atlas resonó desde algún lugar detrás de mí.

El aire a mis espaldas se volvió helado. Las manos de Nick me sujetaron aún más fuerte mientras miraba a nuestro alrededor. Dejé caer las piernas de su cintura, pero Nick no me soltó cuando mis pies tocaron el suelo. No era una opción cuando su alerta de hermano protector sonaba a todo volumen.

Quería advertir a Atlas, decirle algo como «¡Peligro, Will Robinson!», pero fui demasiado lenta. Nick me arropó a su lado con un solo brazo y luego se enfrentó a Atlas con la cabeza en alto.

—Disculpa, ¿quién eres y por qué debería importarme? —Nick estiró su columna y expuso sus amplios hombros y bíceps.

Tenía un carácter fuerte. Más que el mío, y eso era inusual. Había sido criado en el sur de Chicago, donde la gente conocía su lugar únicamente basándose en su nacionalidad. Eso implicaba que pasaba mucho tiempo utilizando sus puños para arreglar desacuerdos. Desafortunadamente para Atlas, ese hábito podía mostrar su peor cara en cualquier momento. Por lo que sabía, Nick había reservado sus puños para el cuadrilátero de la liga de boxeo local que dirigía por las noches, pero eso no significaba que no los fuera a usar si lo provocaban.

Atlas cruzó los brazos sobre su pecho, lo que hinchó sus atributos, y tenía que admitir que los dos estaban igualados en cuanto a físico. Atlas levantó el mentón hacia mí.

—Estoy con Mila —dijo como si eso respondiera a cualquier pregunta de Jeopardy. Mmm... No.

Nick miró a los chicos; algunos se esforzaban por no reírse ante aquella extravagante demostración de testosterona que, de pronto, se había vuelto tan espesa que solo una motosierra podría cortarla.

—Al parecer tenemos algunos conocidos en común.

—Mi chica incluida —agregó Atlas.

¡Por el amor de Dios!

—Eso es llevar las cosas demasiado lejos —dije entre risas. Ajusté mi posición e intenté rodear la muralla de Nick, pero no logré atravesar esas manos que me mantenían a un lado.

—Parece que *mi chica*, Mila, no ve las cosas igual que tú. Así que la próxima vez que quieras interrumpir cuando saludo a mi amiga, a quien conozco desde hace años y no he visto en semanas, puedes dar un paso atrás..., hermano. —El tono de Nick no admitía discusión.

Coloqué una mano sobre su hombro.

—Oye, Nickster, está bien. En realidad me estoy acostando con él —admití, esperando que eso liberara la tensión.

Luego salió el oso de peluche. Nick levantó la mirada hacia el cielo y gruñó.

—Lo has conseguido, Mila. Casi vomito —volvió a protestar—. ¿Con ese tipo? ¿Con ese pelo? —Señaló la mata de rizos de Atlas—. ¿Te estás acostando con él? Cariño, tenemos que hablar de cómo subir un poco tu nivel de exigencia. —Suspiró.

Todos, a excepción de Atlas, que no sabía qué demonios estaba sucediendo, se rieron a carcajadas. Conocían a Nick y su lado protector. Trent lo había conocido meses atrás y le había agradecido que cuidara de su mujer, Genevieve, cuando estaba trabajando en La Casa del Loto. Ahora que Dash tenía a la inocente Amber dando vueltas por el centro de yoga con más frecuencia, Nick también le echaba un vistazo.

—¿Podrías darle una oportunidad? Ha sido él quien ha organizado a todos los chicos para que me ayuden. Y... me está dejando que lo pinte. ¡Desnudo! —Sonreí y alcé las cejas para sumar efecto.

—¡Oh, mierda, tío, eso es lo peor! Debe de *gustarte* mucho si te ha convencido para que te pinte. Posé una vez para ella, totalmente vestido, ¡y me aburrí tanto, que me quedé dormido! —Se rio y alargó su mano—. Nicolas Salerno. Mila y yo nos conocemos desde hace tiempo. Es como una hermana para mí, así que será mejor que la trates bien o tendrás que vértelas conmigo. ¿De acuerdo?

Atlas parpadeó varias veces, como si estuviera sorprendido por el instantáneo cambio de humor de Nick y su naturaleza amigable, pero estrechó su mano de todas formas.

—Encantado de conocerte... creo. —El tono de Atlas delataba que no encontraba encantador conocer a Nick en absoluto.

Nick golpeó sus manos y luego dio una ronda de abrazos masculinos a los otros chicos.

—¿Dónde está Moe? —preguntó justo cuando Monet llegaba a su garaje.

—¡Justo aquí! —Señalé su Lexus SUV.

El cuerpo elegante de Moe salió del automóvil. Parecía más un ángel, aunque sin alas de plumas, que una madre ocupada. Lucía un conjunto blanco, de pantalones tobilleros de cuero y un suéter de cuello alto, blanco y reluciente, con un fino cinturón dorado que se ajustaba en la parte más pequeña de su cintura. Estaba impresionante. Podría desfilar en cualquier pasarela de París, siempre que llevara sus tacones de diez centímetros. De lo contrario, solo era unos centímetros más alta que yo.

Todos la contemplaron en silencio mientras ella se dirigía al grupo de hombres. Caminó directamente hacia Nick y lo besó en la mejilla.

—Hola, ángel. —La saludó en su forma habitual—. ¿Dónde está el querubín?

—En una fiesta infantil.

De la nada, Clay apartó a Nick y le ofreció su mano.

—Hola, guapa. Soy Clayton Hart, amigo de Mila.

Yo aún no lo consideraba un amigo, pero no iba a discutirlo cuando necesitaba cualquier ayuda extra. Moe estrechó su mano y sonrió; un tono rosado tiñó sus mejillas. ¡Oh, no! Al parecer Moe se sentía atraída por Clay.

—Clayton —repitió con suavidad y sonrió.

Clayton no soltó su mano; siguió estrechándola y observando a mi amiga sin perder detalle, como si sus ojos pudieran salirse de su cabeza y caminar sobre todo su cuerpo en una caricia física. Totalmente embelesado.

Nick, siempre tan protector, llevó una mano a las de ellos y las separó.

—Ya es suficiente. —Rodeó el hombro de Monet con un brazo y señaló al resto de los chicos—. Trent Fox, ya conoces a Dash Alexander, y el tipo que dice que sale con nuestra amiga: Atlas Powers.

Eso consiguió captar su atención. Se liberó del brazo protector de Nick y fue directamente hacia Atlas para estrechar su mano.

—Estoy tan, tan, tan emocionada de conocerte. Es decir, ¡eres el primer chico de Mila que conozco! —dijo con entusiasmo.

Atlas sonrió.

—¿De verdad? Así que un periodo de sequía, dices. —Sonrió con la mirada fija en mí—. ¡Cuéntamelo todo! —Siguió sonriendo y me lanzó un beso.

Suspiré. Mi mejor amiga hablando con el chico con quien me acostaba... No era una buena idea. De hecho, era una idea terrible. Comenzaron a caminar hacia la entrada de la casa, con sus hombros tocándose de forma conspiradora.

—Ricitos, no te escapes. Prometiste ayudarme con la mudanza hoy. De lo contrario, la cita de mañana se cancela.

Él frunció el ceño y Moe sonrió. Sus ojos negros parecieron iluminarse con la idea de que un hombre me invitara a comer.

—¿Vais a tener una cita? ¿Una cita de verdad, con restaurante y cine incluidos? —bromeó; había emoción en el tono de sus palabras.

Me doblé por la cintura y apoyé las manos en mis muslos.

—¿Por qué tengo que aguantar esto? —murmuré a mis pies.

—No vamos a ir al cine. —Atlas se acercó más a mi mejor amiga y le susurró algo al oído. Debió haber sido largo, porque le llevó un rato terminar. Todo lo que pude ver fueron los ojos de asombro de Moe y su amplia sonrisa. Debía de ser algo bueno, ¿no?

Mientras miraba con recelo a Atlas y a Moe, Clayton se acercó a mí.

—Oye, ¿tu amiga está... ocupada?

Tardé un instante en comprender lo que me estaba preguntando.

—¡Ah! ¿Te refieres a si hay un hombre en su vida?

—No, un extraterrestre... ¡Pues claro que me refiero a un hombre! Deja de preocuparte por lo que Atlas esté diciéndole a Moe y ayúdame. ¿Está libre o no?

—Libre de un hombre... sí. Pero, Clay, ella es de las que buscan una relación, no una aventura de una noche. Y está divorciada, así que es bastante selectiva.

—Pero estoy seguro de que tiene que comer. —Su expresión se endureció—. ¿Por qué no hacerlo con alguien del sexo opuesto?

—La verdad es que no sé qué decirte. —Me encogí de hombros—. Definitivamente ha saltado una chispa entre vosotros. Y no hay nada de malo en que la invites a salir, pero te lo advierto: busca una relación y tiene algo de... equipaje. —Odiaba, *odiaba* absolutamente, referirme a mi dulce sobrina como «equipaje», pero para un hombre como Clay, exitoso y al acecho, que probablemente no había tenido una relación en años, eso podía ser una mujer divorciada con una hija.

—¿A qué se dedica? —Ignoró por completo el comentario del equipaje y me siguió mientras caminábamos hacia el camión. Los dos cargamos una caja para llevarla adentro.

Me encantaba ver cómo respondían los hombres cuando les decía que mi mejor amiga era psicóloga. Muchos hombres se sentían intimidados por ello. Otros temían que se pasara el tiempo analizándolos.

—Es psicóloga y mediadora judicial.

—¡Joder! Profesional e inteligente. Me gusta. —Se mordió el labio y mantuvo la vista en el trasero de Moe, mientras avanzábamos por la entrada.

Podría haber sido amable y advertirle que había un escalón, pero... ¿dónde habría estado la gracia?

El pie de Clay chocó contra el escalón y salió volando.

—¡Oh! —exclamó al tropezar, pero su agilidad le ayudó a recobrar el equilibrio de inmediato. Ni siquiera se cayó al suelo o soltó la caja.

Moe, al escuchar a alguien gritar, se acercó corriendo. Se acercó a él y lo sostuvo de los brazos.

—¿Estás bien? ¿Te has hecho daño?

—Solo en mi orgullo, preciosa. —Él sonrió.

¡Qué listo! No podía haberlo planeado mejor. Moe tenía un gran instinto maternal. Iba con ella. Y, por como estaba reaccionando él, eso también le encantaba al señor Musculitos.

Justo cuando iba a esquivarlos, Atlas me atrapó por la cintura y me agarró con fuerza, su pecho rígido golpeó mi espalda. Intenté no reclinarme en su calor, pero no pude evitarlo. Cuerpo traicionero.

—Esa escenita con tu amigo yogui te va a costar caro —me advirtió en un susurro al oído; luego me mordió el cartílago con suavidad.

—¿De qué manera? —lo reté.

—Pensaré en algo malvado y placentero. —Me besó detrás de la oreja y mi cuerpo se encendió como una barra de dinamita.

—¿Qué pesará más? ¿Lo malvado o lo placentero? —Sonreí, encantada con aquel juego travieso. Quedar con un hombre por segunda vez tenía ciertas ventajas.

Atlas deslizó sus labios por mi cuello y me mordió ese punto sensible donde se juntaba con mi hombro.

—No lo he decidido aún.

Definitivamente tenía ventajas. Contuve un gemido.

—Pervertido —dije para instarlo a seguir el juego.

—¡Ah! No tienes ni idea de lo pervertido que puedo llegar a ser, Gata Salvaje.

ATLAS

—Estoy deseando descubrirlo. Pero ahora, ¿podemos terminar con la mudanza? —Elevó su trasero hacia atrás y lo frotó justo en mi entrepierna.

Un cosquilleo latió en mis testículos y mi miembro despertó con un hambre renovado por esa sexi Gata Salvaje.

—Voy a pedir unas pizzas para los chicos. —Mila se giró y entró en la casa meciendo sus deliciosas caderas a cada paso.

La observé hasta que desapareció. La vista de su trasero redondo era demasiado bonita para perdérsela, en especial cuando rebotaba al caminar. Respiré hondo y regresé al camión.

Clay estaba de pie con otra carga de lienzos grandes.

—Ayúdame con esto, ¿vale?

—Claro, hombre, pero ten cuidado. Su arte es su vida —le advertí.

Él asintió con la cabeza, levantó un extremo y juntos descendimos del camión, asegurándonos de mantener los lienzos en alto. Estaban cubiertos con una lona pesada y atados con cuerdas. Sabía que, a veces, llevaba semanas terminar uno, y no quería arriesgarme a causar ningún pequeño desperfecto, aunque fuera del tamaño de un guisante, a su trabajo. Sería como si alguien dejara caer mi guitarra. Devastador.

Maniobramos a través de una casa realmente grande. Para tener solo una planta baja, era espaciosa, como todas las casas de la zona. Entendía que su amiga le ofreciera vivir allí. El lugar parecía gigantesco solo para ella y su hija. No tan grande como una mansión en las zonas millonarias de Berkeley, pero debió haberle costado muchísimo dinero a Monet.

Clay y yo seguimos la voz de Mila, a través de un pasillo, hacia el lado derecho de la casa. Miré tras cada puerta en el camino para ver qué tenía cerca de su habitación. Había una oficina, un cuarto de invitados y un baño. Perfecto. Eso significaba que la habitación de su amiga estaba al otro lado de la casa. Eso me hizo sonreír como un idiota, porque probaba que Mila no estaría cerca de su compañera de casa. Ideal para que yo me quedara alguna noche. Todavía no había accedido a otro encuentro sexual, pero la haría caer muy pronto. Dos personas no podían follar de esa manera, con la química que compartimos, y no repetirlo nunca más. De ninguna manera.

—Voy a pasar —anunció Clay mientras se adentraba en la habitación que sería de Mila.

—¡Ay, no, chicos! Esos son los lienzos. Van en el garaje —dijo Moe con tono de disculpa.

—No hay problema. Solo guíanos.

—¡Qué bien! —Moe aplaudió—. ¡Estoy tan emocionada por mostrarte esta sorpresa, Mila! —Abrió un par de puertas francesas que llevaban a un pequeño camino hacia la parte trasera del garaje.

Una entrada privada a su habitación. Mi día acababa de mejorar.

Clay y yo seguimos a las dos mujeres. Los ojos de Mila brillaban y no dejaba de pasarse las manos por el pelo. Extraño.

—Chicos, ¿podéis esperar aquí un momento? —Monet hizo un mohín y unió las manos en plegaria sobre su pecho—. Quiero enseñarle esto a Mila primero, si no os importa.

—Por supuesto, preciosa —respondió Clay antes de que yo pudiera hacerlo—. Lo que necesites. —Sonrió y le guiñó un ojo. El hombre estaba desplegando todos sus encantos.

Ambos esperamos junto a la puerta del garaje. Monet colocó la llave y abrió la puerta justo antes de levantar los brazos y exclamar: «¡Tachán! ¡Tu nuevo estudio de arte!».

Mila abrió la boca y se llevó la mano al pecho, sobre su corazón, mientras accedía al espacio.

—Quiero verlo. —Señalé la pared en la que podíamos apoyar los lienzos. Una vez que los dejamos con cuidado a un lado, seguimos a las damas.

Mila estaba de pie en el centro de un espacio que medía unos treinta metros cuadrados. A lo largo de una pared había lienzos en blanco de distintos tamaños y formas. Otra pared exhibía diversas pinturas y pinceles. En el centro de la habitación había un caballete junto a una mesa de trabajo con un fregadero en el centro, donde Mila podía lavar sus pinceles y utensilios cuando lo necesitara.

—¡Dios mío, Moe! ¿Qué has hecho?

Monet sonrió de oreja a oreja y, si ya era bonita, ese gesto hizo que se viera impactante. Su pelo negro y brillante bailaba de lado a lado mientras mostraba a Mila cada nuevo detalle.

—Esto es para tus utensilios y pinturas. En esos estantes puedes poner a secar los lienzos... Y luego aquí... —Se acercó a una zona en la pared trasera donde había un único taburete. Junto a él había una lujosa silla de terciopelo rojo y un diván en el que cabían dos personas fácilmente—. Un lugar cómodo para que tus modelos se sienten, se recuesten y demás.

—Es demasiado. —Mila se llevó una mano a la boca y habló entre sus dedos—. No puedo permitirme esto... —susurró.

—Es un regalo, cariño. —Moe negó con la cabeza—. Ya sé que no te gusta que te hagan regalos, ¡pero debes saber que para mí es un regalo tenerte aquí! Saber que hay alguien en nuestra casa creando y haciendo arte... Quiero eso para mi hija. Lily necesita ver cómo se crean cosas hermosas en este mundo.

Clay, que había estado a mi lado, se puso tenso. Miré en su dirección y vi cómo su mandíbula se contraía y sus ojos perdían toda emoción. Ya no quedaba deseo ni excitación en su mirada por la deslumbrante asiática. Entonces, como si acabara de recordar que tenía que estar en algún lugar, se dio la vuelta y se fue, sin decir una palabra.

¿Qué demonios *había sido eso*? Es decir, quince minutos antes había sido de lo más dulce con Monet. ¿Y ahora se volvía distante? ¡Qué extraño!

Me acerqué al taburete, lo moví hasta el centro, más cerca del caballete, y me senté. Crucé los brazos, imitando la posición en la que ella me había pintado días atrás. Solo que entonces había estado más receptivo. Literalmente. Aunque mi *pequeño yo* no estaba muy alejado de eso en aquel momento.

—Está genial, Gata Salvaje. ¿Qué problema hay?

—Sí, ¿qué problema hay?

Mila me quemó con la mirada y yo me reí.

—El problema es que nada de esto estaba aquí la semana pasada. Moe, ¿has hecho todo esto por mí? ¿Dónde están tus cosas para el hogar? Aquí solías tener tus herramientas de jardinería, la podadora... —Sus palabras fueron silenciándose—. ¿Lo has cambiado todo por mí?

—Mila, haría lo que fuera por mi mejor amiga. —Monet se acercó a ella y rodeó sus mejillas—. Quiero que estés aquí. Lily te quiere aquí. Tu hogar es donde está tu familia. Somos tu familia y tú eres la nuestra. ¿Lo entiendes? Hemos llevado esas cosas a un nuevo cobertizo que he hecho construir atrás. Ahora cierra la boca y disfruta de tu nuevo estudio. Estoy deseando ver qué vas a crear aquí.

Los ojos de Mila brillaron y una lágrima resbaló por su mejilla. Supuse que era una señal para retirarme y darles algo de intimidad.

Le di una palmadita a Monet en el hombro de camino a la salida.

—Eres muy buena amiga. Mila, voy con los chicos. Avísanos cuando lleguen las pizzas y la cerveza.

Cuando salí, vi a Clay junto a otro par de lienzos que él mismo había movido. En lugar de gritarle por haberlo hecho solo, porque no quería arriesgarme a que se dañara ninguna de sus piezas, lo dejé pasar. Los lienzos parecían estar bien; él en cambio, no. Tenía esa mirada dura en los ojos.

—¿Qué te pasa, tío? Te has puesto muy serio ahí dentro. Creí que te gustaba la amiga de Mila.

—Tú lo has dicho: *me gustaba*. Ya no. —Su voz estaba desprovista de cualquier emoción.

—Mmm... Vale. Eso es muy raro. ¿Me puedes explicar por qué?

—En realidad, no. ¿Podemos simplemente hacer esto? No tengo todo el día. Me esperan en otro lugar.

Era una gran mentira; antes me había dicho que tenía todo el día libre.

—Lo que tú digas, doctor Jekyll y míster Hyde. Sujeta ese lado de los cuadros y yo los levantaré por este.

Juntos, los cinco hombres hicimos todo el trabajo pesado, y Monet y Mila se encargaron de las cosas pequeñas y de indicarnos dónde ponerlo todo. Para cuando acabamos, la pizza ya había llegado, solo que Clay no se quedó. Cuando todo estuvo en su lugar, se retiró con un rápido gesto de cabeza. Me pregunté qué mosca le habría picado, pero decidí que me ocuparía de eso más tarde. Tenía una pequeña latina a la que conquistar y con quien cerrar una cita para el día siguiente.

13

Chakra del plexo solar

Cuando el chakra del ombligo esté en sana alineación, te sentirás cómodo con tu propio poder inherente y te empoderará. Sentirás quién eres realmente y sabrás por qué estás aquí. Al conectar con tu propio propósito, ganarás un entendimiento más profundo de cómo puedes contribuir al colectivo de una forma beneficiosa. Sentirás desapego por las cosas materiales (ya sea el trabajo o el saldo de tu cuenta bancaria) de las que dependes para definir quién eres.

MILA

Me desperté con algo suave recorriendo mi nariz y mis labios. Volví a sentirlo, como si una pluma se arrastrara sobre mi piel. La sensación descendió por mi sien izquierda hacia mi mentón, antes de moverse al lado contrario. Una presión cálida se apoyó en el lado izquierdo de mi cuerpo. Cuando esa ligera presión regresó a mis labios, la besé y me correspondió con una risita infantil.

En lugar de abrir los ojos, envolví el bulto con los brazos y lo acaricié. Lo cual generó muchas más risas. Despertarme con aquel sonido era algo a lo que podía acostumbrarme fácilmente.

—¡Tía Mimi, despierta! —Lily me dio una palmadita en la frente.

Abrí los ojos y miré fijamente a los ojos azules más adorables del mundo. Un oscuro y profundo tono zafiro se mezclaba de forma hermosa con las facciones de Lily. Tenía pecas salpicadas sobre la nariz y las mejillas, y el pelo negro más brillante y espeso que había visto jamás en una niña de tres años. Más allá de sus ojos azules, que ya eran una rareza en sí mismos, pues solo un uno por ciento de los asiáticos los tiene de ese color, Lily era la niña más hermosa que conocía. No importaba que fuera la única... Sus ojos eran muy especiales. Moe y yo lo habíamos investigado cuando Lily cumplió dos años y sus ojos no habían cambiado de color. Coincidimos en que eso la hacía aún más única. Por supuesto, habría deseado que Kyle, el ex de Moe, pensara lo mismo.

—Hola, cariño. —Levanté la cabeza, la hundí en su dulce cuello y soplé trompetillas. A ella le encantaba que hiciera eso.

Lily chilló y se dejó caer sobre mí. Luego alzó su cabeza y jugó con mi pelo.

—Me gustaría tener rizos —dijo con ese tono aniñado que hacía que todo ser humano se derritiera, mientras jugaba con uno de mis mechones.

Estaba convencida de que Dios hacía a todos los niños preciosos y adorables para que no los mataran por todas las locuras que hacían, como vomitar por todo el suelo en intervalos aleatorios, destruir cosas o ensuciar la ropa con lo que tuvieran en las manos, que bien podía ser verdadera *mierda* en cualquier momento. Los niños son sucios, incontrolables, hiperactivos, imanes destructivos de cosas desagradables. Cualquier cosa que cae en sus manos, la tocan y la frotan hasta ensuciarla de lo que sea. Es totalmente asqueroso. Y, sin embargo, son adorables, inocentes, honestos y bellos ejemplos de bondad en el planeta. Sin duda, prefiero lidiar con niños antes que con adultos. Al menos con ellos, sabes qué esperar. Los niños nunca esconden quiénes son, siempre dicen lo que piensan y viven con alegría. Los adultos deberíamos aprender mucho de ellos.

—Bueno, a mí me gustaría tener ese pelo negro brillante que tenéis tu mami y tú. Es el cabello más hermoso del mundo —le aseguré.

Ella se pavoneó y me ofreció su sonrisa.

—Mami está preparando *tontitas*.

—¡Tontitas! ¿Tengo que volver a decirle que no nos gusta que cocine personas? —dije entre risas.

—¡No, no, tom-titas!

—Quieres decir «tortitas». Tooor. Tortitas. —Alargué la palabra con énfasis para que notara la diferencia. Ella arrugó su nariz como si estuviera ofendida.

—Eso es lo que he dicho. Tom-titas.

Puse los ojos en blanco y nos levanté a ambas.

—De acuerdo, cariño, ve a ver a tu mamá y dile que quiero dos. —Levanté la mano y le mostré dos dedos—. Dos. ¿Puedes mostrarme dos?

Ella levantó tres dedos; yo le bajé uno.

—Dos.

—¡Dos! —Lily sonrió y mantuvo sus dos dedos bien separados—. De acuerdo, tía Mimi. —Se fue corriendo con su pijama rosa y gritó por el pasillo—: ¡Dos, mami! ¡Dos, mami!

Sacudí la cabeza y aparté las sábanas. Ahora que vivía con Moe y Lily, me había esforzado por ponerme una camiseta y unos pantaloncitos para dormir, en lugar de mi costumbre de acostarme desnuda. Lo último que quería era tener que explicarle a una niña de tres años por qué su tía no usaba ropa para dormir. No era una conversación que planeara tener. Jamás.

Todavía cansada por todo el trabajo del día anterior, me puse una bata y arrastré los pies hasta la cocina. Moe lucía increíble, como siempre, con unos pantalones capri y una camisa de seda. Su largo pelo negro estaba sujeto en una elegante coleta.

Me acomodé en uno de los taburetes de la barra para verla deambular por la cocina. Lily se había sentado en el área de juegos de la cocina, donde preparaba sus propias tortitas de juguete. De tal palo, tal astilla.

—¡Cielos! Me haces parecer una vaga —protesté en mi mano y bostecé.

Moe se acercó a la máquina de café, sirvió una taza y la llenó con mi crema preferida. Lo tenía todo preparado. Tenía mi crema favorita en su nevera, a pesar de que ella no la tomaba. Dejó la taza frente a mí.

—Ten. Parece que lo necesitas. ¿Hasta qué hora te has quedado colocando tus cosas?

Bostecé y suspiré.

—Creo que me dormí cerca de la una. Ya sabes que odio las cosas desordenadas, pero ya casi está todo en su lugar. ¿Te he dado otra vez las gracias por obligarme a mudarme aquí?

—No, creo que te has estado quejando —susurró para que unas orejitas, en el otro lado de la cocina, no la escucharan— durante todo el proceso. El agradecimiento no ha estado muy presente.

—Lo siento —dije con un mohín. Luego pasé la mano por mi pelo—. Es difícil, Moe. Sé que necesito este cambio y que definitivamente me ayudará económicamente, pero tú sabes, desde que mi padre se fue y mi madre siguió con su vida, que siempre he estado sola.

Moe bebió su café, asintió y esperó a que continuara. Era buena permitiendo que las personas dijeran lo que tenían que decir antes de intervenir con su respuesta. Eso la hacía una buena terapeuta, imaginaba.

—No es difícil dejarte entrar en mi vida; tú eres la única a la que he dejado llegar a mí. Lily y tú sois mi vida, pero no quiero ser una carga. —Froté mi frente con el extremo afelpado de mi manga y me reconforté a mí misma con la suave tela.

Moe dejó su taza y llevó una mano a su cadera.

—Es la última vez que hablas de ti como una carga para mí. No vuelvas a hacerlo jamás. Lo digo en serio, Mila. Me molesta. Necesito que estés aquí tanto como lo necesitas tú. ¿Está mal que necesite esa seguridad extra de compartir mi hogar con un ser querido, alguien que me ayude con Lily, y con quien podamos atravesar el infierno que Kyle nos ha hecho pasar, eh?

Sus palabras fueron como una flecha directa al corazón. Un perfecto tiro mortal.

—No tenía ni idea de que te sentías así.

Enderezó su columna y se giró hacia la sartén, donde cuatro discos redondos y uniformes, de amor esponjoso, se estaban dorando a la perfección. Se me hizo la boca agua al ver cómo les daba la vuelta con un movimiento experto de su muñeca. Luego dejó la espátula y se apoyó en la encimera con la cabeza hacia abajo.

—Que estés aquí significa mucho para mí. Que *quieras* estar aquí significa aún más, porque Kyle no quiso estar aquí. Él no me quería. No quería a Lily. Y, como su madre, he tenido que lidiar con ese dolor. Como su actual exesposa, tengo que lidiar con el error de haberme enamorado profundamente de un hombre que ahora ama a mi hermana. Así que sí, tener a alguien que nos quiere compartiendo nuestra casa significa mucho. —Se giró y me miró, con los ojos tristes y un ceño fruncido que estropeaba su bonito rostro—. ¿De acuerdo?

Dejé mi taza, corrí alrededor de la encimera y la abracé.

—Sí, está bien. Y estoy feliz de estar aquí. Siento haber sido una idiota. Gracias por hacerme ver la luz.

Ella asintió contra mi cuello, luego se alejó y pasó una mano delicadamente por su pelo, para asegurarse de que todo seguía en su lugar. Moe era así. Con clase y enfocada incluso en los más mínimos detalles.

—¡Las tom-titas ya están listas! —exclamó Lily, que sostenía dos platos de juguete, uno con una galleta falsa y el otro con una rosquilla de aspecto apestoso. Los dispuso sobre la encimera—. ¡Ah! ¡He olvidado la leche! Ahora vuelvo. —La pequeña amorosa giró sobre sus talones y corrió hacia su esquina, donde recogió dos vasos de plástico vacíos—. ¡Aquí tenéis! Comed. Se enfriará.

Como la mejor tía del mundo, fingí masticar mi comida de juguete, con los apropiados «mmm» y «delicioso», para hacer que las mejillas de mi niña se sonrosaran y sonriera de satisfacción. *Sip.* Mudarme con ellas había sido una buena decisión. Podía sentir cómo fluía la energía creativa. Observé a Moe emplatando nuestros desayunos reales.

—Oye, Moe, ¿me dejarías pintaros a vosotras dos? Vestidas —agregué.

—Por supuesto —accedió sin pensarlo dos veces mientras se dirigía a buscar los cubiertos.

—¿De verdad? —Normalmente la gente quería pensárselo cuando se trataba de exhibir su imagen. El arte estaba en el ojo del espectador y, más aún, para el artista que lo representaba.

Moe arrugó la nariz exactamente del mismo modo que lo había hecho su hija esa mañana. Ese mínimo gesto hizo que me alegrara de que el bastardo de Kyle no fuera el padre biológico de Lily. Si lo fuera, podría haber heredado unos cuernos diabólicos de ese cerdo estúpido, o una cola o algo similar, y no esa tierna nariz fruncida que adoraba en mis dos chicas.

—Sí, de verdad. Me encantará ver una creación tuya, de mi hija y de mí. Estoy segura de que será lo más bonito del mundo. Pero tendrás que dejarme que lo cuelgue en la pared. Querré exhibirlo porque, ya sabes, cuando seas una artista conocida mundialmente, yo podré presumir de tener un Mila Mercado original en mi salón. Será también una gran herencia para Lily, para cuando sea mayor.

¡Dios! Amaba a mi mejor amiga. Hay quien dice que los mejores amigos son solo la versión de nosotros mismos que desearíamos ser. Que atraemos a personas que se parecen a nosotros. Y que son las diferencias sutiles las que mantienen el interés, y las semejanzas las que dan solidez a la relación. Tal vez esa es la clave para encontrar un alma gemela. Tal vez eso sea un alma gemela: una versión diferente de uno mismo, el mejor reflejo, solo que con más aspectos para amar. Quizá por eso la gente acostumbra a decir de su pareja que es «su media naranja».

—Genial. —Me metí un trozo enorme de tortita con sirope en la boca para no ahogarme con la abrumadora ola de emociones que estaba sintiendo por mi amiga.

Moe se aseguró de que Lily estuviera engullendo su desayuno real antes de sentarse a comer. La cocinera siempre era la última y eso no estaba bien. En ese momento me prometí que, cuando viera a Moe esclavizada en los fogones, me aseguraría de que se sirviera a ella misma primero. Luego ayudaría a Lily y después a mí.

—Así que hoy es la cita, ¿eh? —preguntó con una sonrisa maliciosa.

—Sí, me recogerá a la hora del almuerzo. ¿Alguna idea de adónde piensa llevarme?

—Por supuesto, pero no voy a estropearte la sorpresa. —Moe asintió con felicidad—. Aunque debo decir que me gusta Atlas. Es dulce. Que consiguiera que todos esos hombres te ayudaran con la mudanza, para poder salir contigo, es muy especial, ¿no crees?

Resoplé antes de contestar:

—Creo que lo hizo para asegurarse de que tendría «un momento especial en horizontal» conmigo. Ya sabes a lo que me refiero.

—¿Realmente crees que hizo todo eso solo para meterse en tus bragas otra vez? —Frunció el ceño y dejó su tenedor.

—Eh... Sí. —Di un largo trago de café y miré alrededor—. ¿Tú no?

Carraspeó y empezó a darle vueltas a la tortita de su plato.

—No. No lo creo. A mí me parece que le gustas mucho, Mila. Y espero que te tomes sus atenciones tal y como son. Las atenciones de un hombre que está obviamente enamorado de una mujer e intenta complacerla.

—¡Ah! Me complace de muchas formas. —Sonreí y le guiñé un ojo.

—Eres imposible —protestó ella.

—¿Qué?

—Ni siquiera ves lo que tienes delante. —Pinchó un trozo de fruta y tortita y se lo metió en la boca.

—¿Por qué te pones así con este chico? No es para tanto. Solo nos estamos divirtiendo.

Moe se limpió los labios con una servilleta. Todos sus gestos eran siempre delicados de forma natural. Incluso su manera de sentarse era elegante, con los pies apoyados debajo del taburete y las manos en su regazo.

—Solo quiero que le des una oportunidad. Una oportunidad de verdad para algo más... duradero. —Moe, siempre enamorada del amor.

—Cariño, no estoy segura de que nada sea duradero, al menos en el amor. Tú lo ves a diario en tu trabajo, asesorando matrimonios que han fracasado y mediando en batallas por la custodia.

—Y aun así, mataría por tenerlo para mí.

—Lo sé. Lo sé. —Froté su espalda. El maldito Kyle la había traumatizado. Estaba convencida de que todos podían tener amor verdadero en sus vidas, menos ella. Había creído genuinamente que Kyle era eso para ella y que, de alguna manera, ella lo había estropeado.

—Solo prométeme que le darás una oportunidad a este chico. Lo digo en serio. Una oportunidad de verdad.

—De acuerdo, lo prometo. —Miré a los ojos negros de mi mejor amiga y me derretí en su laguna oscura—. Lo prometo. Ahora, ¿podemos desayunar sin ponernos tan profundas y toda esa mierda?

—Mierda. Mierda. Mierda —repitió Lily varias veces.

Moe me miró con los ojos entornados.

—¡Tía Mimi, esa no es una palabra bonita! —Negó con un dedo frente a mí.

—¡Tienes razón! Lo siento. No volveré a decirla. ¡Lo prometo!

Moe hizo un mohín adorable.

—Recuerda tu otra promesa y estaremos en paz.

ATLAS

Estaba perdiendo la calma. Mis palmas estaban tan sudorosas que no dejaba de frotarlas contra mis vaqueros. Cerré la mano sobre el asa de la cesta de pícnic que había preparado para asegurarme de que estuviera segura detrás de mi asiento. Había ido personalmente a comprar el contenido de lo que sería un almuerzo muy especial: fresas, uvas, bolitas de queso... Ni siquiera sabía que existían en ese formato, hasta que la mujer de la tienda, a quien le había pedido que me ayudara a escoger un almuerzo romántico, me las recomendó. También me sugirió un par de botellas pequeñas de champán a las que llamó *split*. Lo único que había compartido alguna vez, tratándose de alcohol, había sido la cuenta con algún amigo en el bar. Y, definitivamente, nunca había compartido un pícnic ni comprado champán para una chica.

Esperaba que Mila apreciara el esfuerzo. Los minúsculos sándwiches que me habían recomendado eran de chiste. Es decir, ¿quién podía comerse eso y no quedarse con hambre? Por suerte había comprado los suficientes para saciarnos y había metido una bolsa de patatas fritas también por si acaso. A ver, un hombre necesita comer y eso implicaba carne y algo sustancioso como una hogaza de pan, no una galletita salada. En cualquier caso, la chica de la tienda me animó también a comprar un ramo de flores, así que había buscado uno económico. No es que fuera un tacaño, pero tampoco podía permitirme gastar mucho dinero en impresionar a una mujer. Si conseguía un contrato discográfico, no tendría problemas en despilfarrar cientos de dólares en una mujer hermosa y encantadora como Mila. Con suerte, esa clase de vida estaría en mi futuro cercano, pero por el momento tendría que arreglármelas con lo que tenía.

Pensé en Mila y en su pequeño estudio, y en cómo había cambiado su estilo de vida al haberse mudado con su amiga. Sin duda, era una mejora. Me pregunté si eso haría que cambiara. No parecía el tipo de persona que se impresionara por las cosas materiales. A ella le interesaba el arte y el yoga, sobre todo. Y también sus amigos. Como Nick Salerno. Un hilo de irritación se arremolinó en mi mente y se instaló en mi cuello.

¿Qué demonios *había pasado con ese hombre*? Es decir, ella se había lanzado a sus brazos como si hiciera años que no lo veía, cuando en realidad solo hacía unas semanas.

Relájate, Atlas. Solo estás celoso.

¡Maldita sea! Estaba celoso. Celoso de un hombre que veía a Mila como a una hermana. Aunque, en realidad, había sido la reacción de ella lo que me había molestado. Cuando yo llegué, ella apenas respondió a mi gesto de abrazarla y besarla. En cambio, con Nick, se había lanzado a sus brazos como si fuera una de esas películas cursis en las que las parejas corren para encontrarse en la playa, como si hubieran sido amantes. ¿Estaría enamorada de ese hombre en secreto, o sería algo platónico? Él solo la había besado en la frente, pero quizás a él no le gustaba y a ella sí, y se conformaba con cualquier migaja que pudiera conseguir de él.

¡Uf! Imposible. No había manera de que un hombre pudiera mirar a Mila Mercado sin desear tocar su sensual cuerpo o besar sus carnosos labios y estrujar su ardiente trasero. Tendría que preguntarle más sobre él. La idea de que sintiera esa clase de afecto por otro hombre me ponía de los nervios. Y ahí estaba el mayor de los problemas. Esa mujer se estaba metiendo bajo mi piel. Y de ninguna manera podía convencerme de que solo era una chica sexi Mila era más que eso. Era más que una chica con quien follar sin más. Sin embargo, no estaba seguro de que ella sintiera lo mismo por mí. Su respuesta natural había sido alejarse, mientras que yo intentaba avanzar. ¡Al menos había accedido a tener una cita! Después de ese día, y con suerte de esa noche, no quedarían dudas sobre en qué punto estábamos.

Conduje hasta su casa en mi viejo Jeep Cherokee, no en un semental sobre ruedas como el coche de Nick. En el 2002 mi Jeep habría sido un automóvil impactante. Lo había conseguido de un tipo que lo vendía por internet. El hombre tenía que mudarse y lo vendía a buen precio. Con casi quince años de antigüedad, había visto días mejores, pero incluso con doscientos cincuenta mil kilómetros, funcionaba bien y podía abatir los asientos traseros para llevar mi equipo de música con seguridad. Funcionaba y me llevaba de un lugar a otro sin problemas, así que no podía quejarme. Solo que, en ese momento, a punto de recoger a Mila, me pregunté si sería lo bastante bueno.

Antes de que pudiera siquiera bajarme, Mila estaba abriendo la puerta del acompañante.

—Bonito Jeep —comentó al subir.

—Me habría acercado hasta la puerta para recogerte de forma apropiada en nuestra cita. —Le entregué el ramo de flores silvestres.

Mila olió las flores, cerró los ojos, suspiró y me regaló una dulce sonrisa, antes de inclinarse detrás de mí para dejar el ramo con cuidado en el asiento trasero.

—¿Eso es lo que es? ¿Una cita apropiada? —Sonrió y sus ojos color caramelo reflejaron la luz del sol hacia mí.

Me encogí de hombros.

—Pues sí.

Se golpeó las piernas de su vaquero y se frotó las manos en ellas.

—Bueno, supongo que hay una primera vez para todo.

Me puse en marcha y avancé por su calle.

—¿Es la primera cita de tu vida?

—Pues sí. —Se encogió de hombros—. A menos que cuente a los chicos con los que salí en el instituto.

—¡Vaya! ¿Cuántos años tienes?

Soltó una carcajada.

—¿Tu madre no te enseñó que nunca debes preguntarle la edad a una mujer? Veintiséis. ¿Y tú?

—Veintiocho. Pero al menos yo he salido con mujeres. No en los últimos años, que he estado muy concentrado en mi música, pero vaya... Creo que tú eres más adicta al trabajo que yo.

—¿Es extraño que no me sienta ofendida por eso? —Inclinó su cabeza a un lado.

Busqué su mano y entrelacé nuestros dedos para que las palmas se tocaran. Una chispa de energía estalló al instante y ascendió por mi brazo. La miré. Ella también estaba mirando nuestras manos. Las moví para que la suya descansara sobre mi muslo. Por alguna razón, solo necesitaba sentirla, de todas las maneras posibles. Era como si necesitara constatar que aquello era real.

—Entonces, ¿adónde me llevas? —Su voz era baja y áspera, y envió otro escalofrío por mi cuerpo que atrajo la atención de mi miembro al instante.

Acomodé mi mitad inferior esforzándome por no sacudir su mano más de lo necesario por miedo a que se asustara. Mi chica era algo escurridiza cuando se trataba de demostraciones afectivas. A menos, claro, que tuviera mi pene, mi boca o mis dedos introducidos en ella. Entonces estaba totalmente de acuerdo.

—¿No puedes soportar no saberlo? Relájate. Yo me encargo. No tienes que controlarlo todo. —Elevé nuestras manos y besé repetidamente su palma.

Mientras yo seguía sosteniendo su mano, ella se desabrochó el cinturón de seguridad, se acercó a mi lado tanto como pudo y llevó su otra mano a mi miembro.

—¡Joder! —gemí de placer.

Frotó su nariz contra mi cuello y su mano acarició mi pene, una y otra vez, poniéndome duro como una roca. Mis vaqueros se volvieron demasiado ajustados y mi corazón se aceleró. Agarré el volante con todas mis fuerzas y traté de respirar, sin perder de vista la carretera mientras sentía su mano, pequeña y ardiente, en mi verga.

—Me vas a cortar la circulación ahí abajo —gruñí en tono amoroso.

—¡Ay, pobrecito! —dijo entre risas—. Déjame solucionar eso —murmuró mientras me desabotonaba y abría la cremallera de mis pantalones, antes de liberar mi endurecido miembro en tiempo récord—. ¿Mejor así?

—¡Mucho mejor! —exclamé entre dientes en el instante en que mi erección entró en contacto con el aire frío. Un alivio del tamaño de mi vehículo me atravesó la ingle cuando envolvió mi extensión con su mano y le dio un pequeño tirón. Sacudí mis caderas, pero mantuve las manos firmes en el volante, con los nudillos blancos por el esfuerzo.

Un cosquilleo de placer comenzó en mi miembro y rugió por toda mi columna. Mila tiraba de mí con la presión y la fluidez perfectas.

Utilizó su pulgar para esparcir el líquido preseminal que goteaba en la punta por todo mi miembro y lubricar sus movimientos. Su pulgar descendió para acariciar la parte inferior al tiempo que besaba y lamía mi cuello y mi mentón, volviéndome loco de deseo. Intenté poner toda mi atención en la carretera, conduciendo de forma correcta y siguiendo las señales y los límites de velocidad, mientras aquella maldita diosa me masturbaba.

—¿Adónde vamos, Ricitos? —Recorrió mi miembro y luego envolvió mis testículos justo como más me gustaba: con firmeza e intención. Gruñí.

—No te lo voy a decir —salió con un rugido mientras intentaba besarla, mantener la vista en la carretera y no mover mi pene ni siquiera un centímetro fuera de sus talentosas manos. Tomé una enorme bocanada de aire y apreté los dientes para contener el orgasmo inminente que quería abrirse camino por mi miembro y emanar de la punta como las malditas cataratas del Niágara. ¡Condenada Gata Salvaje!

—¿Quieres correrte? —me susurró al oído.

Gemí y perdí toda la habilidad de seguir su juego, demasiado enfocado en mi propio placer para mantener el control.

—Sabes que sí. —Mi voz resultó irregular y afectada. Cada vez que me sacudía me resultaba más difícil hablar.

Mila mordió el espacio sensible en mi hombro y al mismo tiempo arrastró su mano por mi verga, presionándola con fuerza.

—Mmm... ¿Quieres que te la sacuda y luego me incline y la meta en mi boca hasta que te derrames dentro de mí?

Mis caderas se sacudieron de forma automática mientras follaba con su mano, empujando hacia arriba. Sus palabras calientes me provocaban la necesidad imperiosa de correrme, al imaginar sus labios alrededor de mi verga... ¡Joder! La punta era tan sensible que juro que si la tocaba otra vez, explotaría en un instante.

Deslicé mi mano en su nuca y entre su pelo, entrelazando mis dedos en sus rizos para agarrarla con fuerza y asegurarme de que no retrocediera en el último segundo. Si lo hacía, me moriría.

No debería haberme preocupado. Mila lo hacía como una experta.

—¡Hazlo! —Intenté bajar su cabeza hacia mi miembro. Nunca, en toda mi vida, había estado tan duro y listo para explotar. Si no ponía su húmeda y caliente boca sobre mí en ese instante, sentía que iba a estallar.

—Dime adónde vamos —susurró en mi oído. Y me la soltó de golpe. Soltó mi verga, ¡maldita sea! Mi miembro y mis testículos palpitaban con dolorosa necesidad. Y yo estuve a punto de derramar una puta lágrima.

—¡Maldita sea! —Golpeé el volante con la mano izquierda y el coche se movió ligeramente. Había un arcén más adelante. Los automóviles seguirían pasando, pero no me importaba en absoluto. Solo podía pensar en correrme. En llevar mi pene erecto a su boca mientras me chupaba hasta dejarme seco.

—Dímelo y te daré lo que quieres —dijo por lo bajo, mordió mi barbilla y volvió a introducirse mi verga. ¡Ah, santo cielo, qué alivio! La punta de mi miembro estaba expulsando una copiosa cantidad de líquido preseminal, que ella volvió a utilizar para lubricar sus movimientos.

Me detuve en el arcén, encendí las luces de emergencia y follé su mano. Oleadas de excitación rugieron por mi cuerpo en llamas, listo para explotar en cualquier momento.

—Vamos al museo, a hacer un pícnic.

Como por arte de magia, su cabeza descendió volando y devoró mi miembro justo a tiempo. Cuatro lamidas y ya estaba corriéndome, mi mano sujetando su cabeza para que no se detuviera, y mis caderas impulsándose hacia delante mientras ella seguía chupando. Un placer muy intenso atravesó mi cuerpo y cerré los ojos con fuerza. El aire salió de mis pulmones al mover mis caderas, plegadas hacia arriba para recibir más, para estar más profundo dentro de su boca.

—¡Joder, Mila! Eres muy buena, cariño. Sí, tómalo todo. Todo. Sí —gruñí al bombear hasta la última gota dentro de su boca.

Cuando ya no tuve nada más que dar, ella le dio una última succión lenta a mi pene, que me produjo un ligero cosquilleo, y la dejó caer de regreso a mis pantalones abiertos. Se lamió los labios y luego se los secó con el dorso de su mano. Cada respiración que salía de mis pulmones eran pesados jadeos en un intento por bajar de nuevo a la tierra.

Me sonrió de una forma endemoniadamente sexi. Pensé que podría mirar esa sonrisa durante el resto de mi vida y sentirme el ser más afortunado del planeta por verla a diario.

—No ha sido tan difícil hacerte confesar. Bueno, quizás un poco... —Hinchó su labio inferior, se apartó de mí y volvió a ponerse el cinturón de seguridad—. Estoy emocionada por ir al museo. ¡Vamos! —dijo mientras yo me cerraba los pantalones y negaba con la cabeza.

—No hay ninguna mujer como tú en el mundo. No estoy seguro de si es una suerte o una condena para mí.

Mila sonrió y tomó mi mano. Realmente inició algo íntimo y afectuoso, y no debido a la tensión sexual o a la necesidad de follar.

—Puede que ambas cosas. Será mejor que te protejas.

Me reí entre dientes.

—Bueno, si que me masturben y me hagan una mamada mientras conduzco es lo que me espera en el futuro..., cásate conmigo.

Su rostro adquirió una expresión horrorizada.

—¡Eres un idiota! —Me pegó en el hombro.

—¡Ay! Eso ha dolido. —Me froté el hombro dolorido. La chica sabía dar un puñetazo.

—Harías bien en recordar eso. —Se mordió el labio.

—¡Oh, cariño! Te aseguro que nunca olvidaré este día. Ya se ha convertido en una de las experiencias más memorables de mi vida. Ahora tengo que hacer que sea una de las tuyas.

14

Postura del cachorro estirado
(En sánscrito: uttana shishosana)

Una postura excelente para estirar la columna y liberar la tensión de la parte baja de la espalda. Una pose de nivel básico, ideal para la mayoría de los cuerpos, siempre que no sufran ninguna lesión. Con las rodillas separadas del ancho de caderas, estira los brazos sobre la esterilla y eleva las caderas hacia atrás. Descansa la frente sobre la esterilla. Asegúrate de que los dedos pulgares de los pies están en contacto para que la energía del cuerpo pueda circular a través de ti.

MILA

Atlas me obligó a quedarme en el coche cuando llegamos al museo. Estaba decidido a que aquello fuera una cita oficial. No es que eso me importara.

Corrió alrededor del coche, me abrió mi puerta y me ofreció su mano para ayudarme a bajar.

—Ya me has ganado, ¿sabes? —Quería que comprendiera que no necesitaba esforzarse tanto para llevarme a la cama.

—¿Crees que se trata de eso? —Frunció el ceño y me soltó la mano—. ¿De que quiero acostarme contigo?

Me llevé ambas manos a los bolsillos traseros y lo observé. Vestía un par de vaqueros, una camiseta de un concierto muy chula y una chaqueta de cuero ajustada. Llevaba varios collares de cuero y plata, que incluían la llave que siempre colgaba de su cuello. Aún no sabía mucho sobre ella, más que el hecho de que no se la quitaba nunca y que tenía un valor sentimental debido a su padre. Un par de botas de cuero adornaban sus pies. Su *look* se completaba con su mata de rizos despeinados, que, de hecho, era muy sexi a pesar de que me encantara molestarlo por ello.

Atlas me miró como si acabara de pisar la funda de su guitarra. Sus ojos eran duros y sus cejas formaban una línea definida sobre sus ojos, agudizando su ceño fruncido.

—Oye, solo quería que supieras que no es necesario que te esfuerces tanto. No soy la clase de chica a la que tienes que impresionar. —Me encogí de hombros.

—Quizá quería impresionarte. —Me miró con los ojos entornados. Se acercó más, rodeó mi cintura con su brazo y me atrajo contra su pecho—. Quizá sea hora de que un hombre se esfuerce por ti. —Frotó su nariz contra la mía—. Quizá quiero ser ese hombre. —Entonces besó mis labios suavemente. Una y otra vez rozó mis labios con los suyos, sin llevarlo nunca más allá, solo una simple caricia de labios contra labios. Jamás me habían besado con tanta suavidad. Cada vez que intentaba llevarlo más lejos, él retrocedía.

—¿Me estás tomando el pelo? —susurré contra su boca.

—Quizás.

—¿Eso es todo lo que vas a decir? ¿Quizás?

—Quizás. —Se rio, se apartó y me dejó ir. Se dirigió al asiento trasero y sacó una cesta de pícnic llena. Estaba segura de que mis ojos se saldrían de sus órbitas.

—No era una broma. Realmente has preparado un pínic.

—*Sip*. —Sonrió antes de pasar su brazo alrededor de mis hombros—. Ahora vamos, preciosa, contemplemos un poco de arte. Es hora de que le enseñes a este músico todo lo que sabes de cuadros famosos.

Sonreí y emparejé nuestros pasos mientras nos dirigíamos hacia el Young Legion of Honor Fine Arts Museum.

—Siempre me ha encantado este museo —dije al apreciar la singular estructura en forma de «V» de la fachada del edificio.

—¿Por qué?

—El edificio en sí mismo ya es arte. ¿Qué mejor lugar para exhibir obras de arte que en un edificio arquitectónicamente bello? —Señalé a la dramática cara de cobre que tenía un aspecto golpeado e irregular—. Verás, está diseñado para reflejar la luz que se filtra entre los árboles. Con el tiempo, el cobre se oxidará, al igual que lo hizo la Estatua de la Libertad, y cambiará de color a un verde natural, que coexistirá bien con el entorno. ¿Lo has escogido por eso para nuestra cita? —Le pellizqué entre las costillas.

Se echó hacia atrás, riendo. ¡Oh! Alguien tenía cosquillas. Almacené esa información para usarla en su contra cuando fuera el momento.

—Es genial, pero no. —Atlas se enfocó en el edificio—. Investigué su web y vi que hay varias obras de desnudos en exposición. Pensé que podría inspirarte para tu trabajo.

Me paré en seco. Mi corazón latía de forma errática y mis dedos empezaron a temblar.

—Atlas, es un gesto muy bonito. —Y, justo cuando un lado de su boca se torció en una sonrisa, le di un gran beso. Un beso ninja. Un beso profundo, húmedo, con lengua, en el que agarré su pelo e introduje la lengua en él hasta que aplaqué mi sed por ese hombre. Al menos de momento. Cuando me quedé sin respiración, aparté mi boca.

—¡Joder! Vendremos al museo cada fin de semana. —Jadeó y se secó la boca con el dorso de su mano.

—Oye, si haces cosas bonitas, recibes besos ninja.

—Ha sido como... un ataque ninja —respondió entre risas—. Tendré que mantenerte vigilada.

Sonreí y tomé su mano; me gustaba sentir su peso en la mía. Era una sensación nueva, pero me encantaba. Por razones que desconocía, me gustaba ir de la mano con Atlas. Como si eso fuera lo correcto. Además, la forma en que mecía nuestras manos hacia delante y hacia atrás, igual que Lily con Moe, me hacía feliz. Era un concepto nuevo. No podía definirlo, y tampoco quería hacerlo. Decidí que, por ese día, me olvidaría de mis reservas y me permitiría sentir.

Resultó ser un día gratuito en el museo, así que el conserje solo nos saludó al pasar. Había estado en ese museo muchas veces y sabía exactamente adónde ir. Me puse al frente, señalando las obras de arte que me interesaban especialmente. Atlas las observaba en silencio, prestando atención a todo lo que yo decía. Me hizo algunas preguntas sobre el arte contemporáneo y las diferentes épocas que se exhibían. Parecía disfrutar de las esculturas más que de las pinturas, algo que me desanimó un poco.

—¿Hay algún lugar exterior donde podamos comer? La web anunciaba miles de metros de paisaje natural. —En el instante en que la pregunta salió de su boca, su estómago rugió.

Me reí con fuerza, metí mi pulgar en la trabilla de su cinturón y lo llevé al lugar perfecto. El Young tenía un increíble jardín de esculturas donde la gente siempre hacía pícnics.

—Sí, vamos. No quiero que pases hambre. Además, me muero por ver lo que has traído.

—¿Alguna idea? —preguntó sonriente.

Sabiendo que era soltero y que vivía con otro soltero, fui por lo más obvio.

—¿Crema de cacahuete y mermelada?

—*Nop.* —Negó con la cabeza—. Inténtalo de nuevo.

Lo llevé a través de un precioso jardín a un espacio donde había manzanas gigantes esparcidas por el suelo.

—¿Manzanas? —Se rio cuando solté su mano y corrió hasta una enorme manzana, que era tan alta como mi cadera—. *Voilà!*

—Preciosa reverencia, pero no. —Revisó el lugar y encontró un hermoso árbol con sombra. Dejó la cesta y extrajo una toalla de playa grande que había enrollado y atado a un lado de la cesta. La extendió y luego me indicó que me sentara.

Una vez que nos instalamos, abrió la cesta y me entregó dos copas de plástico. Luego sacó unas fresas y las dejó entre los dos. Tomó dos y colocó una en cada copa.

—¡Guau! Realmente te has esforzado.

No dijo nada, solo continuó sacando lo que había traído. Con una paciencia que no sabía que tenía, dispuso meticulosamente diferentes frutas, quesos, galletas saladas, pepinillos en conserva, aceitunas y sándwiches triangulares.

—Y, para la *pièce de résistance*... —agregó con un terrible acento francés—, tenemos un vino espumoso para la dama. —Lo descorchó sin esfuerzo y llenó nuestras copas.

—Probablemente no deberíamos beber alcohol aquí —advertí con una sonrisa.

—Gata Salvaje, he aprendido que en la vida es mejor pedir perdón que pedir permiso. ¡Salud! —Chocó mi copa—. Por nosotros y por lo que sea que tengamos.

—Atlas, a veces dices justo lo correcto. —Choqué su copa y ambos bebimos. Aprecié el efecto fresco y vigorizante de las burbujas del champán en mi lengua.

—Espero que recuerdes esto cuando estropee algo en el futuro. Será como mi tarjeta de «salir de prisión».

Solté una risita y arrojé una uva dentro de mi boca. Él tomó los cubiertos de plástico y me sirvió tres sándwiches, un puñado de uvas, dos bolitas de queso, algunos pepinillos y seis galletas.

—Hay más comida, así que come —dijo mientras llenaba su propio plato.

—¿Intentas engordarme? ¡Dios mío! Tu forma de comer es impresionante. —Una a una, saqué la mitad de cosas de mi plato y las puse de nuevo en su sitio. Podía tener un apetito voraz de vez en cuando, pero aquello era excesivo.

—Tú sí que eres impresionante, Mila —soltó y luego se bebió la mitad de su copa de un solo trago. Fue como si se hubiera sorprendido a sí mismo de su propio arrebato.

Con una mano aparté el pelo de sus ojos. Luego me acerqué y lo besé. Solo un simple beso.

—Gracias por esto. Es realmente increíble y muy considerado. —Nos miramos a los ojos y, mientras lo hacíamos, algo cambió en los suyos. Había una profundidad en su mirada que no me había mostrado antes, como si estuviera viendo al verdadero Atlas por primera vez. Ahora podía ver al niño herido que había sido abandonado por su padre, el aspirante a músico que solo deseaba hacer música, y al hombre que estaba intentando desesperadamente impresionar a una mujer.

Acunó mis mejillas con sus manos cálidas. No pude evitar acurrucarme en ellas.

—Me asustas, Mila.

—¿Cómo? —susurré. Me mantenía erguida, apoyándome en sus muslos para mantener la proximidad. Nuestras caras estaban a cuatro o cinco centímetros de distancia en esa posición. Sentí que podría quedarme así toda la noche si eso significaba estar tan cerca de su esencia.

—Pienso en ti a todas horas —admitió, sin aliento.

—Yo también. —Me tragué el nudo que se estaba formando en mi garganta.

—Quiero estar donde tú estés. Estar cerca de ti constantemente —murmuró esas palabras como si me estuviera confiando un secreto.

—Sí. —Cerré los ojos.

—Mírame —me instó, con un tono desesperado en su voz.

Quería mantener los ojos cerrados, porque sabía, con todo mi ser, que estaba sucediendo algo importante. Algo que podría no comprender y para lo que posiblemente no estaba preparada.

—Mila, cariño... —me suplicó, besando mis labios—, quédate conmigo.

—Estoy contigo —afirmé y abrí los ojos.

—Quiero que estés conmigo. Que seas mía. —Su voz se quebró—. Que dejes que esto que nos está pasando... No lo sé... ¿Podemos tan solo dejar que haya un «nosotros»?

Sonreí contra sus labios y asentí. Por mucho que temiera dar esa clase de salto, todo lo que él decía era un reflejo de lo que yo estaba pensando, sintiendo y deseando. Solo que él había sido capaz de ponerlo en palabras.

—De acuerdo. ¿Entonces hay un «nosotros», lo que sea que tengamos tú y yo? —reiteró, casi como si necesitara escucharlo también.

—Tú y yo, Ricitos.

—¡Maldita sea, Gata Salvaje! —Sonrió—. ¿Lo ves? Ahora me tienes muy caliente y queriendo follar contigo, cuando lo que debo hacer, en realidad, es llevarte a ver esos desnudos.

—He visto esos desnudos muchas veces. —Besé su boca—. Ahora lo que quiero es verte a ti, desnudo, muchas más veces.

—Eres muy traviesa. —Soltó una mezcla de risa y resoplido y mordió mis labios.

—No, solo soy decidida. —Rodeé su cuello con un brazo y apoyé mi frente en la suya.

—Decidida a estar conmigo, ¿verdad? A que seamos «nosotros». —A pesar de que había accedido, él necesitaba escuchar mis palabras.

—Sí, Ricitos. Ahora acabemos el pícnic, para que pueda mostrarte algo de arte, y luego vayamos a tu apartamento, a follar como conejos. —Me separé un poco de él y me bebí todo mi champán—. Más, por favor. —Le alargué mi copa.

—Eres de otro mundo —comentó mientras negaba con la cabeza.

—Dime algo que no sepa. —Sonreí y mordí mi fresa impregnada de champán. El sabor estalló en mi lengua, dulce y ácido a la vez. Casi como nosotros. Solo que yo era la ácida, y él, obviamente, era el dulce.

ATLAS

—¡Oh, sí! ¡Fóllame así! ¡Más fuerte! —gritó y su cabeza cayó hacia mi cama. Yo estaba detrás de su pequeño cuerpo, metiendo mi pene en su vagina desde atrás. Sentía su trasero redondo como el paraíso, contra mi entrepierna y mi pelvis.

—Me encanta tu trasero, Gata Salvaje. Tan jugoso. —Presioné ambas nalgas mientras extendía mi miembro. Abrí esas nalgas para poder ver su pequeño orificio trasero parpadear con cada embestida en su centro. Mi verga palpitaba cuando su sexo se ajustaba a su alrededor. Excitación y deseo cargaban el aire, con su pesada esencia, al bombear dentro y fuera de ella.

Mila gimió cuando palmeé su trasero. Una de sus manos estaba agarraba al cabecero de mi cama, mientras que la otra estaba apoyada en la pared. Estaba de rodillas y abierta para mí, justo como yo la deseaba. Su pelo era una salvaje maraña de rizos alborotados. Me incliné sobre ella y la penetré profundamente al tiempo que agarraba las raíces de su pelo y tiraba de su cabeza hacia atrás, lo suficiente como para poder poner mi boca en la de ella. Tan obsceno, tan sexi, un jodido sueño erótico hecho realidad.

Su lengua se enredó con la mía mientras follábamos y yo me agarraba a su pelo y a su trasero para hundir mi miembro dentro de ella. Oleadas de placer se arremolinaron en la base de mi pene, que hicieron que me sacudiera y gimiera de gozo.

—¡Joder, voy a correrme...! —Mila perdió el aliento, jadeaba. Su vagina se cerró con fuerza sobre mi miembro. Un placer doloroso y abrasador corrió por mi erección y alrededor de mi espalda, para instalarse en la base de mi columna.

Presioné los dientes y me incliné más sobre ella para poder alcanzar su clítoris. Estaba mojado, cubierto con mi saliva y sus propios flujos.

—Sí, hazlo, Gata Salvaje. Voy a follarte tantas veces que no podrás recordar cuántas veces te has corrido. ¡Ahora deja que escuche a mi gata maullar! —gruñí, clavé mis dientes en su hombro y sentí su sabor salado y dulce, mientras frotaba su centro en salvajes círculos.

Mila gritó. Fuerte e intenso, un rugido de todo su cuerpo. Seguí moviéndome mientras lo atravesaba, esperando a que sus espasmos se calmaran, mientras los míos se intensificaban en las garras del éxtasis. Me levanté y pasé las manos por su sedosa espalda. Mi pene palpitaba con fuerza, mis pelotas se pusieron duras..., pero yo quería follar con ella hasta perder la cabeza, para que siempre recordáramos ese día. Ese era el plan y, definitivamente, ella no se había quejado. Mi insaciable chica y su delicioso cuerpo siempre estaban dispuestos para recibir más placer.

¡Dios mío! Y yo era el jodido afortunado que tenía la oportunidad de dárselo, una y otra vez. Ese pensamiento me estremeció, con un golpe de emoción que decidí tragármelo para afrontarlo más tarde. En aquel momento, todas esas emociones que sentía y que no sabía cómo lidiar, las empleé en hacerle el amor.

—Levántate sobre tus manos y rodillas. Te voy a follar más fuerte, cariño —le exigí, sabiendo que a ella le gustaba oír ese tipo de cosas.

Mila gimió y movió su trasero en pequeños círculos, que me enloquecieron. Levanté mi mano y le di una palmada en el trasero.

—¡Ay! ¡Mierda! —Se levantó sobre sus manos.

—La próxima vez escucha bien y tal vez no te castiguen —dije algo nervioso y sonreí por su reacción.

—No es culpa mía que tú... —comenzó a replicar.

No va a pasar. Elevé la otra mano y palmeé su nalga izquierda. Su carne se sacudió y ambos lados se pusieron de color rosa. Contemplar su piel rosada, caliente y dolorida por mi mano me puso más duro que el acero.

—¡Joder! —exclamamos los dos por diferentes motivos.

—¡Ricitos! —gritó al mismo tiempo que bajé mi mano sobre la curva sensible donde su trasero se unía a su muslo—. ¡Ay! —exclamó y luego gimió.

—¿Vas a seguir siendo una chica mala con un sexo hambriento?

Gimió de placer cuando le di una palmada en el otro lado del mismo lugar. Esta vez su cuerpo se sacudió, pero no pidió que parara. Solo gimió y sacudió su delicioso trasero en el aire.

Volví a palmear sus nalgas y la penetré profundamente al tiempo que tenía su trasero abierto. Su ano se desplegó y se me hizo la boca agua. Chupé uno de mis pulgares y lo moví en círculos alrededor de su pequeña roseta. Cada vez que la tocaba sentía como si me estuviera tocando a mí mismo. Estaba tan conectado a esa mujer...

—Atlas..., yo nunca... —Gimió y luego se endureció cuando presioné mi pulgar dentro de su orificio prohibido—. ¡Ay, Dios! No sé...

Su trasero era más ajustado de lo que había imaginado. Mi mente se aceleró al pensar en poseerla por allí. Ese rasgo posesivo que intentaba acallar rugió y me hizo querer golpear mi pecho y tomar cada centímetro de ella, pero sabía que no estaba lista para dar ese paso. En su lugar, me conformé con descender sobre ella, besar ligeramente su cuello, morder su oreja y mover mis caderas para que recordara que estaba completamente dentro de su vagina, tanto como mi pulgar estaba invadiendo su ajustado trasero.

—Relájate, cariño, haré que te guste mucho. Pero, algún día, tendré *cada centímetro* de este cuerpo, tu hermoso trasero incluido. —Presioné todo el pulgar dentro de ella y comencé a moverlo de dentro hacia fuera. Cuando su ajustado anillo muscular se aflojó, ella siguió mi ritmo y comenzó a moverse conmigo—. Eso es, Mila, suave. Usa mi mano.

—Atlas... —suspiró al mover sus caderas.

La rodeé con mi mano izquierda, tiré y retorcí su pezón erecto. Sus gemidos y suspiros me animaron, me hicieron sentir fuerte y deseado. Cuando su cuerpo siguió el movimiento, volví a levantarme y observé cómo bombeaba dentro de su vagina con mi miembro y penetraba delicadamente su pequeña puerta trasera con mi pulgar.

El sudor nos cubrió a ambos al perderme en su cuerpo, con la sensación de estar unido a la mujer más maravillosa del mundo. El sexo había sido bueno antes, pero nunca así. Un placer intenso que recorría todo mi cuerpo. Mi miembro palpitaba al penetrar a mi mujer. Quería estar aún más cerca, penetrarla aún más fuerte. Me sentía tan bien, tan perfecto, tan completo...

—Cariño, voy a correrme. Quiero llenarte. —La sola idea de soltar mi carga dentro de ella hizo que mi mente diera vueltas y mi mundo se inclinara sobre su eje. Me agarré a su cintura y mantuve el equilibrio mientras esperaba su respuesta, con la esperanza de que pudiera correrme en ella, sin barreras.

—Hazlo. Tomo... la... píldora. —¡Ah, sí! Su cuerpo comenzó a temblar.

—¿Confías en mí, Gata Salvaje? —Su confianza era más importante que mi propio placer, pero quería que estuviera absolutamente segura antes de hacer lo que nunca había hecho antes.

—¡Sí, solo fóllame! —Su cabeza cayó hacia delante.

Salí de ella, me saqué el condón rápidamente, y volví a penetrarla. Desnudo. No había palabras para describir esa intensa sensación de absoluto nirvana. Tomar a Mila, sin que nada nos separara era más que sagrado. Era celestial. Una experiencia divina en mi verga. Nunca antes había vivido algo mejor.

—¡Dios! —rugió.

—¡Joder! ¡Es increíble! —Hundí mi pulgar, agarrando su cadera, y seguí penetrando a mi mujer sin límites. Su vagina apretada se cerró sobre mí, su espalda se arqueó y todo su cuerpo comenzó a temblar. La follé con cada temblor, con cada sacudida, hasta que ya no pude más. Salí, giré su cuerpo hasta tumbarla de espaldas y sus piernas se abrieron en una invitación.

—¿Ricitos? —jadeó.

—Quiero ver tu rostro cuando me corra dentro de ti. Besar tu boca —dije como un idólatra y me introduje en su perfecto calor de una sola vez. No había delicadeza, solo puro apareamiento. Una vez más, su sexo abrazó mi miembro, como sumergir el pie en una bañera de agua caliente por primera vez. Sencillamente maravilloso.

Sus piernas se elevaron y rodearon mi cintura, sus talones hundidos en mi trasero. Me estremecí con la punzada ardiente de esa carne suave. Luego me ofreció su garganta y yo lamí y succioné su sabor hasta que mis testículos estuvieron listos para hacer erupción.

—¡Mierda! Voy a correrme otra vez —gimió.

—¡Maldito sexo goloso! —gruñí y tomé su boca. Ella mordió mis labios y un fuego abrasador recorrió mis músculos al convulsionar y estallar en su interior. Largos borbotones brotaron dentro de ella mientras seguía embistiéndola. Mila me tomó en un abrazo de cuerpo completo cuando dejé ir todo, y su vagina succionó hasta la última gota, hasta que no quedó nada más que un hombre saciado y palpitante.

Llevé mi mano limpia a su mentón y sostuve su rostro al besarla. Fue mi mejor beso hasta entonces. Desordenado, empapado, sin delicadeza en absoluto al poseer su boca. Necesitaba tener esa conexión con ella en todos los sentidos. Con mi mano sucia, agarré su nuca para recibir mi beso. Ella lo aceptó y me ofreció aún más. Húmedas y penetrantes barridas de su lengua, como si también ella quisiera devorarme.

Cuando recuperé la respiración, suavicé mis besos. La saboreé lentamente, sorbí sus labios, lamí las porciones de carne irritada; deseaba suavizar y aplacar mi rudeza.

—Mila... —Mi voz se quebró.

Esperaba que se alejara, por la emoción que embargaba mi cuerpo. Me sentía vulnerable, con ganas de llorar... Nunca me había sentido así en toda mi vida. Con ninguna otra mujer, ni siquiera cuando mi padre nos había dejado a mi madre y a mí. Pero esa mujer, esa enérgica Gata Salvaje, me tenía absolutamente pillado. Sacaba un lado de mí que ni yo mismo reconocía.

—Lo sé, yo también... —Su voz era dura y no podía definir si era por el sexo o si estaba sintiendo algo difícil de describir.

Tomé su rostro y la obligué a mirarme, con el corazón latiendo a un ritmo frenético. Sus ojos estaban vidriosos, saciados, y... más. Mucho más.

—Ricitos. —Pasó su mano por mi pelo y rascó mi cabeza con sus uñas como a mí me gustaba.

Todo mi cuerpo tembló.

—Me estás haciendo caer... —hablé tan bajo que apenas pude escucharme.

—No lo hagas... —Sus ojos se humedecieron aún más y una lágrima resbaló por su mejilla. La atrapé con mis labios y saboreé su sabor salado.

—¿Y si no puedo evitarlo?

—¿Lo intentarás? —graznó. Había pánico en sus palabras. Sabía que eso le preocupaba, pero deseaba cambiarlo.

—Tal vez quiera caer —admití, mostrando mis cartas sin pensarlo, mostrando mis sentimientos por esa mujer que me había sorprendido sin límites con lo que podía llegar a sentir.

Negó con la cabeza y volvió a pasar sus uñas por mi cabeza.

—No sé cómo ser lo que tú necesitas.

Sabía que mi chica estaba atemorizada. Yo también estaba cagado de miedo, pero nadie hacía el amor como lo habíamos hecho nosotros sin que eso significara algo.

—¿Alguna vez has estado enamorada? —le pregunté. Esta vez yo pasé la mano por su pelo.

—No. No que yo sepa. —Sus ojos se entristecieron.

Sonreí. Tan típico de Mila.

—¿Y tú? —Su voz fue apenas un susurro.

—No, pero empiezo a pensar que sé lo que se siente. —Porque estaba loco por una Gata Salvaje, con un lado perverso, un carácter combativo, que deseaba domar para mí mismo, y un sexo que sabía al más dulce néctar.

—¿Eso crees? —Tragó saliva y frunció el ceño.

Besé su entrecejo hasta que sonrió levemente.

—Es una posibilidad. —Le daría eso como mínimo después de todo lo que habíamos experimentado.

Tarareó y siguió jugando con mi pelo. Un escalofrío hizo que se erizara el vello de mis brazos. Su contacto me encendía.

—Ya que ninguno de los dos sabe realmente lo que se siente, ¿qué te parece si creamos algo propio? —propuse como acuerdo.

Ese comentario me hizo ganar una gran sonrisa y un apretón de piernas.

—Me gusta eso.

Pensé en ello un segundo, mirando sus ojos color caramelo, sus pómulos altos, su fantástico cuerpo, la forma en la que me hacía sentir... tan deslumbrado.

—Lo tengo. —Me acerqué y la besé, de forma intensa, húmeda y tan profunda, que su centro se ajustó sobre mi miembro y lo hizo volver a levantarse. Acomodé mis caderas y comencé a moverme en círculos en su calor. Estaba mucho más mojada con la combinación de mi descarga en su interior. Eso en sí mismo hizo que mi verga pasara de estar flácida a dura como una roca.

Sus ojos se ampliaron al sentir mi dura erección llenándola otra vez.

—Mila Mercado..., Gata Salvaje, me deslumbras.

Ella se rio, levantó su mano y me besó tan suave que mi corazón se detuvo por un instante.

—Atlas Powers..., Ricitos, tú también me deslumbras.

Y entonces nos deslumbramos, el uno al otro, repetidamente, toda la noche.

15

Chakra del plexo solar

Mientras trabajas con este chakra, intenta entender tu visión del poder, la individualidad y cómo te identificas a ti mismo. ¿Existen, tal vez, áreas de tu vida en las que te sientes impotente? ¿Por qué? ¿Qué ha despertado esos sentimientos? En algunas personas, un tercer chakra desalineado puede hacer que la expresión personal sea un desafío. Negativamente, puede manifestarse como un comportamiento agresivo, demasiado rígido o controlador o, por otro lado, puede generar una mentalidad de víctima, necesitada de dirección o autoestima para posicionarse y tomar medidas positivas. Alinear este chakra ayudará a borrar esos sentimientos de falta de autoestima.

MILA

Durante las siguientes semanas, Atlas y yo nos convertimos en «nosotros». No lo definimos, tampoco lo discutimos, de alguna manera sucedió así. Las noches que pasábamos juntos, follábamos como animales y nos acurrucábamos como amantes. Pinté un nuevo lienzo de él, cada semana en varias poses, con su cuerpo desnudo al detalle. Mientras trabajaba, nos reíamos y hablábamos más profundamente de nuestros deseos... Y nos dimos cuenta de que ambos estábamos hasta las narices de hacer realidad nuestros sueños.

En algún momento del último mes, Atlas tuvo una breve reunión con Producciones Knight & Day. Al parecer, le pidieron que escribiera dos o tres canciones nuevas para añadir a las que ya tenía. Si lo que presentara les gustaba, seguirían hablando. Así que, mientras yo lo pintaba desnudo, él trabajaba en sus canciones. Funcionaba a la perfección. A él le quedaban algunas semanas más para escribir y yo tenía un modelo fantástico y bien dispuesto. Ambos ganábamos.

—¿Qué te parece esto? —Atlas tenía la cabeza colgando, los hombros curvados hacia delante mientras tocaba una ingeniosa melodía acústica.

Tenía la guitarra sobre sus muslos desnudos y su pelo era una maraña desordenada ya que, apenas unos minutos antes, había estado cabalgando sobre él y tocando sus rizos incesantemente. A él no le importaba. Le encantaba que le tocara y tirara de su pelo, pero aún más cuando le rascaba la cabeza con las uñas. Juro que era una línea directa a su pene. En el instante en que mis uñas tocaban su cabeza, él se ponía duro como una roca. Ese día, me aproveché de ello. Estábamos en mi estudio, en casa de Moe. Ella estaba en su trabajo y Lily en la guardería.

Por mucho que disfrutara viviendo con Moe y Lily, los mejores momentos eran cuando estaba sola en casa, en mi estudio, haciendo lo que mejor sabía hacer: crear arte. Ser instructora de yoga durante el día tenía sus ventajas. Sin embargo, había renunciado a algunas de mis horas en La Casa del Loto para pasar más tiempo con Atlas y dedicarme a pintar, centrándome más en los detalles. Hasta el momento, los cambios que había hecho durante el último mes, mudándome con Monet y dándole una oportunidad a Atlas, habían sido los mejores de mi vida.

Mi arte nunca había sido mejor. Tenía varias piezas nuevas para exhibir en la galería y mi economía estaba mejor. De hecho, me había comprado un vestido para ponerme en la actuación de Atlas de la semana siguiente. Una pieza diminuta y sexi que él querría arrancarme en el instante en que me la viera puesta. Solo que no podría hacerlo, porque estaría en el escenario. No mentiré, la idea era un poco perversa. Quería tenerlo loco de deseo por mí, mientras todas esas *groupies* bailaban a su alrededor, con sus pechos hinchados rebotando. Al menos mi vestido nuevo resaltaba mi trasero. Tenía un gran escote en la espalda y dejaba a la vista los hoyuelos de la parte baja de mi columna.

Esas marcas gemelas eran como caramelos para Atlas. Siempre que estaban a la vista, sus labios aterrizaban sobre ellas. Viendo que tenía a un hombre increíblemente sexi en mi vida, me aseguré de que tuviera razones para tocar los lugares de mi cuerpo que le excitaban. Solo significaba más placer para mí.

Me enfoqué en su melodía mientras pensaba en lo mucho que había cambiado mi vida. Ni siquiera había sentido deseos de dejar a Atlas y salir en busca de una aventura. Estar con él era realmente increíble. Tal vez Moe tenía razón. Las relaciones no eran tan malas. La verdad es que no podía quejarme. Tenía a un hombre espectacular para pintar siempre que quisiera, un pene duro y dispuesto para mí, y un bromista que me cantaba canciones de cuna. Sí, era evidente que mi vida había mejorado. Era más completa.

Atlas concluyó el punteo de guitarra en el que había estado trabajando.

—Ricitos, eso suena como *Foolish Games* de Jewel —comenté y negué con la cabeza.

Él me miró por un largo tiempo y luego tocó la canción en cuestión.

—¡Mierda! Tienes razón. ¡Joder! ¿Qué voy a hacer? —Dejó la guitarra sobre el sofá junto a él, se reclinó y se restregó los ojos.

Si hubiera sido mala, habría saltado sobre él otra vez, pero dado que nos habíamos comprometido a darle una oportunidad a la relación, no podía distraerlo con sexo. Tenía que apoyarlo o, al menos, intentarlo.

Dejé mi pincel y me acerqué a él para sentarme en su regazo. Después, le rodeé el cuello con un brazo.

—¿Cuál es realmente el problema? Me has tocado innumerables cancioncillas que eran increíbles y que no había escuchado antes.

—¿Cancioncillas? —Me miró a través de sus dedos.

—Cuéntame qué pasa. —Le aparté la mano de sus ojos.

Atlas suspiró, se frotó la barbilla y luego comenzó a acariciarme. Era algo interesante en él. Cuando intentaba averiguar lo que quería decir, me acariciaba. Como si el simple gesto de tocarme le diera el tiempo necesario para ordenar sus pensamientos.

—No estoy seguro de que nada de lo que haya escrito sea lo bastante bueno para Silas McKnight. —Sus dedos trazaron la línea de mi clavícula.

Fruncí el ceño y, con el pulgar y el índice, lo forcé a elevar el mentón para poder mirarlo a los ojos. Uno color café, el otro azul, tan extraordinario, tan Atlas. Un feroz instinto protector me sobrecogió; era una sensación que no había tenido desde que mi padre se alejó.

—Atlas, tus canciones son tú. Están llenas de corazón, de esperanza y de una profundidad que no se escucha hoy en día. Si a Silas *Mcseñorproductormusical* no le gustan, entonces no querrás que él las produzca.

—Es que siento que esta es mi última oportunidad de llegar a algo con mi música. —Cerró los ojos e inhaló profundamente.

—Ya has hecho algo con tu música. Tienes temas originales y buenísimos que llegan a la gente. Deberías estar orgulloso de lo que ya has logrado.

—¿Tú estás orgullosa de lo que has logrado con tus pinturas?

—Bueno, aún no. No están terminadas —respondí con una mirada seria.

—Mis canciones tampoco lo están. Además, técnicamente, tú tienes cientos de obras completas. ¿Cuándo las vas a llevar a la galería?

—No estoy segura. —Me encogí de hombros—. Cuando sienta que es el momento.

Llevó su cabeza atrás y se rio.

—Cariño, menudo par. Dos artistas que se dejan el alma, pero que temen compartir sus trabajos por miedo al fracaso.

—El fracaso no es una opción —susurré.

—Eso es justo lo que yo pienso.

—No, lo entiendo. —Suspiré—. No llegas a ningún sitio manteniendo tu talento oculto. ¿Qué te parece esto: tú te das un respiro intentando perfeccionar tus canciones, y yo hablo con la galería para mostrarles lo que tengo hasta el momento?

—Trato hecho. —Sonrió y me rodeó con sus brazos.

Antes de que pudiera levantarme, Atlas me besó. Sus labios eran cálidos y húmedos. Sabían a la limonada que le había servido antes de que hiciéramos el amor por primera vez. Sabía incluso mejor mezclado con su sabor único. Lamí su lengua y froté mi entrepierna contra su erección. Era tan terriblemente viril. Habíamos tenido sexo apenas veinte minutos antes y ya estaba listo para hacerlo otra vez.

—¿Segundo asalto? —propuso al bajar por mi pecho, donde se detuvo para lamer mi pezón.

Volví a poner mis manos en su pelo.

—¡Oh, sí, segundo asalto!

—¡Dios! Me deslumbras, cariño. —Sonrió sobre el pezón y lo mordió.

En lugar de responder, centré mi sexo sobre su miembro y me penetré yo misma.

—¿Esto te deslumbra?

Apretó los dientes y se agarró a mis caderas con fuerza.

—Lo justo y necesario.

ATLAS

—No te he visto mucho por aquí. —Clay se rascó la nuca mientras se servía una taza de café—. ¿Mila sigue aquí?

Sonreí al pensar en la Gata Salvaje. Le había dado ese apodo porque, en general, era salvaje y felina, con una lengua afilada de la que nunca me cansaba. Pero últimamente, las acrobacias en la cama se habían vuelto mucho más cariñosas de lo que hubiera imaginado.

—Mila acaba de irse. Tenía una clase temprano.

—Bien, eso significa que puedes venir al gimnasio conmigo —dijo Clay.

Gruñí, arrastré los pies hasta la nevera y saqué un par de huevos y panecillos ingleses.

—¿Te apetece un sándwich de huevo? —Saqué el botín y lo dejé sobre la encimera de la cocina.

—Claro. Gracias. —Clay se apoyó en la encimera mientras yo rompía seis huevos en un tazón y los batía—. Así que Mila y tú estáis congeniando.

Me agaché, llevé la sartén al fuego y volqué la mezcla dentro. Mientras la revolvía, pensé en su pregunta, pensé *realmente* en ella.

—No puedo quejarme. Es decir, solo mírala.

—Sin duda está buena. —Sonrió con suficiencia—. Y ese trasero es...

—Perfecto. —Hinché mis labios y besé las puntas de mis dedos como lo haría un italiano—. Lo sé, tío. Me vuelve loco.

Él se rio y luego arrastró sus pies descalzos. Vestía un sencillo pantalón de pijama y nada más. Yo llevaba unos pantalones cortos de correr, ya que había pensado salir a correr un poco más tarde, pero iría al gimnasio con Clay ya que lo había ofrecido. No pagaba el gimnasio porque solo asistía cuando iba como invitado de Clay. Así no tenía que pagar nada y disfrutábamos de nuestra compañía.

—¿Cómo está su amiga? —murmuró sin levantar la mirada de su café.

—¿Moe? —Negué con la cabeza y removí los huevos en la sartén.

—Monet. Sí.

Puse los ojos en blanco.

—Amigo, creo que lo estropeaste al largarte tan pronto de su casa el mes pasado. Parecía que os habíais gustado. Y luego... nada.

—No he estropeado nada. —Frunció el ceño—. Además, solo te estaba preguntando por ti y por tu chica, y por cómo os va al tener que compartir espacio con esa mujer y su... eh... hija. —Bajó la voz al mencionar a Lily.

—Está funcionando muy bien. Ellas van a lo suyo, y nosotros a lo nuestro. Mila pasa mucho tiempo pintando y Moe trabaja mucho. Cuando no está trabajando, está con Lily. Y, tío, esa niña... ¡es una revoltosa! —Me reí al recordar la semana anterior, cuando Lily entró en la habitación de Mila sin previo aviso.

—¿Cómo es eso?

Encendí la tostadora y bajé el fuego de los huevos para que los panecillos tuvieran tiempo de hacerse. Mientras hablaba, busqué el queso en la nevera.

—La pequeña nos pilló besándonos.

—Estaba claro que iba a ocurrir. —Resopló y bebió su café.

—Sí. —Me detuve y levanté el mentón—. Pero lo gracioso fue que se sintió excluida y luego se enfadó cuando no quise besarla a ella. Salió corriendo por el pasillo, gritándole a su madre que PowPow no quería besarla. —Me reí y unté el pan con mantequilla.

—¿PowPow?

—Sí. Solo tiene tres años. «Atlas» es difícil de pronunciar, y cuando su madre me presentó, por primera vez, como Atlas Powers, ella escogió «PowPow». Al parecer, tiene predilección por las palabras dobles. A Mila la llama «tía Mimi».

Clay suspiró, se dio la vuelta y apoyó las manos en la encimera.

—Sí, los niños son así de impredecibles. —Sus palabras tenían un tinte de tristeza que no supe descifrar.

—¿Alguna vez has pensado en tener hijos? —Lancé la pregunta al aire.

—Sí, una vez. —Sus hombros se tensaron y todos sus músculos se hincharon—. Pensé que iba a ser padre, pero no funcionó.

Coloqué los sándwiches de huevo en dos platos y le entregué uno.
—¡Ah! Gracias.
—De nada. Y entonces, ¿qué pasó con lo del niño?
—Es historia. —Inhaló bruscamente y luego apartó la mirada—. Digamos que ni tengo hijos ahora ni los tendré en el futuro, estoy seguro.

Asentí y mordí mi sándwich de huevo y queso. ¡Joder! Estaba muy bueno. Mi estómago estaba tan vacío que prácticamente estiró un brazo oculto para succionar el sándwich directamente hacia mis entrañas, como en una de esas pelis de alienígenas.

Mientras comíamos en silencio, pensé en los niños y en el hecho de que pronto cumpliría veintinueve años. Siempre pensé que algún día tendría un hijo. Sabía que mi madre estaría muy feliz si le daba un nieto. Imaginarme a Mila redondeada, con un hijo mío en su interior... ¡Joder, sí! Sentí un escalofrío y mi piel se erizó. Mi corazón se aceleró y mis manos empezaron a sudar ante la simple idea de ver a Mila con un bebé en los brazos. Un precioso niño o niña con nuestros rizos desordenados, un par de profundos ojos color café, ambos del mismo color que los de su madre, y alto como yo. Podría enseñarle a la pequeña o al pequeño algo de música y Mila podría enseñarle pintura. Una vida hermosa.

La canción que había escrito acababa de tomar un nuevo sentido. *Tal vez nunca, quizás algún día* parecía tratar más de mi futuro que de las últimas palabras que me había dicho mi padre décadas atrás.

—¿Tú alguna vez piensas en eso? —Las palabras de Clay me arrancaron de mi revelación.

—No, tío. —Resoplé—. Pero acabo de hacerlo y debo decir que, si tengo un futuro con Mila, no me importaría tener un niño o dos con ella.

—O con su compañera de piso. —Sonrió y se frotó su pelo de punta.

—¿Perdona? —repliqué y lo tomé por sorpresa.

—Eh... Nada.

—No, tan solo te has colocado en el mismo escenario con Monet. —Solté una carcajada—. Admítelo. Te gusta.

—Estás sacando demasiadas conclusiones. —Su actitud fue despreocupada al caminar hacia la máquina de café—. Ella es mi tipo, de acuerdo.

—Tío, ella es el tipo de cualquiera. Es sexi tiene un pelo precioso, un cuerpo de infarto y una sonrisa bonita. Y, por supuesto, una hija divertida. ¡Ah! Y es rica. No necesita dinero.

—Su hija, sí —murmuró gruñón.

—¿Qué pasa?

—Solo te estoy dando la razón —mintió—. Además, tengo mi propio dinero. Nunca iría detrás de una mujer por su cuenta bancaria. —La astilla clavada en el hombro de Clay se hizo más punzante.

Algo pasaba con Clay y los niños o con Clay y Monet, punto. No creí que tuviera que ver con la hija de Monet en concreto, porque él ni siquiera la había conocido, y sabía, por experiencia propia, que cuando conocías a Lily era imposible no enamorarte de ella al instante. A mí me había ocurrido en el poco tiempo que había coincidido con ella.

Me acabé el desayuno y me dispuse a lavar los platos, para dejar a Clay ordenar sus pensamientos.

—¿Qué hay de su ex? ¿Con qué frecuencia aparece? —preguntó.

—¡Lo sabía! —Me giré, lo señalé con un dedo jabonoso y lancé gotas de espuma a su pecho—. Te gusta más de lo que quieres admitir, pero algo te detiene. Suéltalo.

—¿Qué es esto..., una reunión de amigas, tío? ¿Quieres que nos hagamos trenzas en el pelo? —Negó con la cabeza—. Todos sois iguales. Os enamoráis de una mujer y decidís que es hora de emparejar a todos vuestros amigos. Ya tengo suficiente con Trent y Dash; no necesito que tú hagas lo mismo.

Me sequé las manos, levanté el trapo de cocina en el aire y lo sacudí en señal de paz.

—No intento emparejarte. Solo me pregunto por qué no vas detrás de una mujer que pareció claramente atraída por todo tu ser. —Señalé su evidente cuerpo musculoso—. Y no estoy enamorado.

En ese momento, Clay se rio tan fuerte que salpicó café sobre todo el fregadero y la encimera que yo acababa de limpiar.

—¡Joder, tío! ¡Limpia todo eso! —Le arrojé el trapo y él lo agarró en el aire.

—¡Qué tonterías dices! ¿No estás enamorado de Mila? ¿Me vas a decir que solo es un rollo?

Un serpenteo de irritación se filtró por mis poros y presioné los dientes.

—No es un rollo.

—¿Entonces es tu amante?

—Sí —gruñí.

—¿Y pasáis la mayor parte del tiempo que no estás trabajando... juntos?

—¿Adónde quieres llegar?

Clay negó con la cabeza, limpió la encimera y enjuagó el fregadero.

—Odio pinchar tu burbuja de negación, pero estás enamorado hasta las trancas de esa chica y todo el mundo, a excepción de ti, lo sabe. —Terminó y arrojó el trapo a la encimera.

—Da igual. —Bufé—. No tienes ni idea de lo que estás diciendo. Mila y yo solo nos lo estamos pasando bien juntos.

—¿Te acuestas con otras mujeres? —preguntó directamente.

—Claro que no. —Me sobresalté.

—¿Y ella se acuesta con otros hombres?

La sola mención de que Mila pudiera estar con otros hombres hizo que una bola de rabia ardiera en mi interior de forma violenta.

—¡Por supuesto que no! —dije entre dientes.

—¿Piensas en ella todo el tiempo? ¿Te preguntas qué estará haciendo? ¿Piensas en formas de hacerla feliz cuando la veas?

Entorné los ojos y me enfoqué en su cara de niño bueno. Su aspecto de surfista, con el pelo rubio de punta, los ojos azules y la piel bronceada, lo convertían en el candidato perfecto para un anuncio de Hawaiian Tropic.

—¿Y tu conclusión es...? —logré mascullar finalmente.

—Si camina como un pato, grazna como un pato y parece un pato... tío, es un maldito pato.

Me aparté de la encimera y lo esquivé, ignorando su comentario.

—¿Vamos al gimnasio o qué? Acabo de darme cuenta de que necesito golpear algo con fuerza, una y otra vez.

—¿Quieres luchar hoy? —Se rio por lo bajo y me siguió—. Adelante, chico. Te dejaré tan abatido que no recordarás ni quién te golpeó.

—¡Eso ya lo veremos, imbécil! —exclamé desde mi habitación mientras revisaba la canasta de la ropa limpia que Mila había lavado para mí y me había entregado la noche anterior, doblada y planchada.

Ropa limpia.

¡Mierda!

Me senté en la cama con la camiseta limpia y observé los cambios sutiles que ya habían tenido lugar en mi vida. Ropa limpia. Un par de conjuntos de su ropa de yoga en mi primer cajón, junto con algunos artículos de aseo: un cepillo, espuma para el pelo y ese tipo de cosas sobre mi cómoda. En el espejo, sobre la cómoda, había algunas fotografías de los dos con gestos ridículos y varias de ella haciendo yoga azarosamente. Lo llamaba «Pausa. Al suelo. Yoga». Había realizado una complicada postura de yoga en medio de la acera, otra frente a una pared pintada con salvajes grafitis en colores neón y otras posturas inolvidables. Tiré de la llave fiel que colgaba de mi cuello y la deslicé sobre la cadena, para dejar que el reconfortante tintineo metálico me atravesara.

Desde que Mila y yo habíamos empezado a vernos de forma exclusiva, nunca habíamos usado la palabra «amor», ni las dos palabras que suelen decirse para expresar ese sentimiento cuando sabes que la otra persona es la indicada. Para nosotros, solo habíamos estado deslumbrados. Y, desde esa noche, habíamos utilizado esa expresión con frecuencia... «Me deslumbras». ¿Era, en realidad, una forma de negar sentimientos más fuertes hacia el otro?

Me froté el pelo y recordé una conversación que había tenido con mi madre sobre Mila hacía poco. Ella temía que yo no dejara entrar a una mujer en mi vida porque había sido abandonado por mi padre. Al parecer, era una verdadera preocupación para ella. Mi madre creía en el amor con todo su corazón, había amado a mi padre intensamente y nunca había tenido otra relación. Decía que mi padre había sido el único para ella. ¿Sería esa la razón por la que yo no tenía jamás relaciones largas? ¿Tenía miedo al abandono?

¿Me asustaba que Mila se alejara? Claro que sí. Ella estaba en una posición parecida. Su padre estaba en la cárcel y su madre se había marchado a dos mil kilómetros de distancia para comenzar una nueva familia. ¿Creía que Mila sería capaz de hacerme eso? Honestamente, no. Tal vez no se había permitido tener muchas relaciones, pero la que tenía con Monet era firme y recíproca. Quizás esa era la respuesta a Mila: corresponde a su compromiso y estará contigo para siempre.

Un golpe en la puerta me arrancó de mis pensamientos.

—¿Vamos al gimnasio o te has acobardado al darte cuenta de que tienes todas las de perder conmigo?

—No me he acobardado, tío. —Me reí y recogí mi bolsa para el gimnasio—. Pero no me golpees ahí abajo hoy. Tengo planes con mi chica más tarde.

—¿Te refieres a la chica de la que no estás enamorado?

—Ya no voy a hacer eso más.

—¿Hacer qué? —Abrió la puerta de nuestro apartamento y yo salí.

—Negarlo.

—Buen chico. —Sonrió ampliamente y me dio una palmada fuerte en la espalda—. ¿Le soltarás la bomba a la pequeñina?

Me sacudí su brazo de mi hombro y me giré hacia él.

—Deja de hacer bromas sobre su altura. Me gusta mucho como es. Es absoluta perfecta.

—Claro que lo es, hombre, pero me encanta molestarte. —Negó con la cabeza y enganchó su brazo a mi cuello.
—Idiota —murmuré.
—Hay que serlo para reconocerlo. —Sonrió.
—Sí, ¿verdad?

16

Postura del arco
(En sánscrito: dhanurasana*)*

El arco es una asana de yoga de nivel intermedio o avanzado. Si sufres alguna lesión en la espalda, no intentes esta postura. Sin embargo, en retrospectiva, se puede usar para fortalecer la espalda, el centro, los glúteos y los muslos. Para adoptar esta postura, comienza tumbándote boca abajo. Presiona los brazos lentamente para estirar el tronco, luego flexiona las rodillas en ángulos de noventa grados. Si esta posición te resulta cómoda, sujétate un tobillo, poco a poco, y luego el otro. La primera vez que practiques esta postura hazlo bajo la atenta mirada de un instructor de yoga.

MILA

La galería La Luz estaba situada en un gran edificio en una zona muy concurrida. Encendí las luces de emergencia de la camioneta de Moe y corrí a la parte trasera. Moe había accedido a que intercambiáramos los vehículos para que yo pudiera llevar algunas de mis piezas nuevas a la galería, para que el director de arte pudiera echarles un vistazo. Por lo general, él era quien veía primero las piezas y evaluaba si encajaban con los demás trabajos o si justificaban una exposición particular. Mi objetivo era exponer sola, y finalmente tenía obras suficientes para lograrlo. El director de arte ya había visto las quince anteriores y le habían encantado. Sin embargo, esas pinturas eran de edificios y de arquitectura abstracta. Las nuevas eran los desnudos.

Me pasé las manos por el vestido para limpiarme los restos de suciedad o pintura que pudieran haberse pegado. Había combinado mi vestido de tirantes verdeazulado con unas sandalias de tiras doradas. Dos pendientes artesanales, con forma de hojas, colgaban de mis orejas, para lograr un look más informal. Los nervios me hacían temblar. La energía que me rodeaba era espesa y cargada de ansiedad. Las pinturas que había llevado para enseñar no eran mi norma. Solo esperaba que él viera la singularidad e inspiración que había detrás de ellas.

Una a una, llevé las cinco pinturas que había escogido a la sala de exposición. La asistente de ventas me hizo pasar y me pidió que esperara mientras atendía a unos clientes que buscaban arte.

Tras esperar unos veinte minutos, el director, un hombre alto y delgado con rasgos angulosos, entró. Llevaba el cabello cuidadosamente peinado con fijador y un traje inmaculado. Nunca había visto a Steven Schilling con nada que no fueran atuendos elegantes, que en comparación hacían que mi vestido de verano pareciera un trapo barato.

—Mila, queriiiida... —Prolongó la palabra de afecto hasta que pareció tener diez vocales—. ¡Qué gusto verte! —Me abrazó y besó en el aire mis dos mejillas—. Estás adorable con tu estilo boho chic, como siempre. ¿Confío en que estás bien?

La conversación de cortesía duraba entre dos y cinco minutos, dependiendo de cuánto tiempo tuviera.

—Así que... veamos el botín, querida. Me *muero* de ganas. —Acentuó su petición con un gracioso ademán.

Me reí nerviosa y comencé a descubrir mis piezas.

Atlas sentado en el taburete, duro como una roca y semejante a un dios.

Atlas con una guitarra sobre los muslos, tocando una melodía para mí.

Atlas arqueando su cuerpo, desperezándose por la mañana. Había sido difícil que repitiera esa pose una y otra vez, pero le había convencido antes con una buena mamada y le había prometido favores sexuales para después. Jamás se cansaba de mi boca.

La última era mi preferida. Atlas en la cama, las sábanas levantadas apenas sobre su suave erección. Acabábamos de deslumbrarnos el uno al otro. Su pelo estaba revuelto y estaba reclinado sobre la cabecera de la cama con una sonrisa complacida y una mirada provocativa mientras me llamaba con un dedo. La mejor del mundo. Babeaba cada vez que miraba el lienzo, recordando el momento exacto en que lo habíamos hecho.

Steven contempló cada cuadro y pasó varios minutos inspeccionándolos.

—No se parecen en nada a los otros —masculló.

—No, es otro concepto, otra visión de mi arte —respondí de todas formas—. Pensé que en la exposición podríamos dividir las pinturas en dos ámbitos: una zona con las piezas de arquitectura y otra con los desnudos. Tengo otros cinco completos.

—¿Tienes *más* de estos? —Resopló.

Steven negó con la cabeza una y otra vez mientras seguía inspeccionando mi sangre, sudor y lágrimas con una mirada crítica.

—Estoy asombrado.

—Eh... Gracias. —Fruncí el ceño.

Levantó la mirada desde donde estaba agachado contemplando la pintura de Atlas en el taburete. La primera obra con la que había comenzado toda esa locura con la inspiración de Atlas.

—Me temo que no ha sido un cumplido.

Mi corazón se desplomó. Literalmente, el peso de sus palabras lo envolvió y lo ahogó en la desesperación, tanto que probablemente había dejado de latir. Una brisa helada sacudió mi piel, como si el aire también estuviera en mi contra, congelando mi exterior, mientras mi interior se colapsaba.

—Honestamente, no sé qué decir. —Se puso de pie y cruzó un brazo sobre su pecho, con el mentón apoyado sobre la otra mano y la mirada aún en mi trabajo.

—No le gustan. —Parpadeé y me lamí los labios, de pronto secos como el desierto del Sahara.

—¿Si me gustan? —Entornó los ojos—. Querida..., las aborrezco.

Un tiro directo al corazón. Retrocedí, la necesidad de alejarme de ese dolor en el corazón era muy fuerte.

—Eh... Yo no... Eh... ¿Qué?

—¿Es tu novio? —preguntó descaradamente.

—No estoy segura de que eso importe.

Él resopló.

—Querida Mila, estas pinturas son obra de una mujer enamorada. No hay un desnudo atormentado, ni nada desagradable o putrefacto. Simplemente no sirven.

Estoy casi segura de que perdí la voz. No solo me había golpeado mencionando que estaba enamorada, sino que además habría preferido tormento y putrefacción.

—¿Eh? ¿De qué está hablando? No era mi intención pintar algo desagradable.

—Es lo que está de moda ahora mismo. Tal vez si hubieras hecho al hombre sangrando, con algunos agujeros..., algo más feo, podría mostrarlo al público.

Una oleada de náuseas y mareo me azotaron. Me pasé una mano por el pelo y traté de respirar profundamente para recuperar el control. Steven ni siquiera intentó ayudarme. Solo se quedó allí quieto, en silencio, mientras yo me derrumbaba física y psicológicamente. El tipo probablemente estaba acostumbrado a que los artistas perdieran la cabeza durante sus críticas.

Inhalé profundamente y me enderecé.

—¿Me está diciendo que no le gustan mis pinturas porque son...? ¿Qué? Demasiado...

—Bellas. Hermosas. Impactantes. —Asintió—. Es terrible, ¿verdad? Una pena. Tenía grandes expectativas por lo que pudieras traerme hoy.

—Steven, no puede estar hablando en serio.

Sus ojos se ampliaron y luego una chispa de pena atravesó su rostro.

—Lo siento, querida. Sé que es difícil recibir una crítica negativa, pero estas pinturas no se venderán.

Contemplé cada imagen de Atlas, en todo su esplendor. Sus hermosos ojos era la única parte de su cuerpo que había pintado en colores además de las sombras. Quería algo que fuera único específicamente en él, a excepción de su desnudez.

—Pero creí que los desnudos gráficos se vendían muy bien.

—Sí, pero los de mujeres, los de hombres no. Las pinturas masculinas que funcionaron eran oscuras, con un aire atormentado. Y, por supuesto, las sangrientas; esas se vendieron prácticamente antes de exponerlas. Un hombre perfecto, incluso uno que parezca un dios, no es realista. Tiene que haber algo malo en él. No veo ningún defecto.

En ese punto, no supe qué decir. Había pasado las últimas semanas pintando lo que creía que eran piezas fascinantes que realmente impactarían al público, y Steven me estaba diciendo que tenía que haberlas hecho más grotescas.

—No pinto sangre y violencia, Steven.

—Lo sé. —Hizo un mohín—. Podemos exhibir tus piezas de arquitectura con otros dos artistas en dos meses, pero esto no puedo exponerlo. Hasta que no tengas algo que realmente conecte con el público, nosotros, la galería La Luz, no haremos una exposición particular de Mila Mercado. Lo siento.

—Está bien. —Cerré los ojos y traté de asimilar sus palabras—. Gracias, Steven.

—Ansío verte en un par de meses. —Se acercó a mí y me dio una palmada en el hombro—. Tal vez para entonces tengas algo mágico que mostrarme.

Sí, como muertos y cuerpos en descomposición adheridos a mis lienzos. Las moscas realmente le darán ese efecto natural.

Con el corazón roto, la mente destruida, recogí mis lienzos con cuidado, aunque no sabía por qué lo hacía, ya que Steven básicamente me había informado de que eran inútiles. ¡Mierda! ¿Qué iba a hacer ahora? Esa era la dirección que había escogido y creía en mi trabajo. Quizá solo había estado distraída.

¿Es tu novio?
Estas pinturas son obra de una mujer enamorada.
Tiene que haber algo malo en él.
No veo ningún defecto.

Él no podía ver ningún defecto porque los defectos estaban en mí. En mi estupidez. Me había dejado llevar por un hombre y eso es lo que había ocurrido. Un desastre. Todo mi trabajo... perdido. ¿Cómo demonios había dejado que eso pasara y, mejor aún, cómo recuperaba mi trabajo? Fallar no era una opción.

Entonces la verdad me golpeó de repente, como una bofetada en la cara. La única manera era deshacerme de la inspiración que me había hecho ir en la dirección equivocada.

Atlas.

ATLAS

Mila no estaba bien. Evitó mirarme durante toda la cena. Moe me había invitado a comer su famoso pollo mediterráneo y, por supuesto, había aceptado encantado. La mejor amiga de Mila era una excelente cocinera y a mí me gustaba comer bien. Cualquier oportunidad de llenar mi estómago con algo casero y recién salido del horno era bien recibida por mí, tenedor en mano y dispuesto a limpiar después.

—¿Estás bien, Gata Salvaje?

—¿Eh? —Mila levantó la vista y dejó que el arroz que apenas había tocado se cayera de su tenedor de nuevo al plato. Apenas lo había tocado y eso en sí ya era rarísimo. A mi chica le gustaba comer y tenía buen apetito casi siempre.

—Te he preguntado si estás bien.

Lily, que estaba sentada a mi lado, como siempre cuando yo me quedaba a comer con ellas, se levantó de su silla y corrió alrededor de la mesa.

Se subió al regazo de Mila y colocó una mano en su frente. Luego apoyó los labios en ella.

—No tiene fiebre. —La primera sonrisa de Mila de la noche apareció en sus labios.

—No, cariño, no tengo fiebre. Gracias por comprobarlo. Mimi está bien.

—¿Quieres que te cure con un beso? —Al parecer la explicación no fue suficiente.

—Sí, por favor. —Mila sonrió y ofreció su mejilla.

La pequeña la besó en la mejilla y luego bajó de un salto.

—Ahora te toca a ti. —Me señaló a mí—. Dale un beso.

Me incliné en mi silla hacia Mila. Al acercarme, ella frunció el ceño. Aquello no serviría. Para nada. Tomé su mano y apreté sus dedos.

—Oye, Moe, deja los platos. Yo los lavaré luego, ¿vale?

Agitó una mano mientras sacaba una tarta de manzana caliente del horno.

—Ven, guapa. Tenemos que hablar.

—Sí, vamos. —Mila se lamió los labios y suspiró.

La guie por el pasillo hacia su habitación. Cuando llegamos, ella entró detrás de mí y cerró la puerta.

—¿Qué está pasando?

Ella se mordió la uña de su pulgar y comenzó a caminar de un lado al otro. Que Mila deambulara era una terrible señal de malas noticias.

—Es solo que ya no sé qué hacer. Esto... —Retorcía sus manos juntas al hablar.

—¿Esto? ¿A qué te refieres?

—A nosotros.

—¿Qué pasa con nosotros? —El miedo se abrió paso hasta mi pecho para punzarme el corazón con una garra curva y afilada.

—No funciona. —Negó con la cabeza y siguió caminando.

—¡Claro que funciona! ¿Qué demonios ha pasado?

—No ha pasado nada. —Dejó caer las manos a sus lados—. Solo creo que tenemos que calmarnos un poco. Darnos un tiempo o algo parecido.

—¿En serio? ¿Y cuánto tiempo sería? —dije con desprecio.

—No lo sé. Un tiempo. —Se pasó una mano por el pelo y sopló hacia su frente.

—Lo siento, Gata Salvaje. Tienes que replanteártelo, dormir un poco y pensarlo mejor, porque nosotros... —La señalé a ella y después a mí—. No vamos a separarnos. Punto.

—¡Oh! Claro que sí. —Mila colocó sus manos en sus caderas.

Juro que golpeó con su pie el suelo.

—Lo siento mucho, Atlas, por hacerte esto. Yo no quería que pasara... —comenzó a decir, como si no le hubiera dicho que no sucedería.

—Si no querías que pasara... ¿Por qué tiene que pasar, entonces?

—¡Porque no está funcionando! —gritó mientras revolvía su pelo en una maraña.

—¿Qué es exactamente lo que no está funcionando entre nosotros? —Levanté mi mano y conté con los dedos—. Lo pasamos bien juntos. Somos dinamita en la cama. El tiempo con nuestros amigos y familia ha sido genial hasta ahora. Nuestros horarios laborales no son perfectos, pero lo vamos resolviendo. Y estoy enamorado de ti. Así que dime lo que no está funcionando entre nosotros, porque yo no veo el problema. —Mi voz se había elevado hasta ser casi un grito.

—Atlas..., ¿tú me quieres? —Ahogó un sollozo. ¡Ay, no!

—¡Oh, no, cariño! Tú no eres así. Nosotros no somos así. ¿Qué ha pasado?

—Mi trabajo se está resintiendo —balbuceó entre lágrimas.

—La Casa del Loto está bien. Estuvieron de acuerdo con la reducción de tu horario. Saben que quieres ser artista algún día y que necesitas tiempo para trabajar en eso. Está bien. Ahora, ven aquí. —Me acerqué para abrazarla, pero ella me apartó.

—¡No! Mi arte se está resintiendo. ¡No lo entiendes! Mi inspiración no funciona.

—Lo dice la mujer que ha pintado más cuadros en el último mes que casi en todo un año —respondí cruzado de brazos.

—No lo entiendes —gruñó—. Se trata justo de eso. Estoy pintando mucho, ¡pero las pinturas no valen nada! No les han gustado. —Otro sollozo la atravesó—. ¡Las detestan! —Se tumbó en la cama, tapándose la cara.

Me tumbé a su lado y la atraje hacia mí. Al principio se resistió, pero pronto se dejó vencer por las lágrimas y lloró desconsoladamente. Sollozos profundos, que revolvían su estómago y abrían su garganta, la atravesaron. Yo la abracé y dejé que llorara hasta que se tranquilizó, veinte minutos después, y ya solo la oía sorber. Su cabeza estaba hundida en mi cuello y sentía su respiración caliente y húmeda contra mi piel.

—Cuéntame lo que ha pasado, cariño.

—Fui a la galería La Luz. —Su voz temblaba y se quebraba al hablar—. Para la exposición.

—¿Exposición? Pero creí que tenías que planearlo con antelación.

—Sí, pero primero revisan la obra del artista. —Asintió contra mi pecho—. Para determinar si la galería quiere mostrar ese trabajo o no. Y no quiere.

—¿No quiere qué? —pregunté mientras recorría su espalda con caricias metódicas y tranquilizadoras.

—¡Mi trabajo! —gritó.

—¿No les han gustado tus pinturas? —Fruncí el ceño y moví nuestro peso hasta quedar cara a cara, de lado.

—No. Steven, el director de arte, las detesta. Dice que son demasiado bonitas. Y que lo que se lleva es lo atormentado y lo sangriento.

—¿Atormentado y sangriento? —No podía creer lo que estaba escuchando.

Ella asintió.

—¡Cariño, eso es ridículo! —Me reí. No pude contenerme. Mis carcajadas se hicieron más fuertes al ver cómo su cara se transformaba con una expresión de horror, luego de reconocimiento y, finalmente, de humor.

Hasta que mi chica se rio conmigo.

—¿De verdad quieres pintar cosas desagradables? Además, ¿quién cuelga cuadros atormentados y sangrientos en su casa? Me lo estoy imaginando... Ven a comer a mi casa, pero no te fijes mucho en el hombre asesinado de la pared. Saborea tu solomillo Wellington mientras contemplas a una mujer degollada.

Mila comenzó a reírse de verdad.

Justo cuando pensé que la había recuperado y estaba acurrucada totalmente contra mí, la risa se transformó de nuevo en lágrimas.

—Pero de todas formas no quieren mis pinturas.

—¿Y?

—¿Y? —Echó la cabeza hacia atrás unos centímetros—. Es mi vida. Es mi trabajo. Si mi inspiración no funciona, tengo que eliminar los elementos que la están afectando.

—Y ese soy yo —afirmé con certeza.

Mila se mordió el labio inferior y asintió.

—No me puedo creer que hayas pensado eso. Bueno, sí puedo. Entiendo la necesidad de poner tu sueño por encima de todo lo demás, pero no es así como funcionan las cosas. Habrá momentos en los que a alguien no le guste tu arte, al igual que hay personas a las que no les gusta mi música. Pero ¿quiero que las personas a las que no les gusta mi música la escuchen? No. Hay suficientes oídos, amantes de la música, para escucharla. Al igual que hay más gente en el mundo que querrá ver, amar y comprar tu trabajo. Confía en mí.

—Lo siento. —Su rostro volvió a desmoronarse. La atraje más cerca de mí y la abracé con fuerza.

—No renuncies a nosotros tan fácilmente. No me abandones. No podría soportarlo.

Mila levantó su rostro, convertido en una máscara de arrepentimiento.

—Lo siento. —Besó mis labios—. Lo siento. —Besó mi frente—. Lo siento. —Besó mi mejilla—. Lo siento. —Mi camiseta elevada como por arte de magia y sus labios en mi abdomen—. Lo siento. —Su mano cubrió mi incipiente erección, donde abrió mis vaqueros como una experta—. Lo siento. —Cubrió mi pene duro con el cálido paraíso de su boca.

Agarré su pelo y tiré de él hasta que me miró. Sus ojos seguían vidriosos por su ataque de llanto y el remordimiento flotaba en esas profundidades color chocolate. Succionaba con fuerza, inflando sus mejillas y dándolo todo..., pero sus ojos, ellos seguían en mí.

—Cielo, cariño, estás perdonada.

17

Chakra del plexo solar

Para que una pareja logre la armonía cuando es impulsada por el chakra Manipura, cada uno necesita trabajar duro en sí mismo para superar sus altas expectativas de futuro. Ambas partes deben comunicarse y comprometerse con los objetivos y ambiciones del otro, para encontrar el éxito mutuo en la vida y en el amor.

ATLAS

Mila yacía agotada sobre mi pecho; su respiración agitada contra mi piel calentaba mi pezón. Acabábamos de tener el mejor sexo de reconciliación..., bueno, el primer sexo de reconciliación de mi vida.

—Oye —toqué su brazo con mi nariz—, ¿alguna vez habías tenido sexo de reconciliación? —pregunté, mientras retorcía mis dedos en su pelo.

Ella negó con la cabeza y luego lamió mi pezón, que se endureció al instante. Yo le respondí con un gemido. Mi Gata Salvaje quería más, incluso después de habérselo dado todo, pero yo necesitaba descansar, mucho.

—No, nunca he tenido una relación tan duradera como para enfadarnos.

Ese comentario hizo que estallara de la risa. Mi pecho retumbaba mientras la sostenía y me reía en su pelo.

—Nosotros nos hemos hecho enfadar desde el primer día.

—Entonces tal vez solo hemos tenido sexo de reconciliación —respondió con su cabeza de lado.

—¿Y entonces qué es lo que acabamos de hacer? —Jugué con su pelo, luego me acerqué y besé su frente. Mila mordió su labio inferior.

—¿Sexo normal de pareja? —Me sonrió.

—Si esto ha sido algo normal, duraremos toda la vida, Gata Salvaje.

—De verdad que siento mucho lo de antes. —Soltó una risita y besó mi pecho—. Lo que hice...

—¿Te refieres a lo que intentabas hacer?

—Sí, a eso. He sido una tonta. Y tú tenías razón. No quiero pintar lo que ellos quieren que pinte o lo que está de moda ahora. Quiero pintar lo que hay en mi cabeza y tú, Ricitos, estás definitivamente en mi cabeza. —Se montó más sobre mis caderas y se inclinó lo suficiente como para bendecirme con un beso, largo, húmedo, con lenguas enroscadas.

Gemí y cerré una mano en su nuca, para introducir mi lengua más profundamente y disfrutar del ruidito de su garganta al succionar su lengua.

—Ya te lo he dicho; estás perdonada.

Tomó la llave que colgaba de mi cuello y la movió de un lado al otro. Las cuentas de la cadena metálica resonaron con cada movimiento, como si abriera la cremallera de unos pantalones.

—Sí, pero no ha estado bien. Me encanta estar contigo. Esta relación es lo mejor que me ha pasado en mucho, mucho tiempo. No puedo creer que la reunión de hoy me haya alterado tanto como para estar a punto de estropearlo todo.

—No podrías estropearlo. Recuerda que me deslumbras, cariño.
—Acaricié sus muslos.

—¡Ah! ¿Sí? —preguntó sonriente—. Pensaba que era amor.

En lugar de decir lo que sabía que ella quería escuchar, di vueltas sobre el tema.

—Eso también —ofrecí.

Ella se rio, pero no me insistió, ni dijo que ella también lo sintiera. Tampoco se lo pedí. Lo último que quería era que alguien dijera que me amaba solo porque yo lo había dicho primero. Quería que me dijera esas palabras cuando no pudiera *no* decirlas. Nunca había estado tanto tiempo con una mujer como para escuchar esas palabras. Planeaba estar comprometido cuando surgiera, pero no la forzaría a decirlo si todavía no lo sentía. Tenía la ligera intuición de que sí lo sentía, de una forma tan profunda como yo, pero que tenía miedo. Estaba bien. Ya habría tiempo para hacer sólido eso que nos unía.

Mientras mi mente divagaba, volví al presente, para notar que la atención de Mila no estaba en mí. Seguía moviendo la llave, que yo llevaba al cuello desde hacía dos décadas, de un lado al otro, y elevándola contra la luz. Entonces, entornó los ojos y se acercó a ella.

—Yo sé lo que abre —comentó despreocupadamente, como si acabara de decir que estaba lloviendo fuera mientras miraba por la ventana.

Cinco palabras. Cinco palabras que tuvieron el poder de derribarme. Había llevado esa llave durante veinte años y no tenía ni la más remota idea de lo que podía abrir. Ni siquiera había encontrado la cerradura en la que encajaba.

Apreté sus muslos con mis manos. Mila entornó los ojos y me miró.

Puso la llave sobre mi corazón, luego buscó mis manos agarradas en sus muslos color canela.

—Aflójalas. —Acarició mis dedos hasta que aflojé las manos. La habitación no dejaba de cambiar de su color normal a negro en los extremos. Mi corazón palpitaba tan fuerte en mi pecho que eliminó cualquier otro sonido. Antes de que me diera cuenta, estaba jadeando para respirar.

Mila corrió hacia el baño para llenar un vaso de agua.

—Toma, Atlas, bebe. —Pasó sus manos por mi pelo mientras yo me incorporaba, me apoyaba contra el cabezal de la cama y me bebía el agua—. Ahora respira y cuenta hasta cinco. Bien, suelta el aire y vuelve a contar hasta cinco. —Respiró conmigo hasta que la opresión que sentía en mi pecho comenzó a disiparse. Me enfoqué en sus ojos y en su pecho, que se movía en mi periferia. Se había puesto mi camiseta al ir a por el agua y, tan solo con mi camiseta, deseé lanzarme sobre ella otra vez. Al menos cuando mi corazón no estuviera a punto de salírseme del pecho.

—¿Estás bien? —preguntó.

Asentí, aún atrapado en las garras de mi ansiedad.

Ella asintió y luego se levantó. Sujeté su muñeca para evitar que se moviera.

—No me dejes —balbuceé y apenas reconocí mi voz asustada. Mila acarició mi pelo con la otra mano y luego rodeó mi mejilla.

—No voy a hacerlo. Solo voy a buscar algo en esa caja que hay en mi tocador, ¿de acuerdo?

Miré el joyero al que señalaba y asentí.

Corrió a través de la habitación y su trasero desnudo asomó por debajo de mi camiseta cuando se inclinó para hurgar en el joyero.

—¡Aquí está! Lo tengo. —Se acercó de nuevo a la cama y volvió a sentarse a horcajadas sobre mis caderas. —¿Está bien así? —Instaló su trasero desnudo en mis muslos.

Cerré un brazo en su cintura y la acerqué aún más, para frotar mi creciente erección en su centro húmedo.

—Muy bien. Lo siento... No sé qué me ha pasado. Es solo que has mencionado la llave y no sabes lo que significa para mí.

—Cuéntamelo entonces.

—Es lo último que me dio mi padre. —Inhalé lentamente y aparté los rizos de su hermoso rostro—. Me dijo que cambiaría mi vida, pero estaba tan drogado y perdido que olvidó decirle a su hijo de ocho años qué abría. Supuse que lo descubriría algún día, pero hacía mucho tiempo que no pensaba en ello. Y al mencionarlo tú..., ¿lo decías en serio?

—Sí. —Sonrió y rodeó mi cuello con sus manos—. Sé lo que abre. Lo supe nada más verla.

—¿Por qué?

—Porque tengo una llave igual. —Abrió su palma y en ella había una llave de forma similar: el mismo color, las mismas dos letras, pero con tres dígitos diferentes grabados a un lado.

—¿Qué abre? —Tomé la llave y la observé como si no fuera una simple llave, sino la respuesta a todos los problemas del mundo.

—¡Una caja de seguridad, cariño! —Sonrió ampliamente y me miró a los ojos.

Una caja de seguridad. Eché la cabeza hacia atrás y la golpeé contra el cabezal. ¿Qué demonios?

—¿Qué demonios hacía mi padre con la llave de una caja de seguridad, y cómo voy a descubrir de qué banco es y qué caja abre?

Una vez más, mi chica sonrió, solo que esta vez fue acompañada de un pequeño salto de su trasero. Se estaba excitando, al igual que mi miembro al notar su sexo cada vez que rebotaba sobre él. Agarré sus muslos.

—Gata Salvaje, en serio, quiero escucharte, pero ¿podrías contármelo sin rebotar sobre mi miembro, a menos que vayas a hacerlo de verdad?

Se rio y levantó la llave que tenía alrededor de mi cuello, con las letras directamente frente a mi cara.

—¿Ves esas «SF» y los tres dígitos?

—Sí.

—Son iguales que los de mi llave.

—De acuerdo, ¿y entonces?

—«SF» significa «San Francisco». Se refiere, como la mía, al Banco Internacional de San Francisco.

—¿Y los tres dígitos?

—¡El número de caja, tonto! —Volvió a frotarse sobre mi pene, incapaz de contener su excitación—. ¡Abrámosla mañana! —gritó, llena de alegría.

No sabía qué responder. Por supuesto, quería saber qué había en la caja, si es que esa llave abría alguna caja, pero no estaba seguro de estar preparado para hacerlo. En lugar de transmitirle mis dudas, la levanté y la arrojé de espaldas, con mi cuerpo entre sus muslos.

—Ya veremos, guapa. Ya veremos. Ahora... vamos a follar.

Se esforzó por hacer un mohín como si se lo estuviera pensando, pero luego estalló en un ataque de risa cuando ya no pudo fingir más.

—¡De acuerdo! —dijo y me rodeó con sus brazos y piernas. Y los dos nos perdimos en el cuerpo del otro una vez más.

Solo que no podía quitarme la llave de la cabeza. Al día siguiente sabría lo que significaba. Veinte años de espera y, finalmente, sabría qué me había dejado mi padre que cambiaría mi vida.

MILA

—Tendré que verificar su identificación.

El empleado del banco, con su traje barato, le pidió a Atlas que se sentara frente a su aburrido escritorio de roble.

Atlas le entregó su tarjeta de la seguridad social y su permiso de conducir de California. El hombre nos dejó un momento y entró en la habitación que había a su lado, seguramente para verificar la información.

—¿Estás bien, Ricitos? —Acaricié el muslo de Atlas. Intentaba aligerar en la situación la incertidumbre de lo que podría haber dentro de una caja de seguridad que su padre le había dejado veinte años atrás.

Él me miró; su ojo azul parecía helado y el de color café parecía más oscuro.

—No, no lo estoy. —Levantó mi mano y me la besó—. Pero lo estaré.

Le ofrecí una pequeña sonrisa triste. Sabía que eso debía de estar matándolo. Su padre había significado mucho para él y, cuando le abandonó, Atlas perdió su fe en las personas. La noche anterior, tras hacer el amor varias veces, compartimos confidencias en la oscuridad. Él me habló de su padre, de cuánto había sufrido cuando se fue, de las penurias que habían pasado su madre y él para pagar las facturas. Habían tenido incluso que mudarse con la hermana de su madre durante unos años, hasta que él tuvo edad suficiente para trabajar y pudieron permitirse un pequeño apartamento. Ahora su madre tenía su propia casa, sobre todo porque Atlas le ayudaba a pagar el alquiler. Lo amé más por eso.

Sí, finalmente tuve que admitir, al menos a mí misma, que estaba enamorada de Atlas Powers. Era irritante, engreído y arrogante, y siempre estábamos discutiendo, pero también era un gran amante y un hombre divertido que me hacía reír constantemente. Apreciaba mi arte, era un músico con talento y, sobre todo..., me amaba también. Ningún hombre además de mi padre me había amado jamás.

Los hombres solo habían estado en mi vida para saciar una necesidad sexual, no para participar en nada de valor. Sin embargo, ya no podía imaginar mi vida sin Atlas. Se había entrelazado fácilmente con los hilos que formaban el tejido de mi existencia. Moe y Lily lo adoraban y él a ellas. Los instructores y las propietarias del centro de yoga sabían que estábamos juntos y pensaban que éramos una bonita pareja. *Bonita pareja*. Estaba en una relación que las personas consideraban «bonita». A los amigos de Atlas parecía gustarles y él incluso había hecho progresos con Nick.

El empleado del banco regresó con un papel para que él lo firmara; una confirmación de que era Atlas Powers, la única persona autorizada a acceder a esa caja.

—Eso es todo. Le acompaño.

—¿Vienes conmigo? —Atlas estiró su mano. Sus ojos estaban tan esperanzados que no quise decepcionarle. Si él me necesitaba, allí estaría.

—Por supuesto. Lo que necesites. —Me levanté deprisa y tomé su mano.

—Te necesito —admitió, con emoción contenida en la voz.

En ocasiones había deseado que los hombres lo tuvieran más fácil con el tema emocional. En una situación así, una mujer podía llorar sin llamar la atención; con un hombre era distinto. Se suponía que debía ser fuerte... Pero Atlas mostraba siempre lo que sentía sin temor, aunque solo lo hiciera conmigo y en la intimidad del dormitorio. Allí, a mi lado, podía permitirse ser libre.

Esa idea hizo que mi instinto protector de mamá oso saliera a flote. La única vez que había sentido algo parecido había sido cuando Moe dio a luz a Lily, y Kyle las abandonó.

Mientras caminábamos, Atlas agarró mi mano con fuerza. Yo froté su brazo y seguí el ritmo de sus pasos, para asegurarme de que me sentía cerca todo el tiempo.

Llegamos a una sala trasera donde se encontraban todas las cajas de seguridad.

—Número quinientos dieciseite. —El empleado del banco señaló un cuadrado negro del tamaño de una caja de zapatos que había en la pared, abrió una cerradura y dejó que Atlas utilizara su llave para completar la tarea—. Tómese el tiempo que necesite.

—¡Espere! —Atlas detuvo al hombre poniendo una mano en su hombro—. Tengo una pregunta para usted.

—Dígame. —Giró y unió las manos frente a él. Atlas se lamió los labios y frunció el ceño.

—Si esta caja lleva aquí veinte años, alguien ha tenido que pagar por su mantenimiento, ¿es así?

—Así es.

—¿Usted sabe cómo y cuándo se ha pagado? —preguntó Atlas.

—Puedo averiguarlo y, cuando salga, le daré la información.

—Gracias, sí. Se lo agradezco —asintió.

—Por supuesto, señor. —El empleado giró y se marchó.

La sala estaba fresca gracias al aire acondicionado. Había un par de luces brillantes que colgaban del techo, directamente sobre unas mesas altas en el centro del espacio rectangular. Las paredes estaban pintadas de azul marino, de modo que las cajas negras lucían amenazantes y premonitorias, como petróleo líquido flotando en la superficie del océano.

Atlas cerró los ojos, inhaló profundamente y luego caminó hacia la caja 517. Metió la llave, giró la cerradura y tiró. La elegante caja salió con la llave como si estuviera sobre ruedas. Él sostuvo el fondo con la otra mano hasta que salió por completo. En total, la caja tendría unos treinta y cinco centímetros de largo, veinticinco de ancho y otros diez o doce de alto.

Dejó la caja sobre la mesa y luego colocó sus manos a ambos lados. Sus hombros se curvaron hacia el frente como si cargara un gran peso sobre su espalda.

—¿Quieres que me vaya y te dé algo de privacidad? —pregunté; no quería invadirlo.

Negó con la cabeza y un mechón cayó sobre su rostro. Después de varios segundos de escuchar el aire acondicionado y nuestras respiraciones agitadas, Atlas levantó una mano y golpeó la tapa de la caja. Tenía una bisagra en la parte trasera, así que la tapa giró sobre ella y golpeó contra la mesa.

Me quedé sin aliento al ver aquello. Pilas bien ordenadas de dinero. Muchísimo dinero. Por lo que pude contar, unas diez pilas en total y parecían de sumas variadas.

—¿Qué demonios? —Atlas gruñó al levantar uno de los fajos, formado completamente por billetes de cien dólares—. Solo en esta pila habrá unos quince mil dólares. ¿De dónde demonios sacó mi padre este dinero?

Esa era una buena pregunta. Imaginé que las drogas podían ser la respuesta, ya que Atlas había dicho que le gustaba consumirlas.

Las manos de Atlas se convirtieron en puños mientras miraba el dinero.

—¿Crees que puede ser robado?

Me encogí de hombros.

—Cariño, no lo sé... Esto está tan fuera de mi alcance... Lo ignoro por completo.

Él suspiró y levantó cada fajo, colocándolos fuera de la caja, sobre la mesa. Entonces vimos que había varios documentos debajo y un sobre.

En él estaba escrito «Atlas».

—Lee esto primero. —Señalé la carta—. Tal vez te aclare algo. —Yo... eh... contaré el dinero.

Atlas sonrió y se rio por lo bajo. No quería reírse, pero al menos lo había hecho volver en sí por un momento.

Recogió el sobre y sacó una sola hoja de él. Podía ver desde el otro extremo de la mesa, donde ya había terminado de sacar el dinero, que ambos lados de la página estaban escritos. En lugar de intentar leer lo que podía ver, me dispuse a contar el dinero.

Fajo tras fajo, lo conté y luego anoté las sumas en mi móvil. Al terminar, Atlas ya había pasado a los demás documentos y estaba revisándolos.

—¿Y bien? —pregunté sin expresión; no estaba segura de si debía entrometerme o no.

—No puedo hablar de ello aún.

—Lo entiendo.

—¿Cuánto dinero hay?

—Deja que lo sume. —Tomé aire y me concentré en mi móvil. Al terminar, observé el número—. Doscientos sesenta y cinco mil.

—¡Joder! —Atlas se agarró a la mesa y frunció el ceño.

Que frunciera el ceño me sorprendió. Es decir, si yo me hubiera encontrado con doscientos sesenta y cinco mil dólares, estoy bastante segura de que no hubiera reaccionado así. Tal vez habría lanzado el dinero al aire, como si fuera lluvia, mientras bailaba... pero, definitivamente, no habría fruncido el ceño.

—El muy canalla no pudo quedarse conmigo y con mi madre. —Resopló—. Tuvo que perseguir su sueño y dejarnos colgados, pobres y con dificultades. Mientras que, todo este tiempo, este dinero ha estado aquí, apartado para mí. *Para mí* —protestó.

—Y estás molesto porque... —Rodeé la mesa, coloqué la mano en su espalda y la froté de arriba abajo.

—Nos dejó sin nada, Mila. Mi madre ganaba muy poco dinero. Limpiaba casas de personas ricas mientras que su marido deambulaba, día y noche, con sus amigos artistas y se drogaba. Recuerdo que, de vez en cuando, traía a casa mil dólares. Esas noches comíamos bien, y mamá y papá bailaban en la cocina como dos jóvenes enamorados. Mamá se alegraba mucho porque con ese dinero podía pagar las facturas, y él juraba que traería más para que no se retrasaran cada mes. Luego volvían a pasar meses sin que trajera nada y, de pronto, aparecía más dinero. Hasta que un día se fue para siempre.

Suspiré y me acurruqué bajo su brazo.

—¿Vendía drogas?

Atlas echó hacia atrás la cabeza.

—No. ¿De dónde has sacado esa idea?

—¡De ti! —Me separé un poco—. Has dicho que consumía drogas y que, cuando se marchó, estaba drogado.

—Médicamente... Y, sí, le gustaban las drogas, pero no las vendía. Nunca pareció estar tan perdido.

—¿Y, entonces, de dónde ha salido todo este dinero? —Tomé un fajo y pasé un dedo por los billetes. Atlas observó todo el dinero, lo recogió y volvió a arrojarlo dentro de la caja. Ni siquiera se molestó en volverlo a apilar de forma ordenada.

—¿Esto? Es un soborno. Es el dinero que ha ganado a lo largo de los años por la venta de su arte en exposiciones, subastas y galerías.

—Estás de broma.

Negó con la cabeza.

—Dijo que me lo debía. Que esperaba que el dinero y todo lo demás que ha puesto a mi nombre compensaran que me hubiera dejado.

—¿Y compensan? —pregunté. Conocía a mi hombre. Los bienes materiales no eran el camino a su corazón.

—Claro que no. Por mí puede quedarse todo su dinero y metérselo por el culo. ¿Sabes dónde está? —dijo con tal desdén que me indicó que sabía exactamente dónde estaba su padre.

—¿Dónde? —Casi temía la respuesta.

—En Hawái. Viviendo en la playa, con una exitosa galería en la costa norte de Oahu. —Ahogó una risa amarga—. ¿Y sabes qué? Vivir en la playa ha sido el sueño de toda la vida de mi madre. Sin preocupaciones y haciendo algo que amara. Y, mientras ella se mataba a trabajar, limpiando la mierda de otras personas para que sus casas brillaran, él estaba sentado en la arena, jugando con su arte, disfrutando de la buena vida.

Parpadeé y solo lo observé. ¿Cómo podía hacer eso un hombre? Dejar a su familia y marcharse a la playa, a disfrutar de la vida mientras su familia sufría.

—Imbécil —masculló por lo bajo.

—¡Exacto! —Tomó los papeles y puso el dinero de nuevo en la pared, dentro de la caja.

—¿Qué hay en los papeles?

—No lo sé aún. Todo lo que sé es que ya he sabido suficiente por un día.

Cuando salimos de la sala de depósito, el empleado del banco se acercó a nosotros.

—Señor Powers...

—¿Sí? —Atlas se detuvo, todo su rostro teñido de frustración.

—Me pidió que investigara por la mantención de la caja.

—¡Ah, sí! ¿Ha encontrado algo? —preguntó Atlas, con mucho menos entusiasmo del que había mostrado antes de abrir la caja.

El empleado sonrió y le entregó un trozo de papel.

—Kenneth Powers ha pagado por la caja cada año. La factura se envía a su dirección física, en Oahu, Hawái. Me he tomado la libertad de anotar la dirección aquí.

Atlas miró el trozo de papel, con su cuerpo rígido como una tabla.

—Gracias. Venga, Mila. Vámonos de aquí. —Tomó mi mano y guardó el papel en la primera carpeta. Después, se despidió del empleado con un ligero movimiento de cabeza y salimos al exterior, a la helada mañana de San Francisco.

Me hizo entrar al automóvil y luego subió. Permaneció varios segundos sin moverse, mirando por la ventana, sin hacer nada.

—¿Qué vas a hacer con esa información? —No estaba segura de qué debía decir.

Dejó caer los hombros y su cabeza se inclinó hacia delante, golpeando el volante, donde descansaban sus manos.

—No lo sé. ¡Joder! No lo sé.

18

Postura de puntillas – De pie
(En sánscrito: prapadasana)

Personalmente la considero una variación de la postura de puntillas. Suele realizarse de cuclillas, con las rodillas unidas y los glúteos colgando hacia los talones. Sin embargo, esta variación en particular ayuda a estirar la columna, abriendo el pecho y los hombros, al tiempo que se trabaja el equilibrio. Es una postura de nivel principiante que hace que el yogui se sienta fuerte y vital.

MILA

Durante la semana siguiente, Atlas fue como un extraño para mí. No sonreía con tanta frecuencia, no tarareaba canciones al azar y no posaba para que lo pintara. Tampoco importaba; ya no iba a exponer esas piezas en un futuro cercano. Dio sus clases en La Casa del Loto, pero canceló la actuación del fin de semana en Harmony Jack's. Lo reprogramó para el fin de semana siguiente, pero no parecía estar mejor y sabía que tenía una cita a principios de esa semana con el equipo de Knight & Day para que escucharan sus nuevas canciones. Sin embargo, estaba segura de que no las había terminado tampoco. Básicamente, Atlas se había convertido en un zombi. Tenía que salir de su depresión, pero no tenía ni idea de cómo ayudarlo.

Atravesé las puertas de La Casa del Loto y me dirigí a la clase de Atlas. No solía asistir a sus clases de yoga nudista, porque decía que le distraía y que le resultaba difícil contener una erección conmigo allí. Pero esta vez no me importó. Quería que se excitara; no me había tocado desde que había abierto la maldita caja de seguridad. Casi deseaba no haber visto la relación de esa estúpida llave con la caja del banco. Entonces nada de eso habría pasado y yo seguiría sexualmente satisfecha, en lugar de estar tan malhumorada y necesitada. Bueno, haría que eso terminara. Follaría con mi hombre de todas las maneras posibles, aunque fuera lo último que hiciera en el mundo.

Cuando entré, él estaba en la plataforma. Sin llamar la atención, me escabullí todo el camino hasta la esquina derecha más lejana. La misma esquina en la que había estado la primera vez que asistí a su clase. Atlas siguió en lo suyo, preparando sus cosas, comprobando la música, las velas y cerrando las cortinas. A las tres en punto, cerró la puerta. Yo ya me había deshecho de mi ropa y me había sentado entre los demás asistentes.

Todavía no se había fijado en mí, algo que, a decir verdad, me dolió más de lo que estaba dispuesta a admitir. Siempre habíamos estado en sintonía el uno con el otro, desde el primer día, hacía ya dos meses. Pero, desde que había descubierto lo de su padre y se había enterado de que había estado viviendo a lo grande mientras su madre sufría, no había sido el mismo. Con esa experiencia, había descubierto que sentía algo profundo, y tenía que encontrar la forma de atravesarlo.

Observé cómo Atlas se ponía de pie en la plataforma y dejaba caer sus pantalones. Se me hizo la boca agua al ver su miembro, desprovisto de vello, junto a sus testículos. Sus muslos eran dos músculos sólidos, bellamente unidos a sus rodillas, donde sus esbeltas piernas se exhibían tonificadas hasta sus delgados tobillos y sus pies descalzos. ¡Dios mío! Era todo lo que un hombre debía ser, y era todo mío. Tuve que ahogar un gemido al verlo desnudo por primera vez en una semana. Después de la visita al banco, no había querido quedarse conmigo y había encontrado razones para que yo no me quedara con él. Sabía que estaba sufriendo y que necesitaba tiempo para pensar, pero también sabía que, cuando uno está en pareja, tiene que apoyarse en la persona que ama, no alejarla.

—Gracias a todos por venir. Ahora quiero que cerréis los ojos y os concentréis en la práctica de hoy. Pensad en lo que queréis conseguir al liberaros de vuestras ropas e inhibiciones, y dejad todo lo que no os sirva en la puerta.

Recorrió toda la habitación. Sus ojos brillaron al llegar a mí y la primera sonrisa que había visto en él, en una semana, se extendió en su cara. Caminó hacia mí lentamente. Admiré descaradamente su cuerpo. Cuando llegó a mí, se apoyó en una rodilla, tomó mi mentón entre el pulgar y el índice, y se acercó lo suficiente para hablar directamente conmigo sin que nadie más pudiera escuchar.

—Hola, cariño. —Sonrió y mi corazón dio un brinco.

—Hola, Ricitos. —Le ofrecí mi propia sonrisa cursi.

Se inclinó y pegó sus labios a los míos. Su esencia especiada llenó el aire a nuestro alrededor cuando hundió su lengua apenas lo suficiente para probarla. Suspiré y me abrí para él de inmediato. Se alejó y succionó mi labio inferior.

—Sabes que no me gusta que vengas a esta clase —dijo, mientras me miraba las tetas.

Se endurecieron al instante ante su mirada. Él estiró una mano, cubrió mi pecho izquierdo y tocó el pezón con su pulgar. Me mordí el labio con tanta fuerza como para amoratarlo.

—Sí, pero es la única manera en que pensé que podría verte desnudo.

—¿Te sientes desatendida? —murmuró sin dejar de jugar con mi pezón y cubriendo mi pecho perfectamente en su enorme mano.

Asentí, incapaz de hablar.

—Clase, quiero que mantengáis los ojos cerrados y os balanceéis de izquierda a derecha, como si estuvierais fluyendo con la corriente, al igual que las algas bajo el agua. Liberad la columna, dejad que el cuello se mueva y fluya con ella. —Se dirigió a la clase, pero no apartó las manos de mí.

—Atlas... —gemí y agarré su nuca para forzar sus labios contra los míos. Lo besé con todo lo que tenía: mi miedo, mi fuerza, el deseo divino que me partía en dos, pero sobre todo, lo besé con todo el amor que había en mí.

Él recibió lo que le ofrecía y, a cambio, gruñó de deseo. En poco tiempo, estábamos besándonos como adolescentes calientes en mitad de una clase de yoga nudista. Su pene estaba duro como una roca, mi centro terriblemente mojado, y necesitábamos follar. Necesitábamos aparearnos sin más preámbulo.

Se apartó y apoyó su frente en la mía, su respiración agitada.

—Te quiero. Por favor, vuelve a mí —susurré las dos palabritas que nunca le había dicho antes, pero que sentía con toda la grandeza del momento. Lo necesitaba. Lo quería. Lo amaba, y él tenía que dejar ese estado depresivo y volver a mí.

—Cariño, nunca me he ido —dijo con una mano en mi nuca.

—Sí, sí lo has hecho —respondí, con lágrimas en los ojos.

Con eso, él se puso de pie y se alejó. Casi rompo a llorar allí mismo, hasta que me di cuenta de que estaba tocando a alguien en el hombro. La cabeza rubia oscura de Dash se elevó. En mi misión de entrar desapercibida, no había visto que Dash y Amber estaban en la clase, uno junto al otro. ¡Bien hecho, Amber! Cuando los había pintado, unas semanas atrás, ella se había mostrado tímida al principio, pero, poco a poco, se había ido relajando. Durante la sesión, Amber se había quejado de que a Dash no le hacía gracia que ella asistiera a la clase de yoga nudista, pero ella quería probarla, para liberarse. Al parecer, lo había convencido, porque allí estaba, con sus bonitos pechos y su cuerpo atlético a la vista. ¡Bien por ella!

Respiré mi propia emoción y vi cómo Dash asentía, me miraba y sonreía. Luego se puso de pie y ocupó la plataforma. Antes de que se girara, vi que tenía un buen trasero. Duro como una roca y esbelto, acorde al resto de él.

—Cambio de planes, amigos. Yo daré hoy esta clase, pero no os preocupéis; me he formado con Atlas y estoy feliz de reemplazarlo. Ahora, extended los brazos hacia arriba, sobre vuestras cabezas, buscando el cielo... —Dash continuó la clase, pero yo dejé de escucharlo.

Solo podía concentrarme en el macho alfa que se acercaba a mí.

—Hora de irse, guapa. —Tomó mi brazo con una mano y mis pertenencias con la otra. Se tomó el tiempo de ponerme el vestido que había usado por encima de mi cabeza. Él solo llevaba puestos sus pantalones de yoga. Luego, sin decir una palabra, salimos de la clase al pasillo y lo seguí hasta una de las salas privadas. Entramos y, en cuestión de segundos, la puerta estuvo cerrada y yo contra ella.

Atlas levantó mi vestido y volvió a sacármelo por la cabeza, para desnudar mi cuerpo. Sus labios fueron directos a mi pecho, donde cerró su cálida boca sobre un pezón erecto y lo chupó con fuerza. Grité, arqueándome en su intenso beso.

—Te he echado de menos. —Rasqué su cabeza con mis uñas.

Con eso, gimió y succionó incluso más fuerte. Apartó su boca de mi pecho como si fuera algo realmente difícil. Su expresión era seria.

—Te necesito. Necesito todo de ti. No tengo suficiente.

De repente cayó de rodillas y sus labios cubrieron mi clítoris, tan rápido que apenas tuve tiempo de contenerme. Cerró sus manos en mi trasero, me impulsó hacia su rostro y forzó a mis piernas a separarse.

Gruñó y gimió mientras me devoraba con un desenfreno salvaje. Sus labios eran feroces, su succión profunda y su lengua incansable contra mi clítoris, mientras me corría intensamente contra la puerta.

Temblé y mis rodillas se sacudieron en el más divino placer. En segundos, Atlas se bajó los pantalones y me levantó hasta que cerré las piernas en su cintura.

—Lo siento —dijo y niveló la amplia punta de su pene contra mi entrada—. Lo siento mucho. —Me penetró hasta el fondo. Inhalé fuerte mientras sentía su presión en lo más profundo de mi ser. No había absolutamente nada de espacio entre los dos.

—Mila, cariño... —susurró Atlas contra mi rostro y besó todo lo que sus labios pudieron tocar.

—No vuelvas a hacerme eso. —Agarré su pelo y llevé su cabeza atrás—. No me abandones —rugí, con el corazón galopando en mi pecho. Mis ojos se llenaron de lágrimas que cayeron por mis mejillas—. No me gusta. Así que no lo hagas de nuevo —dije entre dientes.

Descansó su frente sobre la mía, llevó sus caderas atrás hasta que su miembro apenas tocaba los labios de mi vagina, y luego arremetió al frente al tiempo que cubrió mi boca con la suya.

Lloré mientras hacíamos el amor. Lloré por la pérdida de su padre, por el niño que había sido abandonado, por el infierno que le habían hecho pasar, y por el hecho de haber estado toda una semana sin esa conexión. Cuando estábamos juntos, todo parecía estar bien. Nada podía acabar con nosotros mientras estuviéramos pegados, el uno al otro.

—Te amo. No volveré a abandonarte, Mila. Nunca más —me prometió. Y mintió.

ATLAS

Los focos del techo me cegaron al iniciar mi segunda canción original, la última de mi segunda actuación de la noche. Los cuerpos se mecían y giraban alrededor de la pista, pero yo solo tenía ojos para una mujer increíblemente hermosa. Cada vez que se daba la vuelta y me mostraba la espalda descubierta y ese trasero ajustado en su diminuto vestido, gemía por dentro. Mi chica recibiría una gran nalgada por lucir ese vestido cuando no podía estar allí para tocarla y saborearla. Tendría que hacer que lo luciera otra vez, solo que para una cena romántica. A pesar de que éramos pareja oficial desde hacía ya dos meses, no solíamos salir a cenar. Francamente, ninguno de los dos tenía dinero. Pero encontrábamos maneras de compensarlo. Como esa noche. Yo estaba tocando en Harmony Jack's y mi mujer estaba bailando.

Estaba deseando cantar la canción que había compuesto para ella después de haberla evitado durante una semana. La mierda que contenía aquella caja de seguridad me había afectado. Había estado esforzándome por seguir a flote, mientras me ahogaba en un mar de dolor por lo que mi padre me había hecho, dejándome todo ese dinero y la galería que había sido de mi abuelo. Aún no se lo había contado a Mila, pero lo hablaríamos más tarde, esa misma noche, después de hacer el amor. Y sería hacer el amor. Ambos habíamos pronunciado esas dos palabras, aunque en momentos distintos, pero estaban ahí; los sentimientos eran mutuos y no teníamos que repetirlas todo el tiempo para saber que existía amor entre nosotros.

Cuando se presentó en mi clase, unos días atrás, para ponerme en mi lugar por haberla dejado descuidada toda la semana, eso significó más para mí de lo que ella sabía. Significó que ella lucharía por nosotros, por lo que había entre los dos. Nunca había tenido una mujer que luchara por mí, además de mi madre. Desde ese día, había estado dentro de Mila tanto como era humanamente posible. No me habría sorprendido que tuviera las piernas arqueadas, de las veces que la había follado en los últimos días. Nunca tenía suficiente, pero ella no se había quejado, y allí estaba, apoyándome en mi sueño, aunque solo fuera un bar de San Francisco.

De pie, lejos del taburete, sacudí mis caderas en un movimiento al estilo Elvis y raspé la guitarra para llamar su atención. La multitud enloqueció, aplaudió y gritó cuando pronuncié la última palabra. Mila había estado bailando y aplaudiendo con todos los demás. Las luces parpadearon justo al final de mi canción. Cuando volvieron a encenderse lentamente, aunque más tenues de lo normal, supe que era la hora del descanso.

—¡Muchas gracias! Volveré con unos temas más dentro de media hora.

Después de dirigirme a la multitud, bajé de un salto y fui en busca de mi chica. La encontré esperando en el centro de la pista, como era habitual, con sus brazos listos para mí.

Me rodeó con su esencia a flores y canela cuando la envolví entre mis brazos. Bajé las manos por la espalda abierta de su vestido y palmeé su trasero. Noté una fina línea de encaje entre sus nalgas, que no cubría absolutamente nada de lo que había debajo.

—¿Llevas ropa interior? —gruñí en su oreja y la mordisqueé.

Mila movió sus caderas contra mi miembro endurecido, cubierto con el vaquero.

—Sí, creí que no te gustaría que no usara ropa interior con un vestido tan corto.

—Tienes razón. —Presioné su trasero y sentí la tela con mi dedo—. De todas formas has decidido poner mi mundo de cabeza con este sexi trozo de tela. ¿Intentas provocarme?

—No, pero la anticipación es la mitad de la diversión, ¿no es así? —Se apartó y sonrió—. Solo piensa lo genial que será quitármelo más tarde.

—Ven. Necesito un trago para mi próxima ronda. —Pasé la nariz por la delgada columna de su cuello, inhalé profundamente su esencia para grabarla en mí. La besé una vez, luego dos.

Mila enlazó su pulgar en la trabilla del cinturón, un peso reconfortante al que me había acostumbrado.

Justo cuando llegamos a la barra, Jack estaba allí.

—¡Suenas increíble, Powers! Tus seguidores duplican la audiencia las noches que tocas aquí. Tengo que ponerte en el programa para los próximos meses. —Sirvió una cerveza helada para mí y lo que parecía un gin-tonic para Mila. Nunca sabía lo que iba a tomar, porque dependía de su estado de ánimo.

—¡Gracias, Jack! —Hice un gesto con el mentón y bebí un trago largo de cerveza. El sabor del lúpulo refrescó de inmediato mi paladar reseco.

—No se equivoca —dijo una voz detrás de mí. En parte esperaba a uno de mis amigos, ya que les había dicho que tocaría esa noche, y normalmente venían el fin de semana. Hasta el momento, brillaban por su ausencia. Me di la vuelta y me encontré con un hombre con traje, pero no el típico traje que podía encontrarse en Macy's. No, ese traje costaba más que mi alquiler... de todo un año. Llevaba unas gafas de montura de alambre negro y una corbata de satén que gritaba «Puedo comprarme lo que me dé la gana y todo me queda bien».

—Eh... Gracias. —Rodeé el cuello de Mila con un brazo—. ¿Puedo ayudarle en algo?

—No, porque soy yo quien va a ayudarte a ti —dijo con una sonrisa de suficiencia. Su tono era excesivamente confiado y algo petulante.

—¡Ah! ¿Sí?

—Sí. —Se meció de atrás adelante sobre sus talones.

—¿Le importaría explicarme eso?

—Mi nombre es James Pinkerton y voy a convertirte en un hombre muy rico. —Hizo un mohín y metió las manos en sus bolsillos.

Pinkerton. Pinkerton. Pinkerton. ¿De qué demonios le sonaba ese nombre?

Sabía que lo había escuchado antes, pero no podía recordar dónde.

Mila se rio a mi lado.

—Este tipo es un poco engreído, cariño —dijo con sequedad mientras lo miraba de arriba abajo.

Mila y yo no teníamos precisamente facilidad para confiar en los demás. Nos estábamos esforzando mucho en confiar el uno en el otro en esa relación que habíamos acordado tener. A diario, tenía que suprimir el deseo de cuestionar cada decisión que cualquiera de los dos tomábamos, porque quería que lo nuestro funcionara. Hasta el momento, nunca había sido más feliz, pero éramos dos personas acostumbradas a estar solas y centradas en nuestros caminos, e intentar ser la mitad de un todo no era fácil para nosotros. Requería trabajo duro, pero los resultados hasta la fecha habían superado cualquier aspecto negativo.

El hombre sacó una tarjeta negra brillante, con letras en relieve de color azul metálico y me la mostró:

Blue Lake Entertainment.
James Pinkerton,
Productor Ejecutivo.

¡Joder!
—Vaya...
—Veo que ahora entiendes quién soy y de dónde vengo. He estado observándote. Esta es la tercera vez que vengo. Tienes una gran voz, un estilo *grunge* muy interesante y tocas bien. Eres un poco mayor para empezar en la industria, pero soy bueno en mi trabajo. Puedo convertirte en todo lo que quieras ser y más.

Mi corazón se detuvo. Solo dejó de latir. Todo lo que había esperado estaba sucediendo. Blue Lake Entertainment era la mayor firma musical en la industria actual. Todo lo que tocaban lo convertían en oro, y cada artista que representaban llegaba a disco de platino. Eran cumplidores de sueños.

—Yo... iré a bailar mientras habláis, ¿de acuerdo? —dijo Mila y me dio una palmada en el brazo.

—Sí, claro, está bien. —La vi alejarse y luego giré para poder verla mientras hablaba con el ejecutivo.

—¡Qué pedazo de trasero! ¿Lo compartes? —El tono lascivo de Pinkerton hizo que se me pusieran los pelos de punta, a pesar de mi emoción. Sacudí las manos para quitarle esa idea.

—No, tío. Ella es mi mujer.

—¡Ah, bueno...! —resopló—. No por mucho tiempo. Estás a punto de tener tantos traseros en el camino que te hartarás de ellos, cada día de la semana.

—No lo creo. —Me sobresalté—. Estoy feliz con lo que tengo.

Él se rio y observó a Mila sacudir el trasero en la pista de baile.

—Entonces, ¿qué es lo que te interesa de mí?

Pinkerton se frotó las manos, con la mirada aún fija en mi chica y no en mí. Su atención no estaba enfocada en la conversación que estábamos teniendo, pero aun así respondió:

—Todo. Trabajarás para Blue Lake Entertainment exclusivamente. Irás adonde queramos que vayas. Cantarás lo que queramos que cantes. Vestirás lo que queramos que vistas. Y juntos haremos millones. —Por un instante, sus ojos regresaron a mí—. ¿Te interesa?

Un sabor amargo me llegó a la boca.

—La verdad es que no. ¿Cantar lo que queráis que cante? Compongo mis propias canciones.

—Ya nadie hace eso. —Soltó una carcajada—. Además, tus canciones son alternativas. Te convertiré en una estrella del pop. Por cierto, ¿sabes bailar?

—¿Bailar? —Me estremecí.

Una vez más, sus ojos no estaban en mí, sino pegados al trasero de Mila. Tenía un buen trasero, pero él sabía que era mi mujer. Por regla general, cuando un hombre sabía que una mujer estaba fuera de su alcance, reaccionaba dejando de comérsela con los ojos. Aquel hombre de traje elegante, con su micropene, al parecer no había aprendido esa básica regla social.

Apreté con fuerza la mandíbula e intenté respirar a través de la ira que hervía en mi interior al ver a un hombre aproximarse a Mila en la pista de baile. Colocó las manos en sus caderas en un gesto posesivo, ella se apartó y se alejó. Di un paso hacia ella, pero el brazo del señor Pinkerton se interpuso y evitó que avanzara.

—Lo último que necesitas para tu imagen es una riña de bar. No se vería bien para mi reciente talento *contratado*. —Enfatizó la palabra «contratado» a pesar de que aquello aún no había ocurrido.

Presioné los dientes tan fuerte que pude escucharlos dentro de mi cabeza. Lo agarré del brazo y lo aparté de mi camino.

—No todo termina en pelea. Discúlpeme mientras me ocupo de mi mujer.

Mila estaba forcejeando con el hombre que sujetaba su cintura, intentando liberar su cuerpo. Corrí hacia él y lo aparté de ella.

—Aparta tus malditas manos de ella. —El tipo rio.

—No te preocupes, amigo. Está bien. Ya he tenido mis manos y mi boca en esta mujer. Hace apenas un par de meses, ¿verdad, dulzura? Me la chupaste tan bien...

Mila frunció el ceño y apartó la mirada.

Luego intervino otro hombre, con un sombrero de vaquero, que estaba de pie junto a la pista.

—¿Es tu mujer? Porque yo también me acosté con ella. Sí, ¿cómo te llamas? Chelsi o algo así.

—Mila —dije, con la mirada en ella y la mano aún estirada sobre el bastardo de manos largas a mi derecha.

—¿Mila? —repitió el otro hombre y negó con la cabeza—. Ese tampoco era su nombre cuando me la follé hace dos meses. De hecho, estuve con ella un par de veces, con unos meses de por medio, pero no pudo recordar mi nombre la primera vez, así que supuse que no merecía la pena mencionarlo. ¡Joder! Apostaría a que todos los tíos de aquí lo han intentado. ¡Es ardiente en la cama y la chupa como una máquina! —dijo el hombre corpulento de aspecto vaquero.

Eso fue suficiente para que perdiera la cabeza. Eché mi brazo hacia atrás y estrellé mi puño en el rostro del hombre con sombrero vaquero.

Su cabeza se echó atrás de forma poco natural antes de que retrocediera unos pocos pasos.

—¡Atlas, no! —gritó Mila.

Fue entonces cuando el bastardo de las manos largas se acercó y me empujó al suelo. Me levanté de un salto, me lancé sobre él y lo derribé sobre la mesa. Para entonces, el vaquero se había recuperado y venía a por mí.

—Vamos, tío... —Hizo una señal de llamada.

—¡No! ¡No! ¡Por favor, para! —Mila se puso frente a mí.

—Apártate. Nadie habla de ti de ese modo. ¡Nadie! —gruñí.

—¡¿Aunque sea verdad?! —gritó en mi rostro—. Follé con los dos. Apenas lo recuerdo, pero lo hice antes de conocerte.

—Te lo dije, tío. Es una zorra. —El hombre se frotó el mentón.

En ese punto, Jack, la propietaria, apareció en medio de nuestro círculo con su fornido guardia de seguridad afroamericano, que podía levantar alrededor de un millón de kilos con cada brazo.

—¡Acabad con esto! ¡Ahora! Tú y tú —señaló al vaquero y al otro tipo—, fuera de aquí. Y no volváis nunca más. Ya no sois bien recibidos aquí.

Luego se dirigió a mí.

—A ti, Atlas, no sé ni qué decirte —susurró, con un gesto amargo—. Tú siempre has sabido comportarte. Nada de peleas en mi bar. Es una regla muy estricta. ¡La única regla que no se rompe, joder! Ahora salid de aquí. Los dos.

—¿Qué hay de mi actuación? —pregunté entre dientes.

—Creo que ya has dado suficiente espectáculo por esta noche, ¿no crees? Te llamaré en caso de que quiera que regreses. Eres más listo que esto. —Negó con la cabeza otra vez, como si estuviera más dolida ella por echarme que yo mismo—. Era el mejor espectáculo que tenía. ¡Joder! —concluyó, arrojó un trapo sobre su hombro y regresó a la barra.

Me di la vuelta y caminé hacia el escenario. James Pinkerton estaba allí, con el ceño fruncido.

—Olvida mi tarjeta. Te he dicho que no interfirieras. Blue Lake Entertainment no contrata a perdedores que no saben controlarse. Nosotros tenemos el control.

Y luego se alejó, y con él, mis sueños de trabajar con la mejor firma de todos los tiempos.

Mila no me dijo nada, pero me siguió en silencio mientras recogía mis cosas y caminaba hacia la salida.

El viaje en coche fue insoportable. Solo podía pensar en lo estúpido que había sido al creer que yo era especial para ella. Había tenido dos hombres en su cama poco tiempo antes de que estuviéramos juntos. ¿Qué clase de mujer hacía eso? ¡Joder!

Cuando llegamos a su casa, me detuve junto a la acera. No tenía intención de entrar. No había dicho una palabra, porque no sabía qué decir. En una sola noche, me había metido en una pelea de bar, había arruinado mi oportunidad de trabajar para Blue Lake Entertainment, la firma de mis sueños, y había perdido, con toda probabilidad, mi trabajo mejor pagado. Y todo por defender el honor de una mujer que se follaba a cualquiera.

Abrió la puerta y se giró para mirarme.

—Vete. —Negué con la cabeza y levanté la mano.

—Lo siento, Atlas. ¿Podemos hablar de esto, por favor? Esos hombres... Fue antes de ti. —Su voz sonaba rota por las lágrimas.

—Sí, y ni siquiera has reconocido a dos hombres a los que te abriste de piernas. ¿Qué dice eso de mí? ¿Me recordarás más adelante, cuando me hagas a un lado también? —Apreté los dientes y continué—: Lamento haber creído que me amabas. Lamento haber pensado alguna vez que podría amar a una mujer. Me has hecho perderlo todo esta noche. ¡Todo! Y simplemente porque no pudiste mantener tus piernas cerradas —rugí—. Ahora vete.

Ni siquiera reconocí mi propia voz cuando ella salió del automóvil, con lágrimas cayendo por su bello rostro. Era hermosa incluso cuando lloraba. Una vez que cerró la puerta, se apoyó en la ventana abierta. Agarré el volante con tanta fuerza que creí que mis nudillos se romperían.

—Dijiste que nunca me abandonarías —susurró.

La voz de Mila estaba tan cargada de remordimiento que tuve que ahogar mis propias lágrimas y ocupar mi mente con la ira por lo que había sucedido esa noche.

—Sí, y yo pensé que nuestra relación no arruinaría mi vida. Ambos nos equivocamos —logré decir entre dientes.

Tenía que marcharme. Tenía que salir de allí, alejarme de ella, alejarme del dolor, de la pérdida y de todo lo que ella representaba. Así que aceleré el motor hasta que ella apartó sus manos y me alejé, dejando mi corazón en la acera, frente a su casa.

19

Chakra del plexo solar

Cuando el chakra del plexo solar de una persona está alineado, no solo es muy ambiciosa, sino también consciente de sí misma y evoca naturalmente una fuerza energética que resulta deseable y magnética. Esta persona tiene un profundo valor para aquellos en su vida que pueden mantener su palabra y cumplir sus responsabilidades y obligaciones sin su interferencia. Conectar con alguien con un manipura totalmente comprometido es como estar al lado de una fuente de energía viva.

ATLAS

Dicen que cuando una persona pasa de un estado seco, como California, a uno húmedo, como Hawái, se aclimata fácilmente. A mí no me lo pareció. Notaba cada inhalación como si estuviera respirando bajo el agua. Y el calor, tan húmedo... ¡Dios! Nada parecido a lo que estaba acostumbrado. En California hacía calor. En pleno verano, podía ser incluso brutal. Al menos en el valle. En la bahía se apreciaba la brisa del océano, así que nunca hacía demasiado calor ni demasiada humedad. Hawái, aunque era templado, te hacía sudar, y ese sudor nunca se secaba. Jamás. Me sentía eternamente mojado, ya fuera por repentinos estallidos de lluvia o por el manto de rocío que se generaba en mi piel por el calor o la humedad.

Hawái era muy bonito y todo eso, pero al igual que la canción, había dejado mi corazón en San Francisco. Literalmente. Hacía dos semanas que no hablaba con Mila. La había dejado en la acera y pasado las últimas dos semanas pudriéndome e intentando descubrir qué demonios hacer con mi vida. Algo que sí hice fue sacar de la caja el dinero de mi padre y entregarle la mitad a mi madre. Cuando le di un cheque por ciento treinta mil dólares, ella comenzó a llorar. Un llanto intenso y tembloroso. Creyó que había firmado un contrato musical a lo grande. Algo que había hecho, pero no como ella pensaba.

La semana anterior, también me reuní con Silas McKnight. El hombre en persona era, con diferencia, el tipo más simpático. Tenía el cabello suficiente para saber que se lo cortaba así a propósito, no porque fuera calvo o tuviera entradas. Lucía unos vaqueros oscuros con una camiseta blanca y un blazer de pana negra que, en él, se veía elegante, pero desenfadado. Me invitó a sentarme y me hizo una propuesta diferente a la que había esperado.

—*Gracias por venir, Atlas.*

Asentí con la cabeza.

—*Me alegra estar aquí. Gracias por la semana extra con las canciones. Estaba en una especie de crisis que tenía que atravesar.*

Silas se frotó la barbilla.

—*¿Y la has superado?*

—*Sí, escribiendo estas canciones.* —*Señalé las líneas escritas que le había entregado para que tuviera una copia de lo que había estado creando. Seis canciones en total. Tres que ya tenía, que incluían «Tal vez nunca, quizás algún día», algunas más que había escuchado en*

Harmony Jack's y las tres canciones adicionales que había solicitado, en las que incluí la más preciada, que había llamado simplemente «Gata salvaje».

Silas había leído y escuchado las canciones antes de mi llegada. Quería escucharlas antes de nuestra reunión, así que las había grabado con mi guitarra acústica, cantando a capela en mi grabadora barata y se las había enviado.

—Estoy seguro de que crees saber por qué estás aquí, pero necesito ser sincero contigo. Tengo un motivo distinto al que probablemente imaginas.

Fruncí el ceño y apoyé los codos en mis rodillas, uní las manos frente a mí y apoyé el mentón sobre ellas.

—De acuerdo, dispara. ¿Por qué estoy aquí?

—Eres un compositor brillante. —Silas se reclinó en su silla y levantó el tobillo sobre la rodilla contraria.

—Gracias —respondí sonriente.

—Pero no voy a contratarte como artista.

Mi corazón se desplomó. Eso era todo. Mi última oportunidad de hacer algo con mi carrera musical. Ya lo había estropeado con Blue Lake Entertainment, aunque cuanto más lo pensaba, menos probable me parecía que quisiera trabajar con ellos. Solo querían cambiarme.

—De acuerdo entonces, ayúdeme a entender por qué no me ha dado esta noticia por teléfono. —Mi tono era plano y carecía de cualquier emoción. Al igual que mi corazón durante la última semana. Sin vida.

Silas se pasó un dedo por el labio inferior.

—Quiero hacerte una oferta diferente.

—¿Qué tipo de oferta? —Me senté erguido y presioné las palmas sobre mis muslos cubiertos por mis vaqueros.

—Quiero contratarte como compositor y productor.

Parpadeé y luego volví a parpadear, para intentar limpiar cualquier resto del impacto que empañaba mi visión por completo.

—¿Perdón?

—Atlas, tus canciones son profundas. Intensas. Hacen que las personas sientan cosas. Por desgracia, tienes una presencia escénica terrible. No sabes bailar. Y, lamento decirlo, tu voz se quiebra y desafinas después del segundo set.

¡Pum! Nada como ser aplastado entre la verdad y la realidad. Sé que mis hombros se hundieron y que sentí cómo me faltaba el aire.

—¿Pero quiere que componga para usted?

Asintió con la cabeza.

—Reconozco el talento en cuanto lo veo. Parte de lo que hace a Producciones Knight & Day tan buena es que sabemos cómo trabajar con las personas utilizando sus dones para unirnos como equipo y crear grandeza. Te veo componiendo canciones y puliendo a nuevos artistas para crear algo fantástico; algo de lo que Knight & Day pueda estar orgulloso.

—Compositor y productor. Me gusta cómo suena. —Ni siquiera intenté ocultar la sorpresa en mi voz.

—A mí también. —Silas sonrió—. Y viene con sala de sonido incluida. Puedes trabajar desde casa tanto como quieras, cuando no estés con algún artista, claro. También puedes ayudarme a fichar a nuevos talentos. Recibirás un salario de seis cifras, con bonos, si tus canciones llegan a las listas de éxitos, seguro médico y dental, jubilación y todo ese rollo. Cuidamos de las personas porque, cuando tenemos a alguien con un don como el tuyo, queremos que esté feliz.

—¡Joder! ¿Seis cifras?

—Para empezar, ganarás ciento setenta y cinco mil al año y luego podrás aspirar a recibir bonos. Creo en ti y voy a poner mi dinero donde he puesto mi palabra.

—Vaya, sí que lo hace.

—Tómate un tiempo para pensarlo.

Negué con la cabeza.

—No necesito pensarlo. Este era mi objetivo final. Planeaba cantar y tocar hasta que pudiera entrar en una compañía y hacer lo que se me da mejor. Crear música. El escenario es genial y divertido, pero quiero formar una familia algún día, en un futuro no muy lejano. Además, como usted dijo, no sé bailar, mi voz se quiebra y desafino.

Silas se rio y alargó su mano.
—Así es. Bienvenido a la familia.

La galería era amarilla y tenía un océano pintado en toda la parte trasera, donde aparqué mi coche de alquiler. Por mucho que quisiera temer ese momento, no lo hice. No había visto a mi padre en veinte años. Saber que había estado viviendo la buena vida en una isla, mientras mi madre y yo apenas llegábamos a fin de mes, destruía cualquier emoción que no fuera rabia; la rabia a la que me aferraba mientras caminaba por la galería. La asistente de ventas, quien descubrí que era su mujer actual o *whaine* en hawaiano, me dijo que Kenny estaba fuera, tomando el sol en la playa, detrás de la galería que estaba adosada a su casa.

Le di las gracias a aquella atractiva mujer. Parecía más joven que mi madre, pero no tanto como para alejarse mucho de la edad de mi padre. Pero ¿quién sabía? Mi madre tenía muchas arrugas, por la vida tan dura que había tenido.

Una vez que atravesé la galería, hacia las puertas corredizas de vidrio vi una sombrilla hundida en la arena, a unos treinta metros de distancia. Un par de pies resaltaban en el paisaje.

Con un corazón pesado, lleno de rabia, di tumbos por la arena en dirección al bañista. Cuando llegué, me quedé mirando a mi padre. Había envejecido mucho. Veinte años tenían ese efecto en las personas. Sin embargo, estaba bronceado y delgado, con el pecho y los brazos torneados, una barba entrecana y pelo rizado a juego. Era como yo, solo que veinte años mayor. Podía imaginarme fácilmente luciendo justo como él cuando tuviera cincuenta.

—Oye, amigo, me estás tapando el sol —dijo.

Me quedé allí inmóvil, solo analizando todo lo que mi padre representaba. Luego me quité las gafas y me crucé de brazos.

Él se sentó y se colocó las gafas sobre el pelo. Los mismos ojos que había visto en el espejo cada día de mi vida me devolvieron la mirada.

Era curioso cómo uno no recuerda esa clase de cosas hasta que se encuentra de frente con ellas de nuevo.

—¡Dios mío! Al final has venido —dijo, claramente sorprendido y emocionado.

—¿Al final he venido? —entorné los ojos—. ¿Eso es lo que tienes que decirme?

—Has tardado mucho tiempo. —Resopló—. ¿Cuánto ha pasado, veinte años? —Volvió a sentarse, se llevó una cerveza a los labios y bebió un trago largo—. Te di esa llave hace siglos.

Me había dado la llave hacía...

—¿Qué? ¿Hablas en serio?

—Por supuesto. Soy tu viejo. Ahora, trae una silla, hijo. —Señaló la tumbona que estaba a su lado. No podía estar hablando en serio.

—Me dejaste. A nosotros. A mamá y a mí. Hace veinte años, ¿y quieres que simplemente traiga una silla?

Mi padre frunció el ceño y suspiró.

—Supongo que no recibiste el dinero hasta ahora.

Mi visión se tornó roja. Y, en lugar de golpearlo hasta quitarle el aliento, levanté mi pie y le arrojé arena. Muchas veces, en realidad, como un maldito niño que tiene una rabieta.

—Eso no está bien, hombre.

—¿Que no está bien? ¡Que no está bien! *¿Está bien* acaso abandonar a una mujer que te amaba? ¿Desaparecer durante veinte años *está bien*? —grité, tan fuerte que estoy seguro de que me oyeron hasta en las islas contiguas. Si no, estaba a punto de formar otro escándalo.

Mi padre se levantó y bajó sus manos como diciendo «Tranquilo, amigo».

—Espera un momento. Te dejé la llave. Te dije que cambiaría tu vida.

—También dijiste que volverías. —El dolor en mi voz superó la rabia y me estremecí; no quería que supiera lo que sus acciones me habían provocado realmente.

—Bueno, en eso tienes razón —admitió.

—Contéstame ahora. ¿Por qué nos abandonaste a mamá y a mí?

Se pasó una mano por el pelo, alborotado por el viento, y luego se frotó la barba.

—Amaba a tu madre. La amaba. Y te amaba a ti, muchísimo.

—¿Sí? ¿Entonces por qué te fuiste? —Resoplé.

—En aquel entonces, amaba mi arte más que a tu madre. Contigo, sentía que no tenía nada más que ofrecerte. Me prometí que haría algo con mi vida, lo reservé todo para tu futuro. Por eso te di la llave. Sabía que cuando fueras mayor lo descifrarías. Aunque no creí que tardaras tanto...

Me agarré el pelo y tiré de varios mechones.

—¿No creíste que tardara tanto...? ¡Estás loco!

Se encogió de hombros.

—Tal vez, pero soy feliz. Velé por ti económicamente y te dejé ese negocio para que tuvieras algo de lo que vivir. —Chasqueó la lengua—. Tal y como yo lo veo, que te dejara fue lo mejor para ti.

—Estás muy loco si crees eso. Un niño necesita a su padre, no dinero ni un negocio. No puedo creer que pensaras que eso era lo mejor para mí. Lo que yo quería era tenerte a ti en mi vida, cada día. Cuidando de mí, cuidando de mi madre.

Eché un vistazo a su galería, junto a la playa, en la costa norte de la isla. Aquel lugar debía de costar una fortuna, pero allí estaba él, tomando el sol y pensando que abandonarme había sido una buena decisión.

—Ahora que te he visto, puedo decirte exactamente lo que hiciste. Que te fueras... me destrozó. Y prácticamente mató a mi madre. Hemos pasado por tantas dificultades, tan duras, que hubo ocasiones en las que no estaba seguro de dónde sacaríamos dinero para comer. Pero seguimos luchando y, finalmente, salimos adelante. Sin ti. Y, ¿sabes qué, *papá*? —hablé desde mi frustración—, seguiremos haciéndolo sin ti. Recibí tus cartas, tu dinero y el negocio que me has dejado y, ¿sabes qué?, lo usaré para hacer algo bueno. Así que, gracias por eso, por ese pequeño gesto de bondad. Ahora puedes seguir con tu vida, libre, sabiendo que tu hijo y tu esposa están bien sin ti.

—Hijo, por favor. Ven. Conozcámonos el uno al otro. Compartamos una cerveza. Te presentaré a mi *wahine*.

Me mordí el labio tan fuerte que me provocó dolor, pero no tanto como el que sentía en mi corazón. Aquel hombre no amaba a nadie más que a sí mismo. Había ahorrado todo ese dinero y me había dado todas esas cosas porque se sentía obligado y culpable. Y así debía seguir sintiéndose durante el resto de su vida. Me había abandonado.

Brevemente, pensé en Mila. Yo también la había abandonado a ella, igual que mi padre había hecho conmigo. Abandoné lo único en mi vida que sabía que era real. No era tan distinto a él. Había abandonado a la única persona que me amaba por quien era, más allá de lo que podía ofrecerle. ¡Mierda! Lo había estropeado todo. Mucho. Sabía que tenía que solucionar el tema con mi padre, con mi vida y con mi carrera, antes de regresar a ella, pero lo haría. Solo esperaba que, después del tiempo que había pasado, ella me aceptara. Otra vez.

—Tengo que irme. —De repente, sentí una imperiosa necesidad de subirme a un avión y regresar a California. Quería recuperar a Mila, pero antes debía poner mis asuntos en orden—. Que tengas una buena vida, papá.

Intentó detenerme poniendo una mano en mi brazo.

—Espera, ¿volverás alguna vez? —Su voz sonó afectada, como si realmente sintiera un ápice de emoción. Quizá remordimiento, pero lo dudaba.

Aparté su mano de mi brazo y pronuncié las mismas palabras que él me había dicho, solo que las cambié un poco:

—Tal vez algún día... probablemente nunca.

MILA

Las últimas dos semanas rivalizaron en dolor con las semanas previas a que mi padre fuera acusado y mi madre se fuera con su nueva familia. A Atlas le habían abandonado de niño, pero aún tenía a su madre.

Yo no tenía familia. Aunque daba las gracias al cielo por tener a Lily y a Moe. Ella había sido mi roca desde la separación. Por supuesto, ella también tenía esperanzas de que Atlas se arrepintiera de lo que había hecho y volviera arrastrándose. Pero hasta el momento... eso no había ocurrido.

Moe me pasó una tortilla rellena de espinacas, olivas negras, tomates y queso cheddar. La había preparado para que el interior estuviera a rebosar y la delgada capa de tortilla se doblara sobre el relleno, en lugar de revolverlo todo junto.

—Te lo digo yo; ese hombre te quiere. —Sacudió su espátula en círculos—. Yo no he perdido aún la esperanza.

Puse los ojos en blanco y corté la punta de la tortilla.

—Si me quisiera de verdad, no se habría ido... Y habría dado señales de vida en estas dos semanas.

—Sí, pero nadie lo ha visto tampoco. —Hizo un mohín—. Incluso Dash ha dicho que ha desaparecido de su radar.

—Bueno, pues espero que se haya caído en una zanja y se haya golpeado su bonita cara.

—Mila, no lo dices en serio. —Moe jadeó.

—No, claro que no... —Gemí y dejé caer la cabeza en mis manos—. ¡Joder! Esto de amar a alguien es una mierda.

—¿Amar? ¿Tú lo amas? —Los ojos de Moe brillaron con interés.

—Cariño, ¿no es evidente por lo desgraciada que me siento? —Suspiré—. Parece que las personas enamoradas son siempre desgraciadas por algún motivo.

—¡Ah, sí! Pero nunca antes lo habías admitido. —Parpadeó adorablemente.

—Quizá porque es la primera vez que me ha pasado y, mira..., lo he estropeado todo sin ni siquiera esforzarme. Imagínate. —Me estremecí.

Los hombros de Moe se desplomaron y se apoyó en la encimera.

—Todo el mundo tiene un pasado y el de la mayoría es mucho peor. Créeme. Lo sé.

Pensé en lo que me decía Moe. Su trabajo consistía en guiar a las personas en momentos complicados: crisis matrimoniales, divorcios, duelos, batallas por la custodia de los hijos, mediaciones en juzgados... Definitivamente sabía de lo que hablaba. Pero eso no cambiaba el hecho de que ya hubieran pasado dos semanas y no tuviera señales de mi músico de pelo rizado.

—¿Has intentado llamarlo?

Negué con la cabeza.

—¿Y qué le digo? ¿Siento ser una zorra?

—Tú no eres una zorra. —Moe golpeó la encimera.

—En cierto modo sí lo era, chica. He tenido muchos encuentros de una noche. Demasiados para contarlos siquiera. Iba a un bar, dejaba que un hombre atractivo me invitara a unas copas, lo acompañaba a su casa, saciaba el deseo sexual y luego, cuando se quedaba dormido, me escapaba en taxi a casa. Una sola vez y adiós.

—Eras una mujer libre y podías hacer lo que quisieras. Una zorra recibe dinero a cambio de sexo; tú lo hacías porque te apetecía. Además, eres un ser sexualmente independiente y puedes acostarte con quien quieras. Cuando estabas con Atlas no lo hacías, ¿verdad?

Sacudí mi cabeza con fuerza y mi pelo voló contra mi mejilla.

—Claro que no. No desde el día en que lo conocí.

—Ahí lo tienes. Tú no has estropeado nada, ha sido él. Pero ya que os habéis dicho cosas tan hirientes y todo ha terminado tan mal, podrías, al menos, tener un pequeño gesto de paz. —Sostuvo sus dedos pulgar e índice separados unos centímetros.

El teléfono sonó justo en ese momento. Moe contestó, escuchó un momento, y luego me lo pasó.

—Es para ti.

Muy pocas personas tenían el número de su casa. Yo no se lo daba a nadie por precaución. Moe era una persona muy conocida, y algunos cretinos del sistema legal, e incluso su ex, tendían a descargar su ira contra ella, así que no compartíamos el número telefónico y lo teníamos bloqueado.

—¿Hola? —contesté.

—Hola. ¿Señorita Mercado?

—Sí.

—Soy Ingrid, de la galería Segundas Oportunidades —dijo una voz nasal al otro lado de la línea.

—De acuerdo. ¿En qué puedo ayudarla?

—¿Quién es? —preguntó Moe con los ojos entornados y la nariz arrugada.

Me encogí de hombros.

—He recibido su información de una fuente anónima que ha visto y compartido fotografías de su trabajo reciente. He sabido que la galería La Luz ha rechazado una exhibición individual de su trabajo, pero a nosotros nos gustaría ofrecerle eso mismo.

De repente sentí como si toda la sangre de mi cuerpo se hubiera evaporado. Mis huesos se volvieron papilla y mi corazón daba saltos mientras sostenía el teléfono con fuerza contra mi oreja.

—¿Vosotros qué?

—Queremos exponer su trabajo. En dos semanas.

—¿En dos semanas?

—Sí. ¿Sería eso un problema? Según me han informado, no ha vendido ninguna de las obras y no tiene planes de exhibir las piezas arquitectónicas durante el próximo mes, lo que significa que podríamos tenerlas ahora mismo. ¿Es así? —Su voz se endureció.

Froté mi rostro con una mano. No estaba segura de cómo tomar lo que estaba escuchando.

—No, aún no las he vendido y no, La Luz no expondría mis piezas hasta el mes que viene aproximadamente. No hemos fijado una fecha.

—Bien por nosotros. Mal por ellos. Me gustaría tomar algunas fotos de los lienzos para poder planificar una disposición. También tendremos que determinar un precio para las obras, si es que quiere vender las piezas tras la exposición, en seis semanas. ¿Sería posible hacerlo hoy mismo? No hay mucho tiempo que perder.

Mi mente se esforzó por seguir el ritmo de los acontecimientos. No solo me estaba llamando mi mayor sueño, sino que además estaba impulsando mi carrera a la estratosfera, y no tenía ni idea de por qué.

—Claro, sería genial. Es solo que... no esperaba su llamada. Es todo tan repentino...

—Sí, bueno, el propietario está muy interesado en su trabajo y en tener su exposición.

—Yo... no sé qué decir.

—Di «Estaré preparada para ti en dos horas, Ingrid».

—Estaré preparada para ti en dos horas, Ingrid.

Ambas reímos, aunque la risa de ella fue algo más forzada.

—De acuerdo entonces. Nos vemos en dos horas. —Continuó leyendo mi dirección. No tenía ni idea de cómo había conseguido esa información.

—¿Quién era? —Moe dio un trago a su café—. Creí que tendría que arrancarte el teléfono y averiguar quién te estaba amenazando. En el lapso de cinco minutos de llamada, te has puesto blanca como un fantasma, luego roja como una fresa y ahora pareces simplemente conmocionada.

—Era la galería Segundas Oportunidades, de San Francisco. Es incluso más grande que La Luz.

—Y... —Moe giró su mano para indicar que siguiera adelante.

—Quieren hacer una exposición de todo mi trabajo en dos semanas.

—¡Oh, Dios mío! —exclamó sin poder cerrar la boca—. ¿Toda una exposición individual?

Asentí, ya no era capaz de hablar.

Moe comenzó a saltar y a bailar de alegría, luego corrió hacia mí. Salté de mi taburete y ella se abalanzó sobre mí en un abrazo. Luego ambas saltamos juntas, gritando a todo pulmón, riendo y llorando.

—Sabía que podías hacerlo. —Se secó los ojos—. Sabía que alguien especial reconocería tu arte y sabría valorarlo. ¡Tenemos que celebrarlo!

—Y lo haremos. —Me sequé las lágrimas que caían por mis mejillas también—. Pero primero, tenemos que prepararnos, porque Ingrid vendrá en dos horas para medir y valuar las pinturas, y discutir un plan para su disposición. ¡Ay, por Dios! ¡Es una locura tan increíble! ¡Tengo que llamar a Atlas! —grité, y luego la realidad me golpeó. No podía llamar a Atlas. Él ya no estaba en mi vida. No le importaba que tuviera mi primera exposición personal, porque me había dejado.

—¡Sí, se lo contaremos a todos! —dijo Moe, ajena a mi dilema interior. Asentí y luego imprimí una sonrisa en mi rostro.

—Sí, sí, lo haremos. —*A excepción de una persona, porque a él ya no le importa.* Reservé esa última parte para mí misma y seguí a Moe a mi habitación para que pudiéramos escoger lo que usaría para la representante de la galería que estaba a punto de llegar a casa. Luego escogería lo que usaría para la verdadera exposición. Mis sueños se estaban haciendo realidad. Estaba consiguiendo la única cosa que siempre había querido. La parte negativa: ya no podía compartirlo con el hombre al que amaba.

Algunas veces, la vida era así de dura.

20

Postura del niño
(En sánscrito: balasana)

La postura del niño en yoga es la principal para el descanso. Se utiliza en casi todas las clases de yoga para darle al cuerpo y a la mente un momento de paz. Típicamente, la postura se realiza con los brazos estirados hacia el frente, apoyados en la esterilla, pero también se puede modificar la postura con los brazos atrás. Arrodíllate con las rodillas separadas. Relaja el pecho entre las piernas flexionadas, con la frente apoyada en la esterilla. Estira los brazos separados o llévalos hacia atrás. Respira.

MILA

Todo estaba colocado en su lugar. Seguí a Ingrid por la sala para asegurarme de que cada pieza estuviera perfecta. Las paredes de la galería eran de color gris apagado. Había molduras rojas a lo largo del borde del techo que le daban una sensación mucho más moderna. Las luces móviles del riel hacían su magia resaltando con belleza cada una de las pinturas. No podría haber soñado con un montaje mejor. A lo largo de una pared, la galería había dispuesto una barra con una gran variedad de postres, del tamaño de un bocado, para que los clientes pudieran degustarlos mientras analizaban el arte. Los camareros estaban también listos para ofrecer con sus bandejas aperitivos y canapés. Ingrid me aseguró que eso era algo habitual y que la galería se encargaba. Los gastos del evento se cubrirían con su porcentaje de las ventas. Algo muy arriesgado en mi opinión, porque ¿y si no se vendía nada? No era problema mío.

Negué con la cabeza para sacudir esos pensamientos negativos. No, alguien compraría una pintura y, cuando eso ocurriera, yo chillaría en silencio.

—Mila, he cambiado el precio de *Deseo flagrante* porque, honestamente, creo que lo has tasado muy por debajo de su valor —dijo Ingrid con el ceño fruncido.

Deseo flagrante era el desnudo de Atlas, sentado en el taburete, con su erección fuerte y orgullosa como centro de atención. Quería que esa pintura desapareciera. DESAPARECIERA. No necesitaba más recordatorios de lo que ese hombre significaba para mí, ni entonces ni ahora.

—Lo que tú veas. Solo quiero que se venda, así que si alguien está interesado y necesita un ajuste de precio, siéntete libre para hacerlo y que desaparezca.

Asintió con cortesía y giró en sus tacones Louis Vuitton. Me sorprendió ver que en una esquina había un empleado de la galería instalando un micrófono, un taburete y un amplificador. Cuando Ingrid pasó junto a mí, sujeté su brazo.

—¿Habrá música en vivo esta noche? —Ingrid sonrió sin emoción, como si le tomara un increíble esfuerzo hacerlo.

—El nuevo dueño quería ofrecer algo especial. No es lo habitual. En ocasiones ponemos música a través de altavoces, pero nunca en directo. —Llevó una mano a mi hombro—. No te preocupes, me han dicho que es muy bueno. En cualquier caso, él es el jefe y quien tiene la última palabra. ¿Tienes algún problema con eso?

Parpadeé y negué con la cabeza.

—No, no, en absoluto. —Me encogí de hombros—. Lo último que quería era poner en duda las decisiones del hombre que me había dado mi primera gran oportunidad—. ¿Sabes cómo se enteró de mi arte? ¿Fue por Steven, de La Luz?

—No estoy segura. —Hizo un mohín—. Tal vez. No se lo he preguntado, ya que nos informaron hace poco de que era el propietario. Creía que el dueño era alguien de fuera del estado, pero el abogado de la galería nos presentó a ese joven, hace poco, como el propietario. No te preocupes, querida. El plan de exhibir tu trabajo durante las próximas seis semanas fue idea de él, así que no tienes nada de qué preocuparte.

Justo cuando estaba a punto de decirle que le diera las gracias, se alejó de mí, con el ceño fruncido y sus tacones resonando sobre el suelo de mármol, para ir tras una persona que estaba ajustando una de mis pinturas.

—¡No toques eso! ¿Estás loco? Esa pieza cuesta varios miles de dólares.

Giré sobre mis tacones de cuña y estiré mi sencillo vestido rojo. Se ajustaba a cada centímetro de mi cuerpo, pero me había arreglado mucho y me sentía bien con mi aspecto. Este día, más que nunca, tenía que dar la impresión de estar feliz. Y lo estaba, al menos en parte. Mi sueño se estaba cumpliendo, mis pinturas estaban en las paredes de una elegante galería de San Francisco, y todos mis amigos vendrían a ver la exposición.

¡Dios, cómo echo de menos a Atlas! Si al menos pudiera compartir esto con él...

Sin importar lo que hiciera, el sexi yogui de pelo rizado siempre estaba en mis pensamientos. Hacía un mes que no lo veía y no había podido sacarlo de mi mente. Había dejado La Casa del Loto y estaba prácticamente desaparecido. En un momento dado, me derrumbé y le pregunté a Dash si lo había visto y si estaba bien. Dash me dijo que se había ido a Hawái para resolver algo. Sabía que se trataba de su padre, pero no compartí esa información con su amigo. Si él quería hablarle a Dash de su padre y lo que había estado haciendo durante los últimos veinte años, era cosa suya.

Dash, sin embargo, me confió que Atlas había conseguido un puesto en Producciones Knight & Day. Escuchar eso me llenó el corazón de una alegría extrema. Saber que no había perdido todas sus opciones musicales por mi culpa hizo que, de alguna manera, fuera mucho más fácil respirar.

Poco a poco, la galería comenzó a llenarse de gente. Había mucha más gente de la que esperaba. Me acerqué a Ingrid y esperé pacientemente detrás de ella mientras explicaba a unos clientes potenciales que la pintura *Inocencia tántrica* era la única que no estaba a la venta. Para su decepción, se la había prometido a Dash y a Amber, y no iba a cambiar de opinión. Ella los guio hacia otra pintura de una pareja desnuda. Era de hecho la misma pareja, solo que estaban uno frente al otro. Amber tenía las piernas alrededor de la cintura de él y estaba sentada en su regazo. Tenía los pechos aplastados contra el pecho de él y estaban besándose. De no conocer a la pareja personalmente, nadie sabría que eran ellos. Estaban de acuerdo con que pintara y vendiera esa pieza, pero no la que mostraba sus partes íntimas y sus rostros de frente.

—Ingrid, hay muchas más personas de las que esperaba —dije mientras que los clientes seguían entrando. Ella asintió y miró hacia la puerta.

—Sí, el nuevo dueño ha invertido una considerable suma para promocionar esta exposición. Al parecer se siente muy atraído por tu arte —respondió con una sonrisa.

—¿Podré conocerlo? —pregunté.

—Por supuesto, aunque quería permanecer en el anonimato hasta el momento adecuado. —Agitó sus pestañas y sonrió—. Supongo que eres especial para él.

Me quedé sin aliento.

—No tengo ni idea de por qué.

Ella se encogió de hombros.

—Quizá sea un admirador secreto. —Se inclinó hacia mí, como si fuera a compartir un chisme muy valioso—. Es muy guapo y cada vez que mencionaba tu nombre, su cara se iluminaba como un árbol de Navidad. Creo que te espera un bonito romance.

Me reí a carcajadas.

—No conozco a nadie en el mundo artístico además de Steven, ¡y él es gay!

En ese preciso momento, sentí un ligero tirón en el bajo de mi vestido y miré hacia abajo. Mi niña me sonreía de forma encantadora, con su pelo recogido en dos perfectas coletas con lazos rosas. Me agaché y abracé a Lily.

—Hola, cielo. —Me acurruqué contra su cuello y su loción dulce de bebé calmó mis nervios.

—¡Estamos aquí para ver arte! —dijo con alegría mientras aplaudía—. ¡Mami dice que eres una estrella! —Arrugó su nariz e inclinó su cabeza a un lado y al otro—. Pero yo no te veo estrellas.

Me reí y volví a abrazarla mientras Moe se reía detrás de nosotras. Luego me giré hacia ella.

—Oye, Moe. Gracias por venir.

—Como si fuera a perdérmelo. —Pareció ofendida—. He visto a toda la banda de tu trabajo aparcar fuera. ¡Ah! Aquí están. —Señaló hacia la puerta.

Fieles a su palabra, Genevieve apareció del brazo de Trent. Él lucía un elegante traje con un pañuelo de bolsillo y una corbata, del mismo color rosa intenso que el vestido de Vivvie. Toda una demostración de clase. Detrás de ellos, se encontraban Amber y Dash. Dash llevaba unos pantalones de vestir y una camisa estampada. Amber, siempre tan recatada, lucía como Audrey Hepburn, con un traje de color crema y el pelo recogido en un moño alto. El siguiente era Nicolas Salerno, acompañado de Dara Jackson de su brazo. Sabía que eran buenos amigos, pero juntos lucían como una pareja de modelos. Él vestía un traje sin corbata, con el cuello de la camisa abierto, mostrando una porción de su pecho dorado. Su pelo estaba engominado a la perfección. Acompañaba a Dara, que llevaba un vestido de noche con lentejuelas, azul marino y sin mangas. Su piel morena brillaba con las lentejuelas y su pelo rubio le caía por la espalda descubierta y alrededor de los hombros. Completa elegancia.

Todos se dirigieron hacia mí.

—¡Hola, chicos! Gracias por venir.

Los abracé uno a uno mientras los hombres iban a buscar bebidas. Clayton Hart atravesó las puertas, me vio y se acercó a mí con una sonrisa. Antes de que me diera cuenta, ya estaba abrazándome.

—Estoy orgulloso de ti. Y Atlas también lo está —me susurró en mi oído.

La sola mención del hombre al que amaba y que no veía desde hacía un mes fue como una punzada al corazón. Me tensé en sus brazos y me obligué a reforzar la armadura que se había forjado alrededor de mi corazón.

—Sí, bueno, desearía que estuviera aquí para ver esto. —Mi voz tembló, pero resistí la emoción. No era el momento de desmoronarme. No esa noche. No cuando todo por lo que había trabajado estaba colgado en las paredes para que el mundo lo viera.

Ingrid se acercó a mí a toda prisa.

—Disculpad. La necesitamos. —Me apartó mientras saludaba a mis amigos.

En aquel momento, Clay miró a Moe, luego a Lily y a continuación se dio la vuelta y las dejó allí. No tenía ni idea de qué iba todo eso, pero pensaba preguntárselo cuando tuviera oportunidad.

—No te lo vas a creer. —Ingrid habló a toda velocidad en mi oído; su perfume avasalladoramente intenso invadió mis sentidos y me provocó un cosquilleo en la garganta.

—¿Qué? —Tosí para intentar expulsar algo de su esencia.

—Todos los desnudos se han vendido ya, y también muchas de tus piezas de arquitectura. Puede que acabes vendiendo la exposición al completo. ¡Es la primera vez que pasa algo así en los dos años que llevo trabajando aquí! —Estaba prácticamente dando saltos. Quería agarrarla de las muñecas para asegurarme de que no tropezara con sus zapatos, pero entonces escuché el rasgueo de una guitarra.

Intenté escuchar a Ingrid, pero la guitarra y la voz murmurada que la acompañaba me eran demasiado familiares. Las notas se filtraron por mis poros, corrieron por mi torrente sanguíneo y envolvieron mi corazón.

—Tengo que... —comencé a alejarme y ella tomó mis manos.

—Mila... —dijo, con un tono de preocupación en su voz.

—No, conozco esa voz. Es... —La multitud abrió un sendero y allí estaba él. Sentado en un taburete, el pie descansando en un escalón, su guitarra acústica sobre su muslo y la más hermosa sonrisa adornando sus labios. Y estaba mirándome a mí. Sus ojos brillaban bajo la luz y, en ese momento, me pareció más impresionante que cualquier obra de arte.

—¡Ah! Ahí está mi chica. La mujer de la noche. La artista a la que todos hemos venido a ver. Mila Mercado. Démosle un aplauso por compartir esta belleza con nosotros esta noche.

Todos aplaudieron cuando avancé hacia donde estaba Atlas. Aún no podía creer que estuviera allí. Me detuve a unos tres metros de distancia, dentro del semicírculo que se había formado a su alrededor. Todos mis amigos estaban allí, algunos sonriendo y otros con lágrimas en los ojos.

—Veréis, hace un mes me alejé de la única mujer que he amado. Esta noche, estoy aquí para arrastrarme, suplicar e implorar para recuperarla. Te amo, Mila, y escribí esta canción para ti. Se llama «Gata Salvaje».

ATLAS

Mila era una visión en rojo. El vestido se ajustaba a cada centímetro de su hermosa piel color moca de la manera más deliciosa posible. Quería pasar mi lengua por la tela sedosa y descubrir si su sabor y esencia se filtraría a través de ella. Habría apostado hasta mi último dólar a que sí.

Su cabello estaba lleno de rizos, un lado recogido hacia atrás, de modo que podía ver fácilmente sus ojos color caramelo. ¡Dios, cómo la extrañaba! No fue hasta el último segundo que descubrí cuánto *anhelaba* su presencia en mi vida.

Hablé al público, pero mantuve los ojos en ella, en la mujer que amaba, mientras permanecía allí de pie, rígida como una estatua. Sin que se quebrara ni una pizca de su fachada. Solo que yo la conocía bien. Por dentro debía de ser un caos emocional. Podía verlo en sus ojos, cómo quería correr hacia mí, cómo estaba sufriendo por mí. Me rompía el corazón lo mucho que había estropeado lo que teníamos al no luchar por ella, por nosotros. Nunca volvería a cometer ese error. Nunca. Mi única esperanza era que al estar allí esa noche, exponiendo su trabajo, cantando esa canción, ella encontrara en su interior la voluntad suficiente para perdonarme.

Me aclaré la voz, rasgueé la melodía y luego dejé que mi alma hablara.

Verte a ti es ver mi futuro.
Pinceladas en una fotografía.

Estos días separados, me han devastado.
Con nuestro amor, será reconstruido.

Nunca quise romper tu corazón.
Por favor, por favor, déjame empezar
a encontrar el modo de mejorar.

Me esforzaré, Gata Salvaje.
Cada día, cada noche.

Hasta que creas en ti y en mí.
En nosotros, para siempre.
Es lo que debe ser.

Canté el estribillo a viva voz, solo para ella.

Nunca quise romper tu corazón.
Por favor, por favor, déjame empezar
a encontrar el modo de mejorar.
Me esforzaré, Gata Salvaje.
Cada día, cada noche.

Mientras cantaba, juro que vi su cuerpo temblar, la armadura de su corazón rompiéndose y desmoronándose al tiempo que las lágrimas volvían sus ojos vidriosos.

No te dejaré ir esta vez, lo juro.
Prometo estar para siempre, siempre contigo.

Mi trabajo nunca acabará
hasta que nuestras vidas sean una.

Por favor, Gata Salvaje, tienes que ver.
Por favor, tienes que creer, que solo somos tú y yo.
Nosotros, para siempre.
Es lo que debe ser.
Por favor, cariño, deslúmbrame.

Mila sollozaba cuando canté la última nota. Me levanté, dejé la guitarra en su atril detrás de mi taburete y caminé hacia ella. Su cuerpo temblaba y caían lágrimas por su rostro. Acuné sus mejillas.

—Lo siento, Mila. Lo siento mucho. Fui egoísta, desconsiderado, despreciable...

Mila tragó saliva.

—Cierra la boca. —Su voz era dura y áspera, como si hubiera pasado demasiado tiempo sin hablar.

—Pero, cariño, estaba equivocado. Tan equivocado... Nunca debí dejarte. Te amo.

—He dicho que cierres la boca.

Mi corazón latía tan fuerte que no podía escuchar nada más que el zumbido dentro de mi cabeza y sus palabras.

—Por favor...

—Cierra. La. Boca. Y bésame. —Habló entre intensos sollozos.

Por un segundo, estuve a punto de seguir suplicándole, de ponerme de rodillas e implorar, pero luego sus palabras resonaron y vi cómo una sonrisa se extendía por sus hermosos labios.

—¿Eres sordo, Ricitos? —Tuvo más control sobre su voz esta vez.

—Pero yo... Pero tú... Te dejé y...

—Sí, lo hiciste. —Asintió—. Lo jodiste bien y voy a aprovechar cada oportunidad para echártelo en cara. Pero no será esta noche. No después de que me hayas cantado esa canción. No después de que me hayas dicho que me amas y lo hayas compartido con toda la sala. Y ahora, ¿vas a besarme de una vez? —Inclinó su cabeza tímidamente.

Sonreí, rodeé con mis manos a la mujer más sexi del mundo, la mujer por la que había dejado de ver a las demás, y la besé. La besé por cada uno de los días que había echado de menos besarla. La lamí, la mordisqueé y prácticamente me follé su boca frente a una sala llena de gente, y no me importó. Y lo mejor de todo, a Mila tampoco, porque ella era mía. Toda mía. Y yo era suyo del mismo modo.

Nuestras lenguas se enredaron y danzaron, hasta que bajé una mano por la espalda descubierta de su vestido y gemí. Su piel se sentía como seda al dejar que mis dedos acariciaran su columna, desde su nuca hasta la cima de su trasero. Ella tembló en mis manos y luego se apartó.

—¡Dios mío! —Su tono bajo y sensual hablaba de sexo y de pecado. Dos cosas que quería explorar con ella en ese preciso momento.

—Sí, se podría decir que te he echado de menos. —Tomé aire y sentí mi garganta espesa.

—Yo te he echado aún más de menos. —Se rio y tomó mis mejillas.

—¿De verdad? —grazné. Mi voz aún no sonaba apropiadamente.

Mila me apartó el pelo de los ojos.

—Cuando te alejaste, te llevaste mi corazón contigo —dijo; una tímida descripción de mis sentimientos de esa noche—. Tan simple como eso. Tenías que regresar porque, de lo contrario, no lo habría logrado.

—Nunca volveré a hacerlo. —Acaricié su labio inferior con mi pulgar.

—Dijiste eso la última vez —me advirtió—. No hagas promesas que no puedas cumplir. No podré sobrevivir a eso una tercera vez.

Levanté sus manos y las besé. Luego procedí a besar cada uno de sus nudillos.

—No puedo ofrecerte más que mi palabra. Sé que no vale mucho después de lo que hemos pasado, pero he cambiado. He aprendido. Después de haber conocido a mi padre, de encauzar mi carrera musical y de hacerme cargo de la galería, he comprendido que nada en el mundo me convertiría en una persona completa a menos que pudiera compartir todo eso contigo.

—Atlas —susurró, con la voz temblorosa.

—Estoy dispuesto a esperar el tiempo que necesites para recuperarte, de hacer las cosas bien. Esta noche, esto... —señaló la sala con una mano— es solo mi primer intento.

—Un intento bastante bueno —dijo sonriendo—. ¿Cómo es que has llegado a ser el dueño de esta galería? El mes pasado eras un artista con pocos recursos, igual que yo.

—Resultó ser que el viejo era bueno para algo. Me dejó la galería Segundas Oportunidades. Un nombre apropiado, ¿no crees? —Eso la hizo reír.

—Yo diría que sí.

—Ingrid me ha dicho que tus pinturas se están vendiendo como pan caliente.

Mila sonrió y miró alrededor. Las personas habían abandonado nuestro pequeño espectáculo para deambular, servirse algo de comida y bebida, y disfrutar del arte.

—Sí, bueno, la mayoría son de ti. ¿Quién no querría a un espécimen como tú, desnudo, colgando de su pared?

Me reí y luego la tomé otra vez en mis brazos.

—¿Estaremos bien? —pregunté, cada palabra cubierta de esperanza.

—No lo sé. —Mila bajó sus manos por las solapas de mi chaqueta—. Me gustaría pensar que sí.

—Nunca voy a dejar de intentar hacer las cosas bien.

Apoyó su frente en la mía.

—Hoy te han salido mejor que bien, Ricitos.

—Te amo, Mila. Mucho y, cariño, lo siento. Prometo no volver a abandonarte nunca. Por favor, perdóname. Ámame otra vez. Vuelve conmigo. Seamos nosotros. Como sea que eso sea.

Ella rascó mi cabeza con sus uñas, yo temblé y mi miembro despertó, dispuesto.

—De acuerdo —susurró tan bajo que apenas pude escucharla.

—¿De acuerdo? ¿Sí? —confirmé.

—Sí. Te amo y no dejaré de amarte solo porque hemos tenido un tropiezo. Un gran tropiezo, pero eso no cambia el hecho de que no quiero vivir mi vida, o crear arte en un mundo en el que tú no estés. Ni siquiera estoy segura de que pudiera hacerlo.

—Yo tampoco. —Besé su frente muy suave—. Te amo. —Besé sus labios, de forma intensa y rápido—. Te amo. —Besé su mejilla derecha—. Nunca dejaré de amarte. —Besé su mejilla izquierda.

—Será mejor que no lo hagas. Ahora vamos. —Entrelazó sus dedos con los míos—. Tengo algunas pinturas nuevas para enseñarte y quiero saberlo todo sobre la galería Segundas Oportunidades y sobre tu trabajo con Producciones Knight & Day.

—Tus deseos son órdenes, Gata Salvaje. —Rodeé a mi chica con el brazo libre y besé su sien mientras me guiaba a un lado de la galería.

—Entonces, te deseo a ti. —Me ofreció una gran sonrisa.

—Pues no se hable más.

EPÍLOGO

Seis meses después...

—¡Espera, espera, no te atrevas a cambiarlo! —Golpeé la mano de Atlas fuera del dial de la radio en su nuevo Alfa Romeo 4C Spider. Los chicos y sus juguetes...

—Otra vez no. —Bufó, cambió de marcha y aceleró hacia Segundas Oportunidades—. ¡Por favor, Dios, haz que pare!

Lo miré con los ojos entornados y subí el volumen de mi canción. Mucho más fuerte. «Gata Salvaje» estaba sonando en la radio. Producciones Knight & Day había dejado que Atlas escogiera al artista que quería que tocara sus canciones. El chico de veintidós años que cantaba mi tema le había dado un giro completamente nuevo. Su voz era muy potente para su edad. Además, durante el tiempo en el que Atlas había estado trabajando con él, su novia le había dejado. Y eso le había dado al chico una profundidad extra para interpretar mejor la letra.

—Suena a todas horas. Estoy cansado de escucharla. —Atlas dio la vuelta y aceleró en la esquina, como si el vehículo fuera sobre rieles.

Apoyé el brazo en el salpicadero y me agarré fuerte para evitar que mi cuerpo se estrellara contra la consola y luego contra la puerta.

—¿Tienes que conducir este maldito trasto como si lo hubieras robado? —gruñí al enderezarme y acomodar el vestido que se había levantado.

—Sí. —Sonrió y sacudió sus cejas—. Este coche es sexo sobre ruedas.

—Recordaré eso la próxima vez que quieras montarte sobre mí. —Resoplé.

Atlas movió su mano de la palanca de cambios a mi muslo, donde comenzó a levantarme el vestido.

—¿Sabes? Aún no lo hemos estrenado. —Su voz adquirió un tono seductor. Yo aparté su mano.

—¡Y nunca lo haremos, porque vas a matarnos antes de que tengamos la oportunidad! Mantén los ojos en la carretera, pervertido, no en mi vestido.

Hizo un mohín y cambió de marcha. El automóvil aceleró, como si le hubieran dado un impulso de potencia.

—¿En serio? —bromeé.

—Gata Salvaje, tienes que relajarte y disfrutar del paseo —dijo Atlas entre risas.

—Lo haría si no actuaras como si esta cosa fuera un coche de carreras y San Francisco tu circuito —protesté cuando él giró en otra esquina.

—Cariño, de verdad, relájate. —Redujo la velocidad cuando el tráfico se hizo más denso al acercarnos al centro de San Francisco, donde se encontraba la galería.

Sentí escalofríos, subí el volumen de la radio y canté al ritmo de la canción de platino que él había escrito para mí.

—¿Alguien te ha dicho alguna vez que no tienes oído?

Abrí la boca, la cerré, la abrí otra vez, pero no salieron palabras de ella. Seguí intentando pensar en una réplica astuta y aguda, pero fallé miserablemente.

Él me miró, luego al camino y luego otra vez a mí.

—Preciosa, no, estaba bromeando.

Preferí ignorarlo, crucé los brazos sobre mi pecho, luego también las piernas y miré por la ventana.

—Mila, de verdad —colocó su mano sobre mi muslo—, estaba jugando contigo. Cariño, tu voz es buena. No, es excelente. Realmente excelente. Te contrataría como cantante sin dudarlo —mintió.

Resoplé, mientras internamente convertía la irritación en un pequeñito mal humor.

Cuando aparcamos en nuestra plaza reservada en Segundas Oportunidades, él puso el seguro para que no pudiera salir y luego se giró hacia mí.

—Sabes que estaba bromeando, ¿verdad?

Me encogí de hombros para seguirle el juego, porque fingir que estaba dolida era mi única defensa cuando él tenía razón. Sí, mi voz era terrible.

—Lo siento, cariño. —Rodeó mi nuca con su mano. Fue entonces cuando sonreí ampliamente.

—Me debes dos orgasmos por esto. —Levanté dos dedos y él sonrió con sensualidad.

—Será un placer pagarlos. —Deslizó una mano de nuevo a mi pierna hasta llegar al espacio entre mis muslos. No llevaba ropa interior. Atlas gimió, yo cerré las piernas con fuerza para no dejarlo pasar.

—Pero no será ahora. Tengo trabajo en la galería. —Abrí el seguro y me liberé del cinturón de seguridad tan rápido que él aún estaba intentando descubrir cómo pasamos de estar con sus manos debajo de mi vestido a que yo saliera del coche.

Corrí hacia la galería dejándolo atrás y me sentí orgullosa de mí misma, hasta que sus brazos me rodearon desde atrás, me empujó y me llevó hacia la oficina trasera. El personal no llegaba hasta dentro de una hora, así que teníamos tiempo para jugar. No es que tuviera planeado ceder tan fácilmente después de su conducción salvaje y de su comentario sobre mi voz, pero...

—¡Déjame en paz, Ricitos! —gruñí entre dientes.

Él no me escuchó. En lugar de eso, me levantó hasta que mis pies dejaron de tocar el suelo y comencé a patalear hacia delante.

—No, tenemos que reconciliarnos.

—¡Nosotros no nos reconciliamos! ¡Tenemos sexo normal! —recurrí a una broma nuestra de hacía tiempo.

Él se rio durante todo el camino hasta el escritorio de la oficina, donde me dejó sentada.

—Voy a follarte y no hay nada que puedas hacer al respecto. —Apoyó mi trasero sobre el escritorio y cerró mis piernas alrededor de su cintura.

—¿Eso crees? ¿De verdad piensas que puedes, simplemente, levantarme y usar todos tus músculos masculinos con una pobre mujer indefensa para salirte con la tuya? De ninguna manera, no... ¡Oh, sí, joder...! —dije cuando su pulgar giró sobre mi clítoris y dos de sus dedos se deslizaron en mi interior.

—Eso es, Gata Salvaje. ¿Qué estabas diciendo? —Me tocó profundamente, con esos dedos curvados hacia arriba para frotar ese punto en mí que solo él había alcanzado—. Quiero pagar lo que debo. Dos orgasmos. Ahora mismo —Recorrió la columna de mi cuello con su lengua.

Apoyé ambas manos en el escritorio detrás de mí, me incliné hacia atrás y levanté mi falda. Quería verlo penetrándome con sus dedos. Los introdujo hasta el fondo y yo gemí. Cuando los retiró, gemí de nuevo al ver sus gruesos dedos cubiertos de mi esencia.

—Cariño... —suspiré cuando aumentó el ritmo, follándome profundamente con sus dedos y luego moviendo en círculos su pulgar sobre mi clítoris.

Todo mi cuerpo tembló al tiempo que ambos observábamos cómo sus dedos desaparecían en mi interior. De pronto, se volvió demasiado intenso. Tentáculos de placer recorrieron mi pecho y mis brazos, y me agarré a la parte trasera del escritorio para sostenerme. Oleadas temblorosas bajaron por mis piernas y curvaron los dedos de mis pies cuando aseguré los tobillos alrededor de su cintura, mientras que el orgasmo se disparaba por cada centímetro de mi cuerpo.

Dejé caer mi cabeza al escuchar que desabotonaba sus vaqueros, y luego estaba ahí, *justo ahí*, en una lenta embestida.

—Ven aquí, cariño —habló suavemente antes de levantarme con dulzura en un abrazo de cuerpo entero.

Atlas me penetró profundamente y yo hundí mi rostro en su cuello y lo mordí. Su esencia masculina y especiada se imprimió en mí del mismo modo que su calor calentaba mi alma. Me llevó de cero a cien en media docena de perfectas embestidas, con su miembro largo y grueso, y con su pelvis, frotando mi clítoris con cada movimiento. Me agarré a él mientras me follaba e hice el mayor esfuerzo en mi posición para elevar mis caderas y recibirlo tan profundo como me era posible.

Cuando Atlas me hacía el amor, era como si todo lo hermoso del mundo se reuniera en un solo momento. El placer agudo, el modo en que él me deseaba y amaba, divino.

Me sujeté a él con fuerza cuando me penetró hasta alcanzar esa suculenta elevación que ambos necesitábamos, la dulce descarga. Atlas levantó su cabeza y tomó mi boca en un beso abrasador. Luego, tomó mi trasero con ambas manos y me ajustó sobre su miembro, con un perfecto movimiento de sus caderas. Su gruesa raíz era tan dura y me poseía tan profundamente que grité, pero él nunca liberó mi boca; hundió su lengua en ella y respiró intensamente por su nariz mientras ambos nos corríamos juntos en un enorme torbellino de calor, pasión y amor.

—¿Estás bien? —preguntó cuando ambos descendimos. Sus manos acariciaban mis brazos de arriba abajo, desde la clavícula hasta el cuello, sus clásicos mimos después del sexo—. ¿Esto ha sido lo bastante normal para ti?

Reí contra su cuello y lo besé ahí, hasta que mi propia respiración regresó a la normalidad.

—Sí, deberíamos *no* tener sexo de reconciliación más a menudo —coincidí.

Él se rio, salió de mi interior y me entregó algunos pañuelos desechables de una caja sobre el escritorio. Me encargué de limpiarme en el baño contiguo antes de salir.

Atlas estaba apoyado en el escritorio con los tobillos cruzados y un papel en su mano.

—¿Qué es eso? —Señalé el papel con mi cabeza. Él sonrió con tanta dulzura que sentí deseos de saltar sobre él otra vez.

—Esto, cariño, es mi promesa de estar siempre contigo. —Me entregó el papel, que resultó ser la escritura de la galería, pero ya no tenía solo su nombre en ella. Tenía los nombres de ambos.

—¿Me estás convirtiendo en copropietaria de la galería?

Atlas sonrió, me rodeó por la cintura y acercó nuestras mitades inferiores.

—Quiero que seas mi compañera en todo. En casa, en la música, en el arte y en el amor. Todo nuestro.

—Sabes que podrías simplemente haberme dado un anillo, es mucho más económico, pero una galería está bien. —Me mordí el labio inferior y me enfoqué en el papel.

—¿Habrías dicho que sí si te hubiera dado un anillo? —preguntó entre risas. Yo me encogí de hombros.

—Probablemente no, pero nunca lo sabremos, porque acabo de convertirme en dueña de una galería. —Enlacé los brazos alrededor de su cuello y acerqué nuestras frentes hasta que estuvieron a escasos centímetros de distancia.

—Eres un caso, ¿lo sabías?

Me aparté, dejé el papel sobre la mesa y firmé mi nombre con una floritura.

—Sí y ahora tú tienes que trabajar conmigo para siempre. La has cagado. —Él sonrió, volvió a tomarme en sus brazos y me besó.

—¿Sabes? Algún día tendrás que ser legalmente mía.

—¿Quién lo dice? —Fingí pensarlo—. Además, tal vez sea yo quien tenga un gesto grandioso, como darte una galería, un anillo o algo.

—¿Y qué te parece un bebé?

—¿Qué? —Mi cabeza voló hacia atrás como si no estuviera adherida a mi cuerpo y no tuviera control sobre ella—. ¿Quieres un bebé?

—Sí, contigo —asintió.

—Pero...

—Sin peros. —Negó con la cabeza—. Tú, yo, una galería, una boda y luego un bebé.

—¿Atlas, quieres dejarme embarazada? —Entorné los ojos y me enfoqué en los suyos. Estaban brillando de alegría.

—Bueno, la galería ya está, porque acabas de firmarlo. Después va la boda y luego el bebé. ¿Qué te parece si seguimos con una boda?

—Odio las bodas. —Y eso no era una mentira. Aborrecía absolutamente las bodas. Nadie quería realmente asistir a una boda y ver a otras dos personas besuqueándose, sentarse durante una ceremonia aburrida con un puñado de tradiciones desgastadas, como arrojar flores y ligas, estúpidos bailes con padres que no están y madres que exigen ser incluidas, pero no se lo merecen—. Realmente odio las bodas.

—¿Un juzgado de paz entonces? —Atlas se mordió el labio inferior para contener la risa.

—Sí, eso podría funcionar. —Asentí y me mordí una uña.

—¿Puedo comprarte un anillo?

—Podemos escoger algo juntos.

—Trato hecho.

Nos besamos por un largo rato, como si estuviéramos sellando nuestro nuevo plan de casarnos.

—¿Entonces cuándo nos casaremos? —preguntó tras alejarse.

—¿No es obvio?

Atlas parpadeó y el pelo cayó sobre sus ojos.

—Cuando me dejes embarazada, obviamente. —Guiñé un ojo. Esta vez él se rio a carcajadas.

—¿Sabes? No hay absolutamente nada de normal en nuestra relación. Somos una pareja extraña.

—Lo sé. ¿No te encanta?

—Tú me encantas —respondió, me acercó y su mano ascendió para rodear mi cuello—. Me deslumbras, Mila.

—Tú también me deslumbras, Atlas. Ahora, regresemos a la parte en la que discutimos y follamos.

ACERCA DE AUDREY CARLAN

Audrey Carlan ha sido número uno en las listas de libros más vendidos del *New York Times*, *USA Today* y *Wall Street Journal*. Escribe vibrantes historias de amor que han sido creadas para ofrecer al lector una experiencia sensual, dulce y tan ardiente que el libro podría derretirse entre sus manos. Entre sus obras se incluyen las exitosas series de «Calendar Girls», «Falling Series» y «Trinity Trilogy».

Vive en California Valley, donde disfruta de sus dos hijos y del amor de su vida. Cuando no está escribiendo, se la puede encontrar dando clases de yoga, bebiendo una copa de vino con sus «hermanas del alma» o con la nariz entre las páginas de una novela romántica.

Cualquier sugerencia es bien recibida y alimenta el alma. Podéis contactar con Audrey en:

E-mail: carlan.audrey@gmail.com
Facebook: facebook.com/AudreyCarlan
Sitio Web: www.audreycarlan.com

#SíSoyRomántica

Ecosistema digital

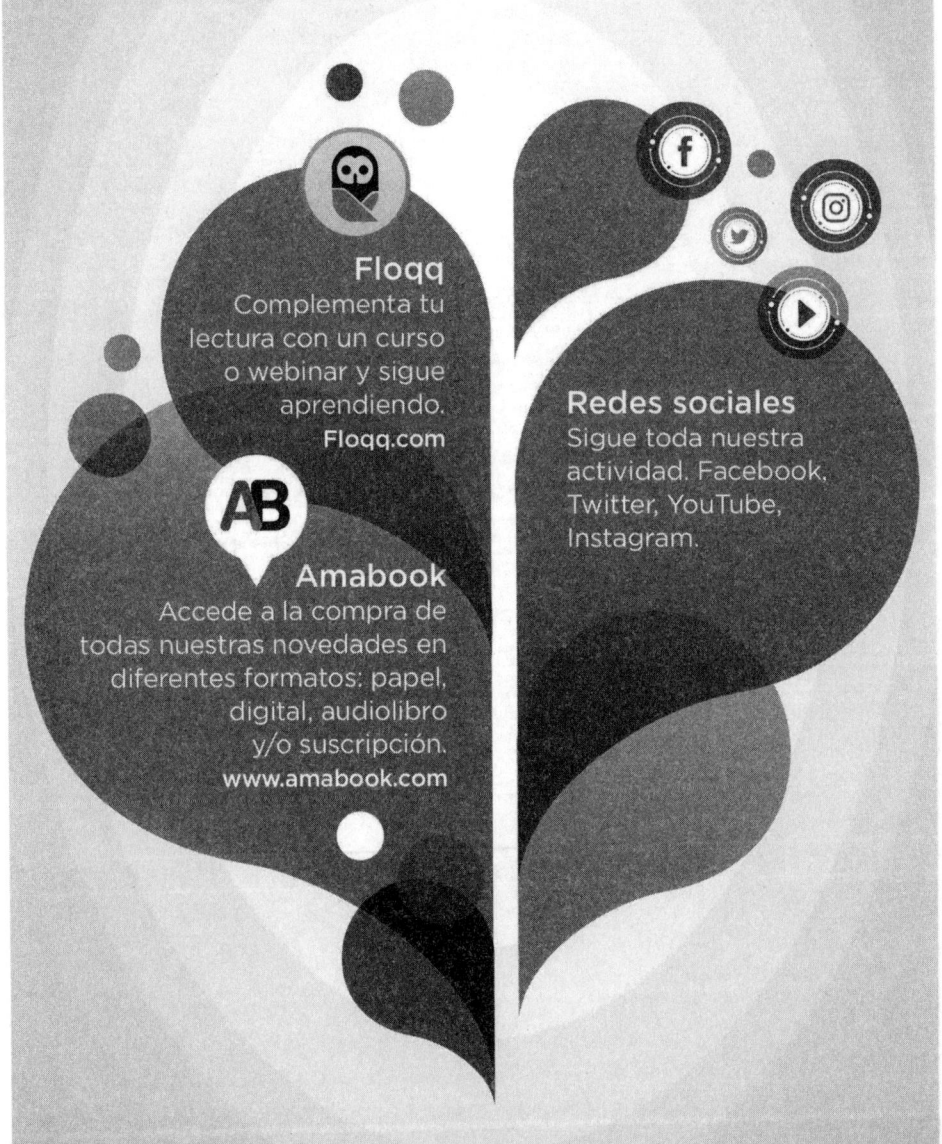

Floqq
Complementa tu lectura con un curso o webinar y sigue aprendiendo.
Floqq.com

Amabook
Accede a la compra de todas nuestras novedades en diferentes formatos: papel, digital, audiolibro y/o suscripción.
www.amabook.com

Redes sociales
Sigue toda nuestra actividad. Facebook, Twitter, YouTube, Instagram.

EDICIONES URANO